Dieter Frieß Verlag

Über dieses Buch:

Jenny Sandau wird von ihrem Stiefvater und Piloten zusammen mit ihrem Bruder Daniel, als Flugbegleiterin engagiert. Die Aurora, eine betagte DC-3, soll von den USA nach Afrika überführt werden.

Jenny findet in ihrem Gepäck einen seltsamen Brief: Ihrer beider Leben sei so viel wert, wie das einer Schneeflocke unter der Sonne Afrikas. Ist das eine Todesdrohung? Und wer hat diesen Brief geschrieben?

Der Flug nach Afrika wird auf jedem Flugkilometer spannender. Wer ist der geheimnisvolle, unbekannte Verfolger? Plötzlich ist Spionage im Spiel. Warum schaltet sich die CIA ein? Jenny und Daniel geraten in einen Strudel von Ereignissen, der sie zu verschlingen droht.

Die Handlung und die Personen sind frei erfunden.

Über den Autor:

A.Wallis Lloyd wurde in den USA geboren und ging in Wales, England und Frankreich zur Schule. Er studierte Geschichte und Literatur an der Universität Tübingen und lebt seit 1991 als freischaffender Reise- und Romanschriftsteller und als Dolmetscher in Berlin.

Wenn er nicht gerade vor dem PC oder in der Dolmetschkabine sitzt, greift er nach Rucksack und Notizbuch, und bricht zu einer neuen Reise auf: ins europäische Ausland, nach Nordamerika, nach Asien, Nahen Osten – und immer wieder nach Afrika.

Webseite: http://www.awallislloyd.de

A. Wallis Lloyd

Auf dem Rücken des Nordwinds

im Dieter Frieß Verlag

© 2009 bei Dieter Frieß Verlag
Laurentiusweg 1
D – 73340 Amstetten
http://www.dieter-friess-verlag.de
Alle Rechte vorbehalten
Foto-Kredits:
istockphoto/Jörg Lange/Knape Photo

Umschlaggestaltung: Kathrin Schüler
Karte: Kathrin Schüler
Herstellungsleitung: Schila Design, Dieter Frieß
Lektorat: Claudia Baier
http://www.vomWortzumBuch.de

1. Auflage März 2009
Printed in Germany
ISBN 978-3-941472-00-6

Für Silvia

Und dann flog sie fort, hoch in den Lüften auf dem Rücken des Nordwinds, als würden sie nie wieder halt machen, bis ans Ende der Welt.

Gudrun Thorne Thomsen
Östlich der Sonne, westlich vom Mond

Was vermögen die Worte wider den Wind, denn der Wind kann nicht lesen.

Japanisches Haiku

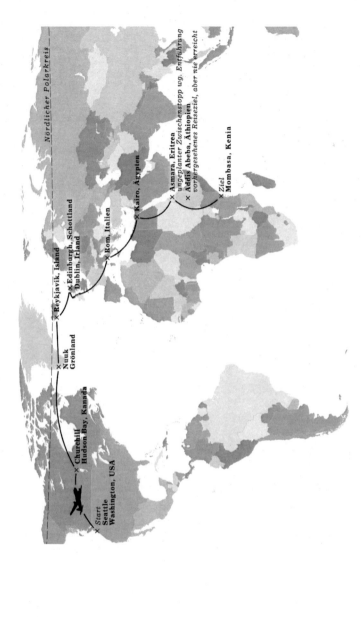

Prolog

Manchmal reicht nur ein Wort. Ein Anflug von Benzingeruch. Die Vorahnung eines Gefühls. Es kann sogar ein Windhauch sein, der vom Norden herangeweht kommt und die Blätter des Akazienbaums am Eingang zum Klinikgelände zum Tanzen bringt. Es kann aber auch der Klang meines eigenen Namens sein ... und schon höre ich wieder die Stimme in meinem Ohr:

Jenny, kommst du bitte einen Augenblick her ...?

„Jenny!"

Ich zucke zusammen. Aber nein, ich sitze nicht mehr in Douglas November Seven-Six-Sierra-Papa festgeschnallt und warte das Ende ab. Dieses Mal ist es Daniels Stimme, die von zwischen den keksbraunen Lehmhütten nach mir ruft. Sie ertönt, als ich gerade den Sandweg, der das Dorf mit der Klinik verbindet, hinunterlaufe, und hat schon diesen Singsang angenommen, den die Leute benutzen, wenn sie schon lange gerufen haben und gleich aufgeben werden.

Eine ganz gewöhnliche Stimme, also.

Heute ist aber kein gewöhnlicher Tag. Heute ist der erste Januar, und ich habe gerade unsere Neujahrswünsche an Anita Tajomba, Mamas Klinikmanagerin, sowie an ihre Ur-Großmutter Bibi Sabulana überbracht.

„Jenny, wo bist du endlich?"

Was will er überhaupt? Natürlich könnte ich Daniel im gleichen Tonfall antworten. Ich habe aber keine Lust, selbst in Reichweite des Dorfes herumzubrüllen. Im Allgemeinen halten die Afrikaner nicht viel von Lärm und Gebrüll. Schließlich sind es die leisen Töne, die einen aufhorchen lassen, wie Anita immer sagt.

Nun gehe ich schneller. Der bräunliche Schlamm platscht unter meinen Turnschuhen und spritzt auf das rotschwarz gedruckte Tuch, das ich mir nach afrikanischer Art als Rock um die Hüften geschlungen habe. Ein paar

Wassertropfen sprühen auf mein Gesicht. Ich denke, sie kommen von dem Jacarandabaum, unter dem ich mich gerade befinde, aber im selben Augenblick verschwindet die Sonne hinter einer Regenwolke und irgendein Witzbold da oben dreht den Wasserhahn voll auf. Regen hämmert auf mich wie aus einem Feuerwehrschlauch und innerhalb weniger Sekunden kleben meine blonden Haare wie eine Riesenportion Spaghetti auf meinen Schultern.

Übrigens nicht zum ersten Mal in dieser Regenzeit. Wenn die Leute zu Hause in Deutschland den Begriff ‚Regenzeit' hören, dann denken sie, dass es die ganze Zeit regnet. Das stimmt aber nicht. Eigentlich ist das Wetter an den meisten Tagen wunderschön. Aber es regnet fast jeden Tag ein paar Minuten und dann richtig. Wie eben jetzt. Bis ich die Flugpiste erreiche und das Missionshaus in Sicht habe, bin ich bis auf meinen Slip durchnässt. Was für ein Neujahrstag! Es ist wie eine Taufe, ich meine eine echte afrikanische Sektentaufe, wo der Pfarrer irgendeinen armen Sünder tatsächlich sekundenlang unter Wasser hält, sodass er die Erfahrung nie vergisst – vorausgesetzt, er überlebt sie überhaupt! Aber irgendwie passt alles zusammen. Das neue Jahr soll schließlich einen Neuanfang bedeuten, und ich weiß schon: Ich werde mein neues Jahr damit anfangen, dass ich trockene Klamotten anziehe.

Aber bevor ich anfange zu erzählen, wie ich zum Missionshaus zurück latschte und was danach passierte und wie ich überhaupt dazu kam, diese Geschichte zu schreiben, sollte ich euch wahrscheinlich erklären, dass mein älterer Bruder Daniel und ich seit anderthalb Jahren hier in Tansania wohnen. Unsere Mutter – sie heißt Christine – ist Ärztin und leitet eine Klinik am Rande eines Dorfes namens Zimmermann's Bend, oder Mpela in der Kihehe-Sprache, was „Affenbrotbaum" heißt. Aber sucht es bloß nicht auf einer Landkarte, es sei denn, Ihr habt eine von diesen ganz riesigen, die Landvermesser und solche Leute brauchen, auf denen jeder Straßengraben und jedes Schlagloch verzeichnet ist. Als ob irgendjemand das alles wissen müsste. Aber Ihr könnt einen guten Eindruck davon gewinnen, wenn Ihr einen Atlas aufschlagt und zu der Seite mit Ostafrika blättert, bis Ihr Tansania findet – gleich unterm Äquator, so zwischen den Großen Seen und dem Indischen Ozean. Sucht dann nach der Stadt Iringa und streift langsam mit dem Finger ein oder zwei Zentimeter nordwestwärts bis zum Great-Ruaha-Fluss an den Grenzen des Ruaha Nationalparks. Und irgendwo dazwischen sitzen wir!

Die Art und Weise, wie wir dazu kamen, unsere Sechs-Zimmer-Wohnung am Berliner Ku'damm für immer aufzugeben und in den afrikanischen ‚Busch' zu ziehen, war ziemlich verrückt. Es fing alles an, als unser Papa vor etwa drei Jahren in einem Flugzeugabsturz über den Alpen ums Leben kam. Er hieß Max Sandau und das ist auch unser Name. Ich meine, Sandau. Ich bin Jenny Sandau und mein Bruder heißt Daniel. Nach einem Jahr entschied Christine endlich, dass sie nicht länger trauern, sondern wieder leben wollte. Sie hatte einen Job hier unten gefunden, aber noch bevor wir hierher zogen – ich meine, während sie immer noch hier unten war, um die Situation auszukundschaften – lernte sie einen amerikanischen Buschpiloten namens Will Chapman kennen und heiratete ihn auf der Stelle! Das war nicht gerade eine einfache Situation für uns, vor allem, wenn man alles andere schon verloren hatte, inklusiv seine Zukunft. Jedenfalls haben Daniel und ich die Dinge so gesehen. Und es wurde alles noch schlimmer, als wir hier ankamen.

Aber dann hat Will angefangen, uns das Fliegen beizubringen – richtig fliegen! – sodass Daniel und ich inzwischen fast qualifizierte Piloten sind. Daniel hat seinen Pilotenschein letztes Jahr mit siebzehn gemacht. Ich werde erst im Februar siebzehn.

Ja, das Fliegen ... Es war einmal eine Leidenschaft von mir. Ich war fast so wild danach wie Daniel, der überhaupt nicht mehr zu bändigen ist. Heute wäre ich aber froh, niemals wieder in ein Flugzeug steigen oder überhaupt eine Reise antreten zu müssen. Am liebsten würde ich hier und heute Wurzeln schlagen, genau wie der große Affenbrotbaum hinter Anitas Haus, und ebenfalls fünfhundert Jahre da stehen, ohne mich vom Fleck zu rühren.

Wenn Ihr erst mal meine Geschichte gehört habt, werdet Ihr wissen, wieso.

Bis ich endlich das Missionshaus erreiche, kommt es mir fast so vor, als wäre ich dahin geschwommen. Daniel erwartet mich auf der Veranda, trocken wie ein Stück Brennholz, während ich wie eine Wahnsinnige über die letzten Pfützen springe.

„Hast du einen Zwischenstopp im Fluss eingelegt?", fragt er mich.

Ich könnte ihm eins über die Rübe ziehen. Es wäre aber schade um die Rübe. Daniel hat dunkelbraune Haare und braune Augen, wie unser Papa, während ich die hellen blonden Haare und blauen Augen unserer Mutter geerbt habe. Eigentlich ist er meistens nicht so übel als Bruder, aber jetzt, wo er dasteht mit seinem frisch gebügelten weißen Hemd und seiner neuen schwarzen Jeans, könnte ich ihn übers Geländer ins Blumenbeet kippen. Stattdessen wische ich einfach meine triefenden Haare aus dem Gesicht und frage: „Was ist denn so verdammt wichtig?"

„Es ist Zeit für unser Neujahrsessen und du bist dran mit Tisch decken. Veronica arbeitet seit Stunden in der Küche und du kannst nicht erwarten, dass sie alles für uns macht."

Meine Wahl – eins über die Rübe oder in den Garten schmeißen?

„Ich glaube, es wird niemand etwas dagegen habe, wenn ich vorher unter die Dusche springe."

„Du solltest lieber nach deinen Notizbüchern schauen", sagt Daniel.

Ich spüre, wie mein Herz gegen meine Rippen klopft. „Was ist mit meinen Notizbüchern?"

Daniel zeigt auf den kleinen Holztisch, der neben einem Rattansessel steht.

„Mein Gott, wie ...?" Ich renne zum Tisch und greife nach den drei schwarzen Moleskin-Heften. Eins davon sieht aus wie ein Hundekauspielzeug, so kaputt ist es. „Das war Taris Handwerk!", rufe ich.

Tari ist unser Golden Retriever, den wir als Geschenk bekommen haben, als wir hier ankamen. Er ist inzwischen erwachsen geworden und so ziemlich unser bester Freund. Er hat früher noch nie Bücher gefressen, sondern lieber Schuhe und Pantoffeln. Er schnarcht jetzt auf den Dielen und zuckt alle paar Sekunden. Er ist wohl wieder auf Hasenjagd. Wenn er nicht so friedlich da liegen würde, würde ich ihm bestimmt auch eins über die Rübe ziehen!

„Mein Werk war das jedenfalls nicht", antwortet Daniel. „Ich konnte mich mit dem Geschmack von Moleskin nie so richtig anfreunden. Aber das hast du davon, wenn du die Dinger einfach hier herumliegen lässt."

Was nun? Alle drei Hefte sind angeknabbert. Der Deckel vom dritten Heft ist fast ganz abgenagt. Plötzlich verstehe ich den Sinn des Wortes Reißwolf. Es hätte nicht viel gefehlt, und ich könnte das Heft als Konfetti für unsere Silvesterparty verwenden. Ehrlich, ich könnte gleich losheulen.

Ich hatte die Hefte Ende August in einem kleinen Schreibwarengeschäft in Seattle gekauft. Ich wollte nämlich alles, was auf unserer großen Reise passierte, festhalten, genau wie es passiert ist. Insofern könnten sie mir nicht wertvoller sein, als wenn sie aus Gold wären. Sie sahen toll aus – schwarz und leicht glänzend, mit cremefarbenen linierten Blättern und einem schwarzen Gummiband, das sie zusammenhält. Auf dem Etikett stand zu lesen, dass große Reiseschriftsteller, wie etwa Ernest Hemingway und Bruce Chatwin, auch solche Moleskinhefte benutzten, und ich dachte damals, sie würden auch mich inspirieren. Alles nur ein Werbegag, natürlich, aber irgendwie genial, findet Ihr nicht?

Und ich muss sagen, Sie haben mir gute Dienste geleistet. Ich habe damals jede einzelne Seite gefüllt, jedes Gespräch rekonstruiert, jede Sehenswürdigkeit beschrieben, jedes Ereignis festgehalten. Die guten, wie auch die, die ich lieber vergessen möchte. Und dennoch ... Ja, eigentlich hat Daniel vollkommen Recht. Ich habe sie seit unserer Rückkehr Mitte September kaum angefasst. Gerade heute Vormittag habe ich sie wieder durchgeblättert und sie wahrscheinlich einfach auf dem Sessel liegen gelassen, als ich aufstand und zu Anitas Haus hinüber ging.

„Das hast du dir nicht gut überlegt, Tari", sage ich. Aber Tari macht nur die Augen auf und fängt an zu hecheln. Er scheint mich anzugrinsen – dieser Gesichtsausdruck, den Hunde manchmal an den Tag legen, als ob sie etwas schon längst begriffen haben, was du noch lange nicht erahnt hast.

„Eigentlich kannst du sie genauso gut Tari zum Fraß vorwerfen, wenn du selbst nichts mit ihnen anstellen willst", sagt Daniel. „In diesem Klima werden sie sowieso bald vergammeln."

Ich drehe mich zu ihm. „Ich wette, du hast mal wieder eine Lösung parat."

„Wie viele Optionen hast du überhaupt? Wir sind doch in zwei Wochen halb um die Welt geflogen. Es war alles ziemlich verrückt, und ich kann mich genau erinnern, dass du fast die Hälfte der Zeit in deinen Heften gekritzelt hast. Ich fasse es nicht, dass du das alles über dich ergehen lassen hast, ohne überhaupt etwas daraus zu machen."

„Wie meinst du mit ‚etwas daraus machen'?"

„Na? Was macht man mit Reisetagebüchern?"

„Das frage ich mich auch schon die ganze Zeit", sage ich.

Und es stimmt – die Hefte liegen wie Briefbeschwerer auf meinem Gewissen, seitdem wir wieder hier sind. Die Reise war nämlich so faszinierend – und so schrecklich – dass ich nie wusste, was ich mit alledem anfangen sollte. Ehrlich gesagt, hat mir das Ereignis selbst schon gereicht, ohne dass ich mich jemals wieder damit befassen wollte.

„Du könntest alles aufschreiben", sagt Daniel. „Tippe alles in den Computer und bring es auf unsere Webseite. Alles, was wir bisher auf dem Blog haben, sind ein paar Kurzberichte und ein paar Dutzend von deinen Reisefotos."

„Auf die Idee bin ich auch schon längst gekommen", sage ich. „Du hältst mich wohl für bescheuert. Aber wenn ich alles, was wir erlebt haben, aufschreiben würde, wären das Hunderte von Seiten. Wer will Hunderte von Seiten auf einem Computerbildschirm lesen?"

„Dann mach ein Buch daraus", sagt Daniel. „Ein richtiges Reisebuch, wie Marco Polo oder David Livingstone. Du willst doch Schriftstellerin werden, oder? Und wenn du eines Tages alt bist, werden es vielleicht deine Enkelkinder lesen."

„Ja, vielleicht tun sie das", sage ich. Aber ich denke, wenn ich mir soviel Mühe mache, diese ganze Geschichte niederzuschreiben, werde ich nicht damit warten, bis ich Enkelkinder habe.

***

Dieses Jahr war unser Silvesterabend einfach. Keine Partyhüte, kein Sekt, keine Böller, nur so eine Art Diskoparty im Dorf. Hier, knapp unterm Äquator, fällt Neujahr auf den Sommer – obwohl in Wirklichkeit die Regenzeit herrscht, weil die Jahreszeiten hier ganz anders sind als in Europa – und es ist nicht dasselbe. Vorbei die Zeiten, wo wir Silvester bei Feuerwerk und Glockengeläut mit den Menschenmassen am Brandenburger Tor gefeiert haben!

Heute, am Neujahrstag, sind wir unter uns: Daniel und ich, Mama und Will, unser Stiefvater, sowie James Mwamba, Mamas medizinischer Assistent, der die Klinik übernehmen soll, wenn Mamas Arbeitsvertrag ausläuft. Anita muss Bibi Sabulana pflegen. Ibrahim Kharusi, Wills Partner im Flugdienst, feiert mit seiner Frau und den Kindern in ihrem Haus auf der Insel Sansibar. Mein Freund Joseph, Anitas Sohn, ist ohnehin bei seinem Vater im fernen Frankreich. Veronica, unsere Köchin, hat uns Grillhähnchen mit Currygemüse und Reis vorbereitet. Wir essen am langen Esstisch im Speisezimmer. Draußen ist die Sonne gerade untergegangen. Der Wind pfeift nun wie ein Flötenquartett durch den Schornstein und der Regen peitscht auf das Ziegeldach und bildet Pfützen auf den ausgetretenen Dielen der Veranda.

Wann immer man Neujahr feiert, fängt man irgendwann an, über die Ereignisse des ausgehenden Jahres zu reden, und dieses Mal haben wir viel Gesprächsstoff.

„Daniel sagt, du denkst darüber nach, deine Reisetagebücher zu verwerten?" Mama tupft ihre Lippen auf die Serviette.

Für einen Augenblick habe ich das Gefühl, in einen Spiegel zu schauen. Jeder sagt, dass Mama und ich uns ähnlich sehen. Das liegt hauptsächlich an den Haaren, denn wir haben genau dieselbe Farbe, so hell wie frisches Stroh. Aber es liegt viel unter der Haut, das ähnlich ist, und ich meine nicht nur unseren Bluttyp und unsere DNA und so ein Zeug. Erst jetzt, mit sechzehn, komme ich langsam dahinter.

„Das klingt wie ein guter Neujahrsvorsatz." Mamas Stimme nimmt wieder diesen Psychologenton an. Nicht zum ersten Mal seit unserer Rückkehr. „Das Schreiben kann auch eine Art Therapie sein, wenn man etwas Schweres durchgemacht hat. Und es gibt bestimmt schlechtere Zeitvertreibe, solange es draußen so schüttet."

„Ich denke seit Monaten daran", sage ich. „Aber ich wüsste nicht, wie."

„Erinnerst du dich noch an ‚Alice im Wunderland'?", fragt Mama. „Wo der Herzenskönig sagt: ‚Fange beim Anfang an, geh weiter, bis du ans Ende kommst, dann halte an'. Glaube mir, ich habe schon einige Bücher und Artikel geschrieben, und das ist der beste Rat, den ich bisher gehört habe."

„Ich weiß nicht, ob es so einfach ist", sage ich. „Außerdem ... ich meine, wenn ich das alles aufschreibe, wer wird's überhaupt lesen? Die Reiseberichte anderer Leute langweilen mich zu Tode und ich will niemanden mit meinen langweilen."

Will legt seine Gabel nieder. „Das ist zwar nur so ein Vorschlag von mir, aber du könntest zum Beispiel versuchen, die langweiligen Stellen einfach wegzulassen", sagt er und schenkt sich Limonade ein. „Und wenn du nicht weiter weißt, dann kannst du Daniel oder mich fragen. Wir waren schließlich auch dabei."

Wir schweigen alle. Alles, was ich höre, ist der Regen, der auf dem Verandadach trommelt sowie die kleinen Zahnrädchen, die nun anfangen, sich in meinem Kopf zu drehen. Ja, klar doch – Daniel und Will waren doch die ganze Zeit dabei. Und wenn ich an letztes Jahr um diese Zeit zurückdenke, weiß ich, dass wir wahrscheinlich jeden Tag in den nächsten Wochen Regen haben werden. Insofern habe ich nun wirklich keine Ausrede mehr. Wenn ich nicht endlich die Initiative ergreife, dann kann ich genauso gut die Tagebücher Tari morgen zum Frühstück geben und damit basta.

Ein Blitz schießt über den Nachthimmel und schickt einen Donnerschlag zu uns herunter, der das alte Haus bis auf die Grundmauern erschüttert. Für mich klingt er in diesem Augenblick wie ein Hammerschlag, der alle meine Zweifel und Hemmungen wie eine trübe Fensterscheibe zerschmettert. Noch während die letzte Erschütterung des Donners verklingt, entscheide ich mich, sofort alles aufzuschreiben. Abzüglich der langweiligen Stellen, wohlgemerkt. Und ich ziehe es durch, denn wer schon einmal auf dem Rücken des Nordwinds geflogen ist, gibt nicht eher auf, bis er am Ziel angelangt ist. Wenn ich eines gelernt habe, dann ist es eben das.

Aber wie soll ich es anstellen? Ich schaue zu Mama hinüber. Sie sitzt nur da und lächelt zurück, und zwar mit denselben blauen Augen, die auch ich habe. Du kannst es, scheint sie mir zu sagen. Du hast meine Erlaubnis. Fang einfach an!

Okay, denke ich, gleich nach dem Essen gehe ich in mein Zimmer unterm Dach und lege los. Und ich werde den Rat des Herzenskönigs befolgen. Das ist übrigens auch der beste Rat für einen Reisenden, der gerade eine große Reise antritt. Fange beim Anfang an.

1 „Ein bisschen weniger Gas. Und nun biege dreißig Grad nach rechts ab."

Ich nicke Will zu, nehme meine rechte Hand vom Steuerknüppel der Maschine und ziehe die beiden Gashebel einen Zentimeter nach hinten. Dann drehe ich den Steuerknüppel nach rechts und drücke gleichzeitig auf das rechte Ruderpedal. Das achtzehn Meter lange DeHavilland Twin Otter-Wasserflugzeug legt sich in die Kurve. Ein dichter Fichtenwald taucht hinter der rechten Fensterscheibe des Cockpits auf. Schon fliegen wir wieder fünfhundert Meter über der blauen Oberfläche des Puget Sound. Ein Tanker und drei Segelboote schwimmen darauf. Weit vor uns, im Dunst des spätsommerlichen Nachmittags, ragen die Bürotürme Seattles himmelwärts. Schiefergraue Regenwolken schweben über uns. Eine Nebelbank rollt vom Pazifik heran und verschluckt die fernen Gipfel der Olympia-Berge einen nach dem anderen.

Will spricht weiter. Selbstsicher, ermutigend. „Du machst das fantastisch. Spürst du jetzt auch, wie uns beim Landeanflug die Schwimmer der Maschine mehr Auftrieb geben? Daniel hat es schon festgestellt. Deswegen musst du dir immer viel Zeit bei einer Wasserung nehmen. Gut, gleich sind wir unten."

Daniel lehnt sich nach vorne und schaut mir über die Schulter. Eigentlich sollte dies nur Daniels Flugstunde sein, aber ich hätte garantiert alles gemacht, um nur von meinem Urlaubsjob im Schulhort freizukommen. Wie können so kleine Kinder derart gemein sein? Und eigentlich sollte ich doch für meine große Bioprüfung im Fernunterricht lernen. Heute in der Luft zu sein ist ein kleines Stück Paradies.

Nach Wills Anweisungen fahre ich die Landeklappen aus und verstelle die Propeller, sodass die Motoren nun wie zwei große satte Kater schnurren. Die spiegelglatten Fluten des Sunds kann ich fast schon mit meinen Fingerspitzen streifen. Als die Maschine wie eine riesige Libelle nur noch wenige Meter über der Wasseroberfläche schwebt, ziehe ich den Steuerknüppel leicht nach hinten und hebe die Nase der DeHavilland an. Wir fliegen noch hundert Meter weiter so, bis die Schwimmer endlich bei neunzig Knoten das Wasser berühren. Es donnert und spritzt unter uns. Die Maschine verlangsamt rasch, sodass wir nach knapp fünfzig Metern nicht schneller sind als ein Motorboot.

„Das hast du prima hinbekommen", sagt Will. Er übernimmt den Steuerknüppel und zieht an einem Hebel, der die beiden Wasserruder am Ende der Schwimmer ins Wasser taucht. So aufregend, wie die Wasserung war, bin ich ganz zufrieden, ihm wieder das Kommando zu übergeben.

„Ihr beide seid Naturtalente. Ihr könnt beide richtige Verkehrspiloten werden oder auch Buschpiloten, wenn ihr wollt."

„Ja Will, wo du gerade von Buschpiloten sprichst", sagt Daniel. „Jetzt, wo ich meinen Pilotenschein habe, wollte ich dich fragen ...".

Aber Will scheint ihm nicht gehört zu haben, denn in diesem Augenblick fährt er die beiden Motoren wieder hoch und steuert das kleine Passagierflugzeug auf die Küste zu. Daniel öffnet seinen Mund, sagt aber dann doch nichts.

Daniel und ich haben einige Wahnsinnswochen hinter uns. Nach unserem ersten vollen Jahr in Tansania waren wir im Sommer zusammen mit unserer Mutter zu einem Heimaturlaub nach Berlin zurückgeflogen, wo uns unsere Großmutter Linda einen Sommerkurs gebucht hatte, um, wie sie meinte, die Mängel unserer Heimschulung in Afrika wieder auszubügeln. Nach sechs Wochen in Berlin waren wir dann hierher nach Seattle an die amerikanische Westküste weitergeflogen, wo Wills Vater, ein Pilot und Flugzeugrestaurateur namens Ralph Chapman, sein Haus und Werkgelände am Ufer des Puget Sound hat. Nun haben wir zweiwöchige Sommerjobs begonnen, um ein bisschen Geld zu verdienen und unser Englisch zu verfeinern, bevor es dann wieder nach Afrika geht – gerade rechtzeitig, um meinem Freund Joseph am Flughafen von Daressalam Lebewohl zu sagen, bevor er nach seinem kurzen Heimatbesuch wieder zu seinem Vater nach Frankreich zurückfliegt. Ich gebe zu – diesen Teil der Reise habe ich nicht so toll geplant.

Wir haben inzwischen das Ufer erreicht. Will schaltet die beiden Triebwerke auf Leerlauf und lässt die Maschine auf den moosigen Bootssteg zutreiben. Am Ende des Steigs steht ein langer Mann in Jeans und einem karierten Hemd, der ein Seil in der Hand hält und uns zuwinkt. Er ist schon Mitte Siebzig, sieht aber keinen Tag älter als sechzig aus.

„Du wirst es nicht glauben, Dad!" Will öffnet die linke Cockpittür und klettert die Treppe hinunter auf den linken Schwimmer. „Perfekte Platzrunden. Du hättest dabei sein sollen."

Er fängt das Seil auf, das ihm sein Vater zuwirft, und bindet es an eine der Streben fest. Ralph Chapman wirft ihm ein zweites Seil zu und mit nur wenigen Handgriffen haben sie das inzwischen stumme Flugzeug fest vertäut.

Daniel und ich steigen jetzt aus und auf den Schwimmer hinunter. Ralph reicht uns eine schwielige Hand und hilft uns nacheinander auf den Bootssteg herauf. Sein sonnengebräuntes Gesicht zeigt die Furchen eines langen und bewegten Lebens, aber seine grauen Augen leuchten wie die eines jungen Mannes.

„Noch alles dran?", fragt Ralph.

„Wie ich immer sage: zwei Naturtalente." Will steht an der offenen Cockpittür und schlägt sein Logbuch auf. „Die Zukunft der allgemeinen Luftfahrt befindet sich in den besten Händen."

„Dann kann ich mich ja endlich zur Ruhe setzen", sagt Ralph. „Aber dazu ist noch Zeit."

Ein ferner Donnerschlag rollt und ein kühler Regenschauer geht auf uns nieder.

„Was für ein verrücktes Wetter ihr hier am Pazifik habt", sage ich. „Hört es jemals auf zu regnen?"

„Nur, wenn es schüttet", antwortet Ralph und hält zwei Regenschirme hoch.

Überall spielt das Wetter verrückt. In Deutschland haben wir fast einen Hitzeschlag gekriegt. Ganz Europa kocht über, fast wie in Afrika. Globale Erwärmung, sagen die Nachrichten. Hier in Seattle ist vorläufig wenig davon zu spüren, denn hier würden wir eher ertrinken als verbrennen. Aber ich denke, es ist höchste Zeit, dass ein frischer Wind endlich den Herbst und Winter bringt, damit überall wieder ein neuer Frühling kommen kann.

Will trägt die letzte Zahl in sein Logbuch ein. Dann springt er hinunter und schließt die Cockpittür ab. Daniel geht mit Will unter einem der Regenschirme. Ralph und ich laufen hinterher. Während wir uns dem großen einstöckigen Wohnhaus, in dem Ralph mit seiner Lebensgefährtin Sarah wohnt, nähern, gehen wir an Dutzenden von Flugzeugen und Flugzeugteilen im unterschiedlichen Zustand der Reparatur oder des Verfalls vorbei. Ich kenne sie inzwischen alle auswendig.

Zwischen zwei hohen Fichten steht eine riesige Lockheed Constellation, ein sechzig Jahre altes interkontinentales Passagierflugzeug mit einem Dreifachleitwerk und vier massigen Propellermotoren, und rostet vor sich hin. Eine dreimotorige Ju52 aus dem Zweiten Weltkrieg steht auf Blöcken zwischen einer zerbeulten zweimotorigen Beechcraft und einem zitronengelb gestrichenen Steerman-Doppeldecker aus den 1920ern. Neben der Startpiste, vor einem grau gewordenen Hangar aus Fertigbeton, arbeiten zwei Techniker in blauen Arbeitsanzügen am Fahrwerk einer frisch restaurierten Piper Cub.

Alles riecht nach frischer Erde, Sägespänen und Motorenöl. Man könnte meinen, dass Ralphs Werkgelände einen trüben Eindruck macht, besonders im Regen. Ich empfinde es aber nicht so. Aber wie kann ich das Gefühl erklären? Das Gelände hat etwas von Neubeginn, von Wiedergeburt. Ein Kreis schließt sich, ein neuer beginnt. Ich sehe es schon vor mir: Eines Tages werden diese alten Maschinen wieder flügge werden und sich wie Wildgänse in die Luft erheben.

„Du bist bestimmt ganz schön aufgeregt, oder?", fragt Daniel. „Ich meine, wegen eurer Reise übermorgen."

„Ich, aufgeregt?" Will schiebt das blaue Basecap, das er auf seinen sandigen, kurz geschorenen Haaren trägt, leicht nach hinten und wischt einen Regentropfen von seiner Nasenspitze. „Es gibt wirklich keinen Grund zur Aufregung. Eigentlich ist das, was wir die nächsten zehn Tage machen, ein Routineflug wie Tausende anderer in meiner Karriere. Aber wenn du mich fragst, was das für ein Gefühl sein wird, so einen Oldtimer halb um die Welt zu fliegen, dann kann ich nur sagen ... ja, aufregend wird wohl hinhauen."

Etwas surrt und brummt hinter uns, aber dieses Mal ist es nicht der Donner. Wir drehen uns alle um und sehen zu, wie aus einer tief hängenden Wolke eine lange silberne Gestalt auftaucht und auf uns zufliegt. Es ist eine zwanzig Meter lange Passagiermaschine. Sie fliegt nur fünfzig Meter über unsere Köpfe hinweg, sodass wir das Glitzern der Propeller sehen. Der Pilot zieht die Maschine wieder hoch und wackelt mit den Tragflächen. Die Maschine verschwindet in eine Nebelbank und hinterlässt nur das satte Brummen ihrer beiden Kolbenmotoren.

„Manchmal ist Ron ein bisschen verrückt", meint Will. Er kratzt sich im Genick und schüttelt den Kopf. „Er ist zwar ein verdammt guter Pilot, aber er ist auch eine Spielernatur. Du hast die Aurora nicht für Tiefflüge restauriert, oder Dad?"

„Die Aurora macht alles mit", antwortet Ralph. „Tiefflüge, Sturzflüge. Ich habe Ron darum gebeten. Was ist ein Testflug ohne Tiefflug? Man muss auf alles vorbereitet sein. Alles!"

Ralphs Haus besteht aus verschiedenen Flügeln und Anbauten. Es ist offenbar ohne Plan über mehrere Generationen hinweg aus Stein und Holz zusammengezimmert worden und in seiner Größe und Weitläufigkeit würde es eher auf eine Ranch im Wilden Westen passen, als am Rande der Millionenstadt Seattle. Gerade, als wir die schiefergedeckte Holzveranda betreten, hört der Regen auf und die Sonne bricht wieder durch die Wolken hervor. Vögel zwitschern und die letzten Tropfen plätschern von den Ahornbäumen und Fichten hinunter. Daniel und ich treten den sandigen Matsch, der an unseren Schuhen klebt, auf dem Türvorleger ab und folgen Will und Ralph durch die Fliegengittertür.

Es kommt mir jedes Mal so vor, als würde uns das grandiose Wohnzimmer einfach verschlucken. Schwere, üppig gepolsterte Möbel gruppieren sich um den breiten steinernen Kamin. Bücherregale und unzählige gerahmte Flugzeugbilder zieren die weißen Wände. Ein riesiger Eisbärteppich mit Kopf, den Ralph einmal von einem alaskischen Indianerhäuptling geschenkt bekommen haben soll, liegt auf dem Parkettfußboden am anderen Ende des Raums. Aber so groß der Raum auch ist, ich fühle mich darin richtig zu Hause, so als hätte ich jeden Sommer meines Lebens hier verbracht. Der ganze Raum duftet leicht nach Zimtschnecken.

Ich ziehe die nassen Schuhe und Socken aus und schlüpfe in ein Paar kuschelige Filzhausschuhe. Von draußen höre ich, wie das alte Flugzeug wieder kehrt macht und zu einem neuen Tiefflug ansetzt. Die Scheiben klirren.

„Wenn du mich fragst, ist das ziemlich abgedreht", sage ich zu Daniel. „Will soll diese steinalte DC-3 tatsächlich fünfzehntausend Kilometer fliegen, den ganzen langen Weg von Seattle nach Mombasa, nur damit irgendwelche Touristen da unten die Swahiliküste rauf und runter fliegen können? Das müsste irgendwie einfacher gehen."

„Was ist daran so verrückt?" Daniel zieht ebenfalls seine Schuhe und seine durchnässten Socken aus und stülpt sich zwei dicke Wollsocken über die kalten Füße. „Die DC-3s werden immer seltener und ein Safari-Flug in so einem Oldtimer zu einem afrikanischen Naturpark und zu den Badestränden ist gerade die Art von Abenteuertourismus, wofür die Menschen bereit sind, einige Tausender lockerzumachen. Außerdem ist Ralph Chapman der beste Flugzeugrestaurateur auf der Welt. Und wer könnte einen besseren Flugkapitän abgeben als Will? Ich hoffe nur, dass nichts ..." Er schaut zu Boden. „Ich meine, dass Will und seine Crew alles in den Griff kriegen, bevor sie morgen abheben."

„Sag's bloß nicht", erwidere ich. „Das bringt Unglück."

Ich weiß nicht, ob das stimmt, ich meine, ich halte mich nicht für besonders abergläubisch, aber jedenfalls habe ich ein ungutes Gefühl. So eine Art Prickeln im Nacken. Mich beschäftigt aber plötzlich etwas anderes: Wie fliegt man überhaupt von Seattle nach Mombasa? Mombasa ist doch eine Insel vor der Küste Kenias, im Indischen Ozean. Aber wie kommt man dahin? Ich gehe über das zottelige Bärenfell auf eine gigantische Weltkarte zu, die die halbe Wand bedeckt. Sie ist überall mit winzigen Stecknadeln bestückt, die durch schwarze Linien miteinander verbunden sind. Diese Stecknadeln und Linien stellen Ralphs sämtliche Weltflüge dar. Auf den ersten Blick ist nicht zu erkennen, ob er überhaupt ein Land ausgelassen hat. Sogar in Neuguinea und der Mongolei ist er gewesen! Auf mich wirken die Linien zuerst wie ein großes schwarzes Spinnennetz. Aber beim zweiten Betrachten fühle ich mich an etwas anderes erinnert, nämlich an ein Bild in meinem Biologiebuch vom

Sommerkurs, auf dem die Hirnsynapsen und das zentrale Nervensystem des Menschen dargestellt wurden. Und ich habe plötzlich so ein Bild vor Augen, als ob Ralphs Flüge – und die Fliegerei überhaupt – die ganze Welt umspannt und zu einem einzigen denkenden, fühlenden und handelnden Organismus gemacht hat.

Das ist klug ausgedacht, finde ich, aber in der nächsten halben Minute scheine ich das Denken gänzlich verlernt zu haben. Ich lege meinen rechten Zeigefinger auf Seattle im nordwestlichsten Zipfel der USA. Von dort, am Ufer des Pazifischen Ozeans, ziehe ich eine unsichtbare Linie schräg nach Südost. Mein Finger überquert die Rocky Mountains, den Mississippi, die Stadt Atlanta, den Atlantischen Ozean, die Kap-Verde-Inseln und endlich die Westküste Afrikas. Senegal und Nigeria streichen unter meiner Fingerspitze vorbei, bis sie endlich den Äquator überquert und in Mombasa endet, am Indischen Ozean.

„Sie werden wenigstens viel Sonne haben", sage ich, und blicke dabei aus dem Fenster.

Daniel schüttelt den Kopf. „Ich glaube, du hast etwas vom Regen ins Gehirn gekriegt. *Dunia duara.*"

„Wie bitte?", frage ich.

„Du weißt doch, Mamas Swahilispruch. Denk mal nach."

„Klar", sage ich. „Die Erde ist rund."

Die Afrikaner bei uns in Zimmermann's Bend sagen nämlich immer *dunia duara*, wenn sie ausdrücken wollen, dass sich letztendlich alles um sich selbst dreht und dass man bestimmte Dinge nie ganz begreifen kann. Und es stimmt doch, oder? Du kannst um die ganze Welt reisen, um etwas herauszufinden, aber du wirst garantiert immer dort landen, wo du angefangen hast, solange du einen geraden Kurs hältst. Eigentlich genial.

„Aber du meinst es wörtlich, nicht wahr?" Ich beiße mir auf die Unterlippe und denke nach. „Okay. Moment mal, ich verstehe, was du damit sagen willst. Sie müssen der Erdkrümmung folgen, also einen Großkreis ziehen, und das heißt wohl, dass sie zuerst nach Norden fliegen müssen, habe ich Recht?"

Ralph gesellt sich zu uns. Er hat einen dicken weinroten Pullover übergezogen und lächelt uns beide wie ein bartloser Weihnachtsmann an.

„Manchmal ist eine gerade Linie eben nicht der kürzeste Weg zwischen zwei Punkten", sagt er. „Das hört sich vielleicht wie eins von euren Sprichwörtern an, aber in der Fliegerei ist es eine einfache Tatsache."

Er zeigt auf einen riesigen Globus, so groß wie ein Gastank, der auf einem nahen Kaffeetisch steht.

„So werden sie fliegen."

Ralph zieht ein Maßband aus seiner Tasche und legt das eine Ende auf die Stadt Seattle am Pazifik. Dann entrollt er das Band Zentimeter für Zentimeter nach Nordost über das westliche Kanada in Richtung Hudson Bay, Grönland und Island, wobei er fast den nördlichen Polarkreis streift.

„Erst mal Richtung Nordpol, und dann auf dem Rücken des Nordwinds schnurstracks nach Mombasa."

Sein Finger bewegt sich weiter über Großbritannien, Frankreich, der Schweiz, Italien, dem Mittelmeer, Ägypten, dem Sudan, Äthiopien und schließlich nach Kenia hinunter.

„Seht ihr? Was auf einer flachen Landkarte wie ein großer Bogen aussehen würde, ist in Wirklichkeit eine direkte Route. Wir Menschen wurden zwar als dreidimensionale Wesen geschaffen, aber wir neigen immer noch dazu, uns unsere Welt zweidimensional vorzustellen. Man muss aber immer die Erdkrümmung berücksichtigen. Sonst kommt man niemals ans Ziel."

Eine hochgewachsene Frau mit leicht angegrauten braunen Haaren und hellen blauen Augen kommt durch die Küchentür ins Wohnzimmer.

„Da seid ihr ja alle wieder", sagt sie und bindet ihre geblümte Schürze los. Sie steckt ihre weiße Bluse in ihre Jeans und hängt die Schürze an einen Haken am Türrahmen.

„Das Essen wird erst gegen sieben fertig sein, aber bis dahin gibt's heiße Schokolade und frische Kekse. Will, ein Bob Thorvald hat für dich angerufen. Ich habe die Nummer notiert."

„Was das wohl zu bedeuten hat?"

Will sitzt gerade im Ohrensessel am Kamin, in eine Zeitung vertieft. Er kann sich offenbar nur schwer von seinem Artikel losreißen, nimmt aber den Zettel, den Sarah ihm entgegenhält, und verschwindet in den Flur. Einen Augenblick später höre ich seine Stimme.

„Setzt euch alle hin, solange Will telefoniert", sagt Sarah und zeigt auf den vier Meter langen Esstisch, der an einem Ende des Wohnzimmers steht.

Sie hat ihn schon mit Tellern und Tassen gedeckt. Eine Schüssel mit ofenheißen Haferkeksen mit Schokoladenstückchen steht in der Mitte neben einem üppigen Rosenstrauß in einer Kristallvase. Sarah holt eine dampfende Kanne aus der Küche und schenkt uns allen ein.

„Die Kekse riechen fantastisch", sage ich und lege zwei auf meinen Teller. „Ich habe keine Ahnung, wie du die Zeit findest, das alles zu machen."

Sarah setzt sich und nimmt einen Keks. „Irgendjemand muss sich ja um unsere Gäste kümmern."

Ralph beißt in einen Keks und lächelt. „Sarah tut immer so, als würde sie jeden Tag nur in der Küche hocken. Dabei ist sie seit zehn Jahren die Geschäftsführerin meines Restaurationsbetriebes. Dank ihrer Unterstützung brauche ich mich nur noch um die Flugzeuge zu kümmern. Was für ein Leben, findet ihr nicht?"

„Ja, ja, die Flugzeuge", erwidert Sarah. „Schön und gut, du hast eine tolle Werkstatt aufgebaut, Ralph. Aber Flugzeuge sind nicht alles. Weißt du nicht, dass es eine ganze

Welt da draußen gibt, die mit Flugzeugen überhaupt nichts am Hut hat?"

„Da draußen?", fragt Ralph. „Wieso da draußen?" Er erhebt seine Hände und tut so, als würde er am Steuerjoch eines Flugzeugs sitzen. „Du meinst wohl, da unten." Und er zwinkert Daniel und mir zu.

„Ich gebe auf", sagt Sarah. Aber sie lächelt. „Und wie war euer Tag denn sonst noch so? Haben dich die Kinder einigermaßen gut behandelt, Jenny?"

Ich schlürfe an meiner heißen Schokolade. Das süße, wohlige Gefühl, das sie bei mir im Bauch auslöst, wärmt mich bis auf die Knochen.

„Die Kinder waren kleine Teufel", sage ich und wische mir die Oberlippe an meinem Handrücken ab. „Vor allem dieser kleine Bush Landru. Ich würde ihn am liebsten zur Adoption freigeben. Am Dienstag klebte er Suzy seinen Kaugummi in die Haare und gestern hat er mich in den Arm gebissen. Einfach so!"

Mrs. Landru, die Horterzieherin, hatte alle ihre Kinder, Jungs wie Mädchen, nach den US-Präsidenten benannt. Das scheint gerade in Mode zu sein. McKinley, Harding, Ford, Reagan und zu allem Überfluss der kleine Bush Landru.

„Die Kinder könnten doch ein kleines bisschen Dankbarkeit zeigen, oder? Ich habe versucht, ihnen Märchen vorzulesen, vor allem das wunderschöne von dem Schloss östlich der Sonne und westlich vom Mond, wo das Mädchen auf dem Nordwind reitet, aber sie haben sich nur um die Play Station gebalgt. Gestern haben sie mich sogar ins Kino geschleppt und sie sagten, es handele sich um einen Zeichentrickfilm. Und weißt du was es wirklich war? Ein Krimi, ein echter Film um Mord und Totschlag! Irgendeine arme Frau wurde entführt, und die Gangster haben so einen gemeinen Drohbrief geschrieben, mit lauter Wörtern, die sie aus Zeitungen geschnippelt und auf einem Blatt Papier zusammengeklebt haben. Ich glaube nicht, dass die Kinder den Film überhaupt verstanden haben. Sie wollten mich damit nur ärgern."

„Allerdings." Sarah lacht. „Ja, ich glaube, es ging der letzten Hort-Aushilfe genauso. Manche Kinder haben eben keine Bremsen. Kein Wunder, dass es Mrs. Landru so schwer fällt, Unterstützung zu finden. Du bist ein Engel, dass du diese Aufgabe trotzdem auf dich genommen hast. Und für so wenig Geld! Du ahnst nicht, was deine Hilfe den Menschen im Dorf bedeutet."

„Der Bibliotheksbasar wird wohl etwas interessanter gewesen sein, was, Daniel?", fragt Ralph.

„Ja, wenn man gern Bücherkisten stapelt." Daniel berührt seine Armmuskeln und zieht eine Grimasse.

„Die Kreisbibliothek musste eben viele alte Schmöker ausmisten", sagt Sarah. „Und als der Basar angekündigt wurde, wollte jeder im Umkreis von zwanzig Kilometer seine alten Bücher loswerden. Danke für deinen Einsatz, Daniel, es ist wirklich für einen guten Zweck. Ohne die Basare würden wir niemals den neuen Bibliotheksanbau finanzieren können."

Daniel nickt. Er wird es verkraften. Denn obwohl die letzten paar Tage ziemlich hart waren, haben wir die vorangegangenen zehn Tage bei Ralph und Sarah sehr genossen. Seattle mit seinen Wolkenkratzern, den coolen Kaffeehäusern, Einkaufsstraßen und dem hundertfünfundachtzig Meter hohen Space Needle ist faszinierend. Ralph hat uns dann in einem seiner vielen Flugzeuge über die Berggletscher und nebligen Regenwäldern des Olympic National Parks bis zur Pazifikküste geflogen. Dort machten wir ein Picknick am Strand und tauchten unsere Füße in den eisigen Wellensaum des Ozeans. Es verging kaum ein Tag, an dem wir nicht am Steuerknüppel irgendeines Flugzeugs saßen, ob zusammen mit Ralph oder aber mit Will, der seit fünf Tagen da ist und sich auf die Überführung der DC-3 vorbereitet.

Jedenfalls weiß ich jetzt, was Aktivurlaub bedeutet. Nun freue ich mich fast auf unseren Rückflug. Ein Tag und eine Nacht in einem riesigen Airbus der British Airways, eine Zwischenlandung in London, dazu jede Menge Videos, Spiele und Mahlzeiten. Ja, einfach sitzen und nichts tun müssen ...

Draußen heult der Wind auf. Regentropfen spritzen auf die Fensterscheiben. Der Ast der großen Linde, die am Fenster steht, schlägt gegen das Glas, als würde jemand um Einlass bitten.

Draußen im Flur hört Will auf zu sprechen. Er kommt ins Wohnzimmer zurück. Sorgenfalten auf seiner Stirn.

„Schlechte Nachrichten?", fragt Ralph.

„Ich habe schon Bessere bekommen." Will setzt sich und schenkt sich Kakao ein, während er an einem Haferkeks knabbert. „Das war Bob Thorvald aus San Francisco. Er sollte doch als Cargomaster mitfliegen, aber er hat auf dem Weg zum Flughafen einen Motorradunfall gehabt und liegt im Krankenhaus. Nun kann er unmöglich mit nach Mombasa."

„Kein Cargomaster?", sagt Ralph. „Gut, man kommt doch ohne aus. Ich habe schon DC-3s ganz allein bis nach Brasilien geflogen. Aber hilfreich wäre einer schon, vor allem, wenn man so viele Ersatzteile an Bord hat, wie wir in der Aurora unterbringen müssen. Und überhaupt die Flugschauen! Hast du niemanden sonst auf Lager?"

„Das soll wohl ein Witz sein?", sagt Will. „Wen soll ich an einem Donnerstagabend fragen? Wir starten doch übermorgen in aller Herrgottsfrühe, und wir müssen die Termine bei den Flugschauen einhalten. Schließlich wollen die Betreiber ihr neues Prachtstück vorzeigen und in die Zeitungen kommen. Das steht alles im Vertrag."

„Vielleicht kannst du Sarah mitnehmen", sagt Ralph. „Sie war doch zwanzig Jahre lang Flugbegleiterin. Da kennen wir uns doch auch her, nicht wahr?"

„Das würde dir so gefallen, was?", sagt Sarah. „Zwei Wochen lang sturmfreie Bude haben! Nein, ich bleibe hier, sonst geht das Geschäft drunter und drüber, vom Haushalt ganz zu schweigen. Außerdem hasse ich lange Flüge. Sie machen mich verrückt. Deswegen habe ich auch meine Karriere an den Nagel gehängt."

Will schüttelt den Kopf. „Nein, das wird nichts. Wir werden eben ohne Cargomaster fliegen müssen. Es sei denn ..." Er schaut zu Daniel und mir. „Es sei denn, ihr beide habt Lust auf einen zehntätigen Sommerjob, wo ihr nebenbei etwas von der Welt sehen könnt."

Er sagt die Worte leise, aber auf mich wirken sie, als ob gerade ein Blitz eingeschlagen hätte. Daniel schaut zu mir und lächelt.

„Komm doch, Will, die beiden sind noch Schüler!", ruft Sarah. „Du kannst doch nicht ..."

Aber Daniel unterbricht sie. „Klar, Will! Wir sind dabei."

„Aber das geht doch nicht", sage ich. „Ich muss doch für meine Bio-Prüfung lernen. Außerdem ..."

„So ein Quatsch", sagt Daniel. „Du sagst doch die ganze Zeit, dass du etwas Besonderes erleben willst, worüber du schreiben kannst. Hier hast du deine Chance."

„Hast du etwa Angst?", fragt Ralph.

„Nein, natürlich nicht, aber was ist mit dem Hort?", frage ich. „Ich habe mich doch verpflichtet."

Und dann fällt mir der kleine Bush Landru ein. Die Bisswunde an meinem Arm pocht. Außerdem, wenn wir übermorgen fliegen und in zehn Tagen da sind, werde ich ganze vier Tage mit Joseph verbringen können.

„Wenn es nur um den Hort geht, schafft das Mrs. Landru auch ohne dich", sagt Sarah.

„Es muss nicht sein, Jenny", sagt Will. „Mach dir keinen Kopf drüber. Wir schaffen es auch mit Daniel allein."

„Und wie", sagt Daniel. „Schließlich habe ich schon meinen Pilotenschein, und du musst doch an deine Bio-

Prüfung denken. Ich schicke dir ein paar E-Mails und halte dich auf dem Laufenden. Vielleicht kannst du einen kleinen Bericht über uns schreiben, wenn du wieder zu Hause bist."

Wie bitte? Ich soll über *seine* Reise einen Bericht schreiben? Die Bisswunde pocht stärker.

„Wann starten wir?", frage ich.

Ja, das sagte ich wirklich. Und ich frage euch: Wie blöd kann man eigentlich sein? Ich sollte sehr bald darauf eine Antwort erhalten.

2

Ich konnte noch nie in der Nacht vor einer großen Reise schlafen. Diese Nacht ist keine Ausnahme, und ich stehe schon längst gewaschen und angezogen im großen warmen Gästezimmer unterm Schieferdach, als endlich mein Reisewecker zu piepsen anfängt.

Von der Sonne ist noch nichts zu sehen, als Daniel und ich uns auf die hintere Bank von Ralphs grünem Kombi setzen. Es nieselt und die Fensterscheiben sind beschlagen. Mein Kopf brummt. Der Frühstücksmüsli liegt wie Kies in meinem Magen. Ich ziehe mein blaues Basecap von Hertha BSC tief über meine Stirn und friere.

Will legt das letzte Gepäckstück in den Laderaum. Er wischt sich den Regen von der Stirn und schlägt die Hecktür zu. Während Ralph den Motor anlässt, springt Will vorne rein.

„Punkt fünf Uhr", sagt er und schnallt sich an. „Wenn wir diese Pünktlichkeit während der ganzen Reise durchhalten, dann bin ich zufrieden."

Ralph legt den ersten Gang ein und wir fahren los. In dem Augenblick, als das Verandalicht von Ralphs Haus allmählich in die Schatten verschwindet, und Sarahs halb beleuchtete Gestalt, die uns noch zuwinkt, zu einer Erinnerung verblasst, beschleicht mich wieder dieses besondere

Gefühl, das man ein oder zwei Stunden vor Sonnenaufgang bekommt, wenn der Himmel noch ganz schwarz ist und die Luft dir geradezu in die Nase beißt, als ob sie Zähne hätte, wenn du auf einmal spürst, dass an diesem Tag alles und wirklich alles passieren kann und passieren wird, wenn du dich einfach darauf einlässt.

Die Reifen zischen über den nassen Asphalt. Das Wageninnere wärmt sich schnell auf und Daniel und ich öffnen die dicken Anoraks, die uns Sarah gestern in einem Abenteuer-Ausrüstungsladen mitten in Seattle gekauft hat. Mit unseren Sommersachen, die uns bisher in Ostafrika und in der sengenden Sommerhitze Berlins sowie an der pazifischen Küste gut gedient haben, könnten wir unmöglich eine Reise durch die Arktis antreten, hatte sie uns gesagt. Schon jetzt merke ich, wie Recht sie hat, denn um diese frühe Stunde spüre ich eine Kälte in der Luft, die mir nach anderthalb Jahren Afrika ganz fremd geworden ist.

„Übertreibt nicht in den ersten Tagen", sagt Ralph. Der Nebel löst sich langsam auf, und Ralph schaltet die Scheibenwischer aus. „Zwar haben wir die alte Dame einer Verjüngungskur unterzogen, aber sie hat immerhin siebzig Jahre auf dem Buckel. Vergiss das nicht."

„Klar", antwortet Will. „Ich werde die Aurora wie meine eigene Großmutter behandeln. Ich hoffe, sie wird sich entsprechend revanchieren und uns keine Sorgen bereiten."

„Einen Flug ohne Sorgen gibt es nicht", erwidert Ralph. „Das weißt du. Aber wenn ihr schon Sorgen habt, dann werdet ihr sie euch selbst machen. Von sich aus macht euch die Aurora keine."

Nach einer Viertelstunde tauchen die Lichter des Flugplatzes hinter einem Wäldchen auf. Der Wächter an seinem Kontrollhäuschen winkt uns durch das Tor im Maschendrahtzaun und schon hält Ralph an einem hundert Meter langen Hangar aus grauem Wellblech. Auf dem Tower dreht sich fortwährend eine Radaranlage und das Lichtfeuer des

Flugplatzes blinkt. Ein langer, hagerer Mann in einem grellen orangefarbenen Regenmantel mit einem Cowboyhut auf dem Kopf steigt aus einem weißen Toyota aus und winkt uns zu.

Daniel und ich erkennen Mr. Simms, den Flugplatzmanager, dem wir bei unseren Flügen der letzten Tage mehrfach begegnet sind. Er hinkt zu uns herüber und stemmt beide Hände in die Hüften. Sein rechtes Bein ist zwei Zentimeter kürzer als sein linkes, und er gleicht den Unterschied mit einem höheren Absatz auf dem rechten Schuh aus. Wie Ralph hat auch Mr. Simms früher als Testpilot bei Boeing gearbeitet, bis ihn ein schrecklicher Unfall, der ihn fast das ganze Bein gekostet hat, für immer aus dem Cockpit verbannte.

Kaum steht er draußen, als ein schwarzer Schatten hinter ihm auftaucht und wie eine Rakete auf uns zufliegt. Der Dobermann bleibt knapp zwei Meter vor mir stehen und bellt mich an.

„Lasst euch vom alten Randy nicht verrückt machen", sagt Mr. Simms. „Er tut euch nichts."

Ich kenne Randy. Wir haben doch gerade vorgestern miteinander Stöckchen gespielt. Nun fletscht er die Zähne, als würde er mir gleich an die Kehle springen.

„Randy, was hast du bloß?", frage ich.

Ein echter Höllenhund. Dabei mag ich eigentlich Hunde – auch wenn Randy, mit seinem glatten, sehnigen Dobermann-Körper etwa genau so kuschelig aussieht wie ein Hai.

„Wenn ich das nur wüsste", sagt Mr. Simms. „Es ging gestern los. Irgendetwas macht ihn zu schaffen. Es ist wohl etwas in der Luft." Er packt Randy am Halsband und sperrt ihn wieder ins Auto. „Jeder spürt es irgendwie", sagt er weiter. „Seit gestern ist irgendeine Sicherheitsgeschichte an der Ostküste im Gange. Es kam heute früh im Radio."

„Sie meinen wohl den Diebstahl", sagte Will. „In diesem Labor in Virginia. Es stand gestern in der Zeitung etwas darüber. Ohne Details, versteht sich. Wenn überall Alarm geschlagen wird, könnte das unsere Reise erschweren."

„Glaub ich nicht", sagte Mr. Simms. „Aber ab acht Uhr gelten auch hier neue Sicherheitsvorkehrungen. Man würde Sie nicht mehr einfach nur durchwinken. Man hätte Sie alle ganz schön auseinander genommen."

Er schaut auf seine Armbanduhr. „Nun, seid ihr soweit?", fragt er Daniel und mich. „Passt bloß auf, dass euer Stiefvater und die anderen euch nicht ausbeuten. Reisen soll bilden – zum Arbeiten habt ihr euer ganzes Leben noch vor euch. Merken Sie sich das, Will!"

„Ich vergesse es nicht", sagt Will. Heute trägt er ein Khakihemd mit Schulterstücken unter seiner Regenjacke. Ganz der Flugkapitän. „Und da kommen schon unsere Leute. Ich glaube, es kann bald losgehen."

Ein gelbes Taxi nähert sich von hinten dem Hangar, gefolgt von einem dunkelblauen Chrysler. Das Taxi hält an und ein dunkelhaariger, untersetzter Mann so um Mitte dreißig, in Jeans und schwarzer Lederjacke steigt aus.

„Ahoi Will!", ruft er. „Hier treffen sich die Generationen, was? Vater, Sohn, Stiefkinder." Er reicht Will die Hand. Der Taxifahrer stellt zwei Koffer auf den nassen Asphalt und fährt wieder davon.

„Darf ich vorstellen?", sagt Will und wendet sich an Daniel und mich. „Das ist Ron Ellison. Er wird unser Kopilot sein."

„Ihr müsst Daniel und Jenny sein, wenn ich mich nicht irre." Der Pilot gibt uns die Hand. „Seit ihr Hammer oder Amboss?"

„Sind wir ... was?", frage ich.

„Ihr müsst immer Hammer sein, wenn ihr euch in dieser Welt durchsetzen wollt. Aber nennt mich Ron. Wir werden die nächsten zehn Tage dicht an dicht zusammen leben, und da gibt's keinen Platz für Formalitäten!"

Der Chrysler, der das Logo des Sheraton Hotels auf seinen Türen trägt, hält ebenfalls an und zwei Figuren steigen aus. Die erste ist ein dunkler, rundlicher Afrikaner mit kurz geschorenen Haaren. Er trägt einen schwarzen Wollmantel über seinem aschegrauen Anzug und eine schwarz umrandete Brille auf der Nase. Ihm folgt eine junge weiße Frau mit üppigen dunkelbraunen Locken und einem kantigen, wenn auch schönem Gesicht, aus dem zwei aufmerksame schwarze Augen blitzen.

„Einen wunderschönen guten Morgen, Mr. Chapman", sagt der Afrikaner und gibt Will die Hand. Seine Stimme klingt tief und verrät einen deutlich ostafrikanischen Akzent.

„Es ist mir ein Vergnügen, Mr. Kathangu", antwortet Will. „Danke, dass Sie so pünktlich kommen. Und Sie auch, Ms. D'Annunzio."

Er schüttelt der jungen Frau die langgliedrige Hand. Sie ist groß, schlank, bildhübsch und sieht hier, auf diesem verregneten Vorfeld, irgendwie deplatziert aus. Sie trägt einen dunkelblauen Overall unter ihrem fichtengrünen Anorak aus Segeltuch. Auf ihrem linken Ärmel ist in Schulterhöhe eine Tibetfahne aufgenäht. An ihrem freien Hals hängt ein silberner, fünfzackiger Stern im Kreis an einer goldenen Kette. Das kenne ich doch, es nennt sich doch Pentagon oder so ähnlich.

„Noch eine Vorstellungsrunde", sagt Will zu Daniel und mir. Das ist John Kathangu aus Mombasa, der Geschäftsführer von 'Aisha Air', der gekommen ist, um die Restaurierung und Überführung der Aurora zu beaufsichtigen. Er ist sozusagen unser Chef!"

„Ja, ich habe Sie alle im Auge!", sagt John und lacht.

„Und das ist meine Kollegin ...", beginnt Will.

„Ich mache das lieber selbst, Mr. Chapman", lächelt die Frau in die Runde. „Ich heiße Antonella D'Annunzio und bin die Flugingenieurin. In anderen Worten, die Mechanikerin", fügt sie leicht ironisch hinzu sie und wendet sich dabei an Daniel und mich. „Und wenn ich mich nicht irre, dann seid ihr unsere neuen Cargomaster und Flugbegleiter." Sie gibt uns die Hand. „Ihr seid die jüngsten Flugbegleiter, denen ich bisher begegnet bin. Euch steht noch einiges bevor."

„Du bist Italienerin?", frage ich.

„Aus Kalifornien", sagt sie. „Aber meine Eltern leben in Rom."

Der Stern an ihrem Hals fängt das Licht der Scheinwerfer und blitzt auf. Ein Pentakel! Klar, so heißt das. So eine Art Zaubersymbol, glaube ich.

„Wir werden uns nachher alle besser kennen lernen", sagt Will, „aber Mr. Kathangu will seine Maschine geliefert bekommen und wir haben eine recht lange Checkliste. Wir müssen um sechs in der Luft sein."

„Da wäre noch etwas, Mr. Chapman", sagt Mr. Kathangu. Sein Lächeln verschwindet. Nun tritt er unruhig von einem Fuß auf den anderen. „Das mit Ihren Stiefkindern geht in Ordnung. Schade nur um Mr. Thorvald. Wir bekommen aber noch ein siebtes Besatzungsmitglied. Eine Ms. Trace – sie ist Navigationsexpertin – wird sich uns anschließen. Sie erwartet uns heute Abend in Churchill."

„Nicht die berühmte Ms. Trace von Elexis Defense Industries?", fragt Will. „Ausgerechnet sie als Navigatorin? Und überhaupt – ich wüsste nicht, wozu wir eine Navigatorin brauchen. Schließlich ist diese alte Maschine mit der modernsten Navigationstechnik ausgestattet. Gerade Sie haben dafür gesorgt, Mr. Kathangu."

„Aber gerade deswegen soll sie diese Technik auf den Flugschauen vorstellen. Ich möchte sie auf jeden Fall dabei haben."

Will denkt einen Augenblick nach. „Ganz wie Sie wollen, Mr. Kathangu", sagt er. „Platz haben wir genug."

Der Chrysler zischt weg. Mr. Simms hinkt zum Hangar, wo er einen Schlüssel in einen kleinen roten Kasten an der

Wand steckt. Augenblicklich erhebt sich ein Lärm wie von einer Kreissäge und die Rolltüren des Hangars fangen an, sich zu öffnen. Zentimeter um Zentimeter bewegen sie sich auseinander und geben den Blick auf einen riesigen dunklen Raum frei, der nach Motorenöl riecht. Als die Tür ganz offen steht, hinkt Mr. Simms über die Schwelle und knipst eine Reihe Lichtschalter an. Neonröhren und Scheinwerfer flackern auf und das Innere des Hangars wird nach und nach vom Licht durchflutet. Und da vor uns, mit dem Heck zur Rolltür, leuchtet und blitzt mir etwas Wuchtiges, Metallenes entgegen. Meine Augen brauchen noch ein paar Sekunden, bis sie erkennen können, was es überhaupt ist.

Die Aurora ...

3

Die Hülle der Maschine funkelt wie poliertes Silber unter den Scheinwerfern des Hangars. Über den sieben rechteckigen Passagierfenstern prangen in roten Großbuchstaben die Worte „Aisha Air". Neben der Tür hinten steht die Kennzahl „N-76SP". Weiße Plane verhüllen die Propeller der beiden Triebwerke. Der zwanzig Meter lange Rumpf der Maschine neigt sich von den beiden angeblockten vorderen Rädern zum winzigen Spornrad am Heck. Antonella geht auf die Aurora zu und fängt an, die Plane von den Propellern herunterzuziehen.

„Ist sie nicht eine Augenweide?", sagt John und legt seine Hände auf meine und Daniels Schultern. „Was ihr da seht, ist die erste Maschine der Flugflotte der ‚Aisha Air'!"

„Eigentlich sieht sie ungefähr wie ein moderner Verkehrsjet aus", erwidert Daniel. „Nur viel kleiner, und mit Propellern."

„Die DC-3 ist der Großvater der Boeing 747 und der A-380", ruft Ron über seine Schulter, während er und Will auf die Maschine zugehen. „So fing die moderne zivile Luftfahrt überhaupt an."

„Wie sind Sie auf den Namen ‚Aisha Air' gekommen?", frage ich. „Aisha ist doch ein Frauenname, oder?"

„Aisha wird in der Tat als Frauenname benutzt", antwortet John. „Aber er bedeutet auf Arabisch ‚Leben'. Mit dieser Maschine wollen wir neues Leben in die Tourismusindustrie der Swahiliküste fließen lassen!"

Will steigt die vier Stufen der Bordtreppe zur hinteren Doppeltür hoch und schließt sie auf. Er verschwindet im Rumpf der Maschine, wie in den Rachen eines großen Tieres, gefolgt von Ron, der die Leiter wieder hochzieht und die Tür hinter sich zuschlägt. Einen Augenblick später sehe ich, wie sich Will vorne im Cockpit zu schaffen macht. Etwas an den beiden vorderen Fahrwerken macht klick und Will klappt ein Seitenfenster auf. „Blöcke wegziehen!", ruft er. „Bereit zum Abschleppen!"

Antonella zieht die beiden Holzblöcke von den Reifen weg. Mr. Simms macht eine Geste zum Tor hinaus und im nächsten Augenblick kommt ein kleines rotes Abschleppfahrzeug, nicht größer als ein Gartentraktor, angetuckert. Ein hagerer älterer Herr in einem Blaumann hält den Traktor an, springt hinaus und befestigt einen Haken am Spornrad. Dann setzt er sich wieder auf den Fahrersitz. Er gibt Gas und zieht die Aurora in die gerade beginnende Dämmerung hinaus, wo ein gedrungener weißer Tankwagen auf sie wartet.

Ich gehe auf die Aurora zu und spüre ein Kribbeln an der Kopfhaut, so als würde ich beobachtet. Ich drehe mich um und sehe draußen im Schatten eine graue Figur stehen. Sie macht einen Schritt zurück und verschwindet. Ich schaue genauer hin, aber meine Augen, die sich gerade an die grellen Hangarlichter gewöhnt haben, sehen nichts mehr.

„Will und Ron werden jetzt das Tanken beaufsichtigen und die Checkliste durchgehen", sagt Antonella. Sie nimmt einen Gummiring aus ihrer Hosentasche und bindet damit ihre üppigen Locken zu einem einfachen Zopf zusammen. „Wir haben die Technik gestern Abend überprüft, sodass wir schon in einer halben Stunde starten können. Da bleibt noch genug Zeit, euch in eure Aufgaben einzuweisen."

„Will sagte, wir sollten die Cargomaster spielen", sage ich.

„Ein Spiel ist das nicht gerade", sagt Antonella. „Aber so schlimm wird es nicht sein. Ihr seid für die Fracht zuständig. Das heißt, ihr müsst aufpassen, dass vor jedem Start und jeder Landung alles dicht und fest ist. Ihr müsst auch neue Fracht an Bord nehmen. Ihr bekommt von mir eine besondere Kreditkarte, womit ihr alles auf den Flughäfen kaufen könnt. Bei diesem Flug wird das vor allem Lebensmittel und Getränke betreffen, aber gerade die Versorgung ist wichtig. Wer will schon fünfzehntausend Kilometer fliegen, ohne etwas zu essen?"

„Und die Essenszubereitung?" fragte Daniel.

„Ja, das wird auch in euren Bereich fallen", sagt Antonella. „Ihr seid sozusagen unsere Flugbegleiter."

„Müssen wir auch Uniformen tragen?", frage ich. „Mit ‚Aisha Air' drauf?"

„Wenn ihr möchtet." Antonella lächelt und legte ihren Kopf zur Seite. „Jedenfalls werden die Uniformen auch an Bord sein."

Sie zeigt auf einen Stapel brauner Pappkisten, die an der äußeren Wand des Hangars aufgetürmt stehen.

„Aber am besten fangt ihr dort mit der Fracht an. Einige Ersatzteile und andere Sachen sind schon im Frachtraum. Eine Kiste ist aus Holz und versiegelt. Irgendwas Technisches – da darf keiner reinschauen. Es ist alles gestern Abend eingetroffen." Antonella reicht mir ein Klemmbrett mit einigen losen Blättern drauf. „Ihr müsst lediglich überprüfen, ob alle Kisten auf der Liste da sind und ein Häkchen machen. Dann könnt ihr alles auf den kleinen Gepäckwagen laden und zur Aurora ziehen." Sie schaut uns beide einen Augenblick an. „Also, Daniel, du bist eindeutig Stier, nicht wahr? Und Jenny ist ... Wassermann. Ganz sicher."

„Hey, wie kannst du das wissen?", frage ich.

„Ich habe so einen Blick dafür, nichts weiter." Sie zwinkert mir zu. „Gut, wir treffen uns an der Aurora in zehn Minuten, okay?"

„Wie du meinst", sagt Daniel, und weg ist sie.

„Wie konnte sie das mit unseren Sternzeichen wissen?", flüstere ich.

„Ganz einfach", meint Daniel. „Sie hat doch in unsere Unterlagen geschaut. Wie denn sonst?"

„Welche Unterlagen? Und wozu sich die Mühe geben?"

Daniel zuckt mit den Schultern und sieht zu den etwa zwanzig Kisten hin. „Eine ganz schöne Gepäckladung für nur sieben Leute", sagt er. Er tritt auf die Kisten zu und liest die erste Zahl vor. „A-749".

„Mal sehen ..." Ich nage an meiner Unterlippe und begutachte die Zahlenreihen. „Ich hab's. Zylinderköpfe."

Mein Blick geht zur Hangartür. Da steht tatsächlich jemand!

„Daniel, weißt du, dass der Mann dort hinten uns die ganze Zeit beobachtet?"

Er dreht sich um, schüttelt dann nur den Kopf. „Du siehst wohl Gespenster. Aber wenn schon. Vielleicht ist er einfach sauer, dass er nicht mit darf."

„Gut möglich, aber ..."

„Vergiss es!" Daniel hebt nun einen Karton auf und stöhnt. „Mensch ist der schwer! Wie viele sind es insgesamt?"

„Sechs Stück." Ich mache ein Häkchen auf der Liste. „Ich glaube, du hast die anderen alle schon zusammen. Stell sie alle auf den Gepäckwagen und dann machen wir weiter."

„Und dann mache *ich* weiter, meinst du", sagt Daniel und stellt die Kiste auf den Gepäckwagen.

Ich lache und drehe den Kugelschreiber zwischen meinen Fingern. „Tja, irgendjemand muss doch die Federführung haben, nicht wahr?"

Daniel grunzt. Als er die sechs Kisten abgeladen hat, liest er die nächste Zahl ab.

„A-007. Hört sich an wie ein Actionfilm. Was sind da drin, Miniraketen oder so was?"

„Träum weiter", sage ich und mache ein Häkchen. „Spezialschraubenzieher. Aber die nächste wird dir gefallen. A-212. Hast du sie schon?"

Daniel stellt den Karton mit den Schraubenziehern zu den anderen und nickt. „Sind es jetzt Raketen?"

„Etwas viel besseres", sage ich. „Kekse, Schokolade, Kaffee, Tee, Müslipackungen und H-Milch."

„Die Kiste können wir gleich auspacken", sagt Daniel. „Ich verhungere gleich. Aber was ist mit der nächsten Kiste? A-304? Sie ist gar nicht richtig zugeklebt."

Ich schaue auf meine Liste. „Dreihundert ... ja, ich habe sie. Bücher. Ja, es sind einfach Bücher."

„Gute Bücher", ruft uns Will von der Hangartür zu. „Ich habe sie gestern Nachmittag noch im Buchbasar besorgt. Alles Mögliche, und auch viel Fliegerliteratur. Wir müssen doch irgendwann unseren Bücherschrank in Zimmermann's Bend wieder aktualisieren."

„Ich werd' verrückt!", ruft Daniel. „Ich habe mich gerade vom Bücherstapeln erholt, und jetzt geht es schon wieder los." Er greift in die offene Kiste und zieht ein paar angestoßene Bände heraus. „Guck mal – Romane, Gedichtbände, Fliegermemoiren. Wenigstens haben wir etwas zu lesen beim Flug."

Als Daniel und ich den Gepäckwagen zur Maschine hinausschleppen, fährt der Tankwagen gerade ab.

„Da seid ihr ja schon!", ruft uns Antonella von der offenen Tür entgegen. „Steigt gleich ein, und ich helfe euch nachher mit den Kisten. Ihr müsst erst mal euer neues Zuhause kennen lernen."

Daniel ist schon ins Flugzeug gesprungen. Ich springe ihm aber nicht gleich hinterher. Mein Herz schlägt schneller. Es geht mir immer so, wenn ich in ein Flugzeug steige. Man weiß doch nie so richtig, wo man wieder aussteigen und was man alles vorfinden wird. Nicht dass ich Angst vorm Fliegen habe. Im Gegenteil. Aber dieses Mal zögere ich einen Augenblick. Warum bloß? Solange Will am Steuer sitzt, kann ja nichts passieren, oder?

Ich schlucke, dann steige ich die vier Stufen der Aluminiumtreppe hoch und bücke mich, bevor ich dann in den Rumpf der Maschine eintrete. Geschafft! Ich blicke mich um. Tja, was habe ich erwartet? Die Passagierkabine ist gewölbt und mit seidenfarbenem Isolierstoff gefüttert. Der Fußboden liegt schräg – wäre er noch ein paar Grad geneigter, würde man Stufen brauchen, um sich von einem Ende zum anderen zu bewegen. Auf der rechten Seite stehen drei Gruppen von jeweils vier breiten Ledersitzen mit Mahagoni-Holztischchen, wie im Großraumwaggon eines Zuges, nur viel eleganter. Auf der linken Seite stehen sich dreimal zwei Einzelsitze gegenüber, auch mit Tischen. Die Luft riecht nach frischem Leder und fabrikneuer Auslegware.

„Es sieht aus wie ein ganz normales Passagierflugzeug", bemerkt Daniel. „Nur ... es ist ganz schön luxuriös und, na ja, es ist ziemlich klein."

„Lass Mr. Kathangu das nicht hören", sagt Antonella. „Die Aurora ist nicht für jeden! Sie ist sozusagen eine Art Geldverbrennungsanlage für reiche Ölscheichs. Ich wette, die Passagiere bekommen Sekt und Hummer zum

Frühstück serviert. Ich möchte nicht wissen, wie viel Geld in den Betrieb eures Großvaters geflossen ist."

„Ich wollte schon immer mal Erster Klasse fliegen", sage ich.

„Erste Klasse?", sagt Antonella. „Das ist Kaiserklasse! Und zwar zehn Tage lang. Dabei habt ihr sogar freie Platzwahl. Aber zunächst führe ich euch herum. Ganz vorne ist natürlich das Cockpit mit dem Frachtkäfig, so eine Art vorderer Gepäckraum. Ganz schön eng! An beiden Seiten der Kabine seht ihr dann die beiden Notausgänge, und die Außentür hinten dient ebenfalls als Fluchtweg. Die Schwimmwesten sind unter den Sitzen und Sauerstoffmasken brauchen wir nicht, weil wir nie höher als zehntausend Fuß fliegen werden. Und hier seht ihr euer Reich: die Küche!"

Sie zeigt auf eine winzige Einbauküche im Heckteil, die sich direkt gegenüber der Tür befindet. Sie besteht aus oben und unten angebrachten Schränken, einer Spüle, Kochplatte, Kühlschrank, einem kleinen roten Feuerlöscher in seiner Halterung an der Wand, Wasserkocher, Mikrowelle und einer Kaffeemaschine aus poliertem Chrom. Die ganze Ausstattung, die nicht mehr als ein Meter breit ist, lässt sich mit einem dezenten grauen Stoffvorhang abschirmen.

„Richtig kochen werdet ihr nicht müssen, dafür die Crew mit Getränken – hauptsächlich Kaffee und Cola – versorgen, und euch an jeder Station ums Essen kümmern. Ganz hinten haben wir das WC. Stellt euch vor: Die DC-3 war das erste Passagierflugzeug mit einer modernen Toilette an Bord. Schon wieder eine Pionierleistung! Und ja, ihr seid auch dafür zuständig, dass sie sauber bleibt. Leeren müsst ihr sie aber nicht! Ganz am Ende ist der Gepäckraum. Und nun packen wir es an!"

Der Gepäckraum zwischen der Bordküche und dem Klo ist gerade groß genug für unsere Kisten. Mit Antonellas Hilfe haben wir in wenigen Minuten alles verstaut und fachgerecht befestigt. Mr. Simms bringt eine Kiste mit Colaflaschen und einen Beutel mit belegten Brötchen, die Daniel und ich geschwind in der Bordküche unterbringen.

Als wir fertig sind, tritt Will aus der Cockpittür, eine graue Schirmmütze mit der Aufschrift ‚Aisha Air' in Rot auf den kurzen blonden Haaren und sagt, „Alles verstaut, ihr beiden? Es kann nämlich los gehen."

Daniel grinst wie frisch verliebt. Klar – er ist ja der geborene Pilot. „Es ist eine tolle Maschine", sagt er.

Will lacht. „Findest du? Wenn du sie nach fünfzehntausend Kilometer immer noch toll findest, dann werde ich wissen, dass Mr. Kathangu sein Geld gut angelegt hat. Ms. D'Annunzio, wir gehen gleich die Checkliste durch, und ich möchte Sie im Cockpit dabei haben. Aber vergessen Sie nicht die Infopacks für die beiden."

„Stimmt, ich habe sie tatsächlich vergessen", sagt Antonella.

Sie geht nach vorn zur Cockpittür und nimmt zwei graue Papiertüten mit Henkeln vom Frachtkäfig. Darauf steht in fetten roten Buchstaben wieder ‚Aisha Air'.

„Mr. Chapman und ich haben diese kleine Päckchen für jeden an Bord zusammengestellt", sagt sie und gibt sie uns. „Genau wie für die zahlenden Fluggäste."

Daniels Name steht auf einer der Tüten, aber bei meinem steht der Name auf ein Stück weißem Klebeband, als ob Antonella etwas eilig überklebt hätte. Natürlich, denke ich. Diese Tüte war für den ursprünglichen Cargomaster, Bob Thorvald, vorgesehen.

„Hier habt ihr eine Weltkarte mit unserer genauen Reiseroute, dazu Stadtpläne von den Orten, wo wir uns länger aufhalten werden, die Veranstaltungspläne von den Flugschauen und ein paar Touristeninfos."

Und nicht nur Touristeninfos: In meiner Tüte entdecke ich einen grauen Kugelschreiber, ein graues Notizheft, eine graue Packung mit Übelkeitspillen, eine graue Schokotafel, eine graue Spucktüte, graue Seife, ein graues Kartenspiel, eine graue Schlafmaske, eine hauptsächlich grau gehaltene Bordzeitschrift, ein graues Basecap und auch leichte graue Pantoffeln, alle mit der Aufschrift ‚Aisha Air' in fetten roten Buchstaben.

„Mr. Kathangu will doch, dass wir alle etwas von der Reise haben. Und nun, wenn ihr keine weiteren Fragen habt, könnt ihr euch zwei Plätze aussuchen und euch anschnallen, denn wir starten gleich."

Antonella wirft uns ein letztes Lächeln zu und verschwindet ins Cockpit.

„Ich mag sie", sage ich, während ich mir auf der linken Seite des Flugzeugs einen Fensterplatz aussuche und mich darauf setze. Das Pentakel um ihren Hals und die Sache mit den Sternzeichen haben mich zwar etwas irritiert, aber na und? Viele Leute stehen auf so etwas. Ich greife in die Tüte und ziehe die Weltkarte mit der eingezeichneten Route heraus.

„Und überhaupt, Daniel, das wird eine tolle Reise sein! Schau mal, wo wir überall hinfliegen: Kanada, Grönland, Island, Schottland, Italien, Ägypten, Äthiopien und schließlich Kenia. Und wir kriegen es nicht nur umsonst, wir werden auch noch dafür bezahlt!"

Daniel setzt sich neben mich und schaut in seine eigene Tüte. Während wir uns in die Stadtpläne und Prospekte vertiefen, kommt auch Mr. Kathangu an Bord und nimmt einen der Viererplätze der rechten Seite in Beschlag.

„Ich wollte euch beiden nur einen guten Flug wünschen", sagt eine Stimme durch die Außentür. Mr. Simms hinkt herein und schüttelt Daniel und mir die Hand. „Viel Glück, oder sollte ich lieber Hals- und Beinbruch sagen? Schickt mir eine Ansichtskarte von den Pyramiden. Da wollte ich schon immer hin."

„Das machen wir ganz bestimmt, Mr. Simms", sagt Daniel. „Danke für alles."

45

„Na ja, Kopf hoch", sagt der Flugplatzmanager. „Und wenn ihr wieder mal in Seattle seid, dann machen wir alle ein Grillfest zusammen. Abgemacht?"

„Klar", sage ich. Ich stehe auf und trete an die Tür. Am Hangar ist niemand mehr zu sehen. „Sagen Sie mal, Mr. Simms, wer war eigentlich der Mann im grauen Regenmantel, der uns die ganze Zeit im Auge hatte?"

Mr. Simms dreht sich um. „Was für ein Mann? Um diese Tageszeit sind wir doch ganz unter uns. Es ist nur noch ein Privatjet da, und der fliegt gleich ab."

„Es ist fünf vor sechs", sagt Antonella. Sie kommt gerade durch die Cockpittür. Sie gibt Mr. Simms die Hand und macht die Außentür hinter ihm zu. „Ihr könnt euch anschnallen. Auf geht's. Nächster Halt: Churchill an der Hudson Bay."

„Was, keine Ansage vom Kapitän?", fragt Daniel.

„Eigentlich machen die Flugbegleiter die Ansage", sagt Antonella.

„Zuerst müssen wir Kaffee kochen lernen", sagt Daniel.

Etwas kracht vor dem linken Fenster. Eine braune Rauchwolke prescht aus dem linken Triebwerk und der Propeller fängt an, sich zu drehen. Der Motor brummt wie eine Diesellok. Kaum hat sich das linke Triebwerk in Gang gesetzt, startet schon das rechte. Ich halte mir die Ohren zu.

Daniel hält sich die Nase zu, um den Geruch der Abgase abzuwehren. „Was für ein Gestank! Ich glaube, das wird ein langer Flug werden!"

Will und Ron lassen die Motoren gut drei Minuten warm laufen, während Antonella zunächst aus dem linken, dann aus dem rechten Fenster schaut. Nun geben sie Gas. Mit einem Ruck rollt die Maschine vorwärts, zunächst ganz langsam, dann immer schneller. Die Lichter des Flughafengebäudes verschwinden nach und nach, als die Maschine – ungelenk wie ein alter Schulbus – die Kurven umrundet und sich der Startbahn nähert. Plötzlich hält die Maschine an.

Will und Ron fahren den rechten Motor langsam hoch, bis er brüllt.

„Motorentest", schreit Antonella. „Dauert ein paar Minuten." Und dann verschwindet sie ins Cockpit und klappt die Tür hinter sich zu.

Endlich fahren sie den Motor wieder runter, aber dann ist der linke Motor dran. Sie lassen ihn zwei ganze Minuten auf Hochtouren laufen, dann drosseln sie wieder. Das Anschnallzeichen über der Cockpittür blitzt auf. Nun fahren sie beide Motoren hoch und setzen die Maschine wieder in Gang. Draußen sehe ich die Positionslichter des weißen Privatjets leuchten.

Wir halten kurz vor der Startbahn. Während wir bei laufenden Motoren auf den Start des Privatjets warten, blättere ich wieder in meinem Infopack. Zwischen den Stadtplänen von Reykjavík und Kairo fällt mir ein langer brauner Umschlag auf, der keine Beschriftung trägt.

„Ein Liebesbrief?", fragt Daniel. „Vielleicht hast du schon einen geheimen Verehrer an Bord."

Ich lache. „Noch nicht, Daniel. Vielleicht ist mein Taschengeld drin. Will sagte etwas von Taschengeld, oder?"

Mit dem Daumennagel reiße ich den Brief in einer Bewegung auf. Ich ziehe einen einzelnen weißen Bogen Papier aus dem Umschlag und entfalte ihn auf meinem Schoß.

Das Blatt ist beschriftet, aber weder per Hand noch per Druck. Der Text besteht vielmehr aus lauter Papierschnipseln, die aus Büchern oder Zeitungen herausgeschnitten und in langwieriger Kleinarbeit Wort für Wort auf dem Papier zusammengeklebt worden sind. Daniel schaut mir über die Schulter. Ich lese den Brief vor:

Daniel und Jenny,
wenn Ihr Euch auf diese Reise einlasst, wird euer Leben etwa soviel wert sein, wie eine Schneeflocke unter der Sonne Afrikas.
Euer Schutzengel

„Mein Gott, was ist denn das?", rufe ich. „Will uns jemand etwa ...?"

Der Privatjet vor uns startet wie eine Feuerwerksrakete und verschwindet im Dunst. Dann werden unsere Motoren hochgefahren. Die Aurora springt nach vorn und biegt auf die Startpiste ein. Jetzt, wo wir nicht einmal unsere eigenen Gedanken hören können, laufen die Triebwerke plötzlich beide gleichzeitig auf Hochtouren. Die DC-3 rollt los, zunächst wie ein Sattelschlepper, dann wie ein Lieferwagen und schließlich wie ein Ferrari. Nach zweihundert Metern erhebt sich ihr Heck. Nach weiteren vierhundert Metern erhebt sie sich ganz in die Luft und nimmt Kurs nach Nordost – auf die afrikanische Sonne zu.

4

Die Aurora krallt sich Meter für Meter in den nebligen Morgenhimmel hinauf. Trotz des Lärms höre ich den hölzernen Lautsprecher über der Cockpittür zunächst piepsen, dann knistern.

„Zu einem richtigen Flug gehört eine Begrüßung vom Kapitän, und das erledige ich jetzt am besten", spricht Wills Stimme.

Sie hat diesen runden, beruhigenden Ton angenommen, den man immer bei amerikanischen Flugkapitänen aus dem Mittleren Westen hört.

„Wir erreichen bald unsere Flughöhe von fünftausend Fuß, das sind tausendfünfhundert Meter. Bei der Höhe ist immer mit Turbulenzen zu rechnen, deswegen bitte ich Sie alle, angeschnallt zu bleiben, solange Sie an ihren Plätzen sind. Dieser Teilabschnitt der Reise bringt uns bis nach Churchill an der Hudson Bay in der kanadischen Provinz Manitoba. Die Entfernung beträgt gut zweitausendzweihundert Kilometer und bei unserer Geschwindigkeit sind wir in etwa acht Stunden da. Das wird aber nur ein kleiner

Tankstopp sein, bevor es nach Grönland weitergeht. Wenn Sie ein Schläfchen machen wollen, dann am besten vorher! Aber ich denke, jetzt würden wir uns alle über eine heiße Tasse Kaffee freuen. Jenny, Daniel, dass ist euer Zeichen. Seht mal nach, ob unsere tolle historische Kaffeemaschine funktionsfähig ist! Ist sie es nicht, dann schlage ich vor, dass wir sofort umkehren – oder zur Notlandung ansetzen!"

Antonella kommt wieder durch die Cockpittür und setzt sich vorne links hin. John dreht sich zu uns hin und gähnt. „Kaffee", scheint sein Blick zu sagen. Aber Daniel und mir ist nicht nach Kaffeekochen zumute.

„Was soll das?", sagt Daniel. Er reißt mir das Blatt aus der Hand. „Das kann nur ein schlechter Scherz sein."

„Ein Scherz?", sage ich. „Meinst du?"

„Sei mal vernünftig. Was könnte es sonst sein?"

„Gib wieder her." Ich reiße Daniel das Blatt aus den Händen und studiere es. „Da hat sich jedenfalls jemand viel Mühe gemacht. ‚Wenn Ihr euch auf diese Reise einlasst ...' Wieso? Wer sollte etwas dagegen haben?"

„Und dann wird unser Leben soviel wert sein, wie eine Schneeflocke. Ja, ich denke, wir können uns vorstellen, wie viel Wert eine Schneeflocke unter der Sonne Afrikas hat. Und dann die Sache mit dem Schutzengel. Aber wer schreibt so einen Quatsch? Ich meine, wer weiß überhaupt, dass wir mitfliegen?"

Ich denke nach und spüre dabei, wie meine Neugier den Schock verdrängt. „Niemand. Außer ..." Ich zähle mit den Fingern. „Gut, da sind Ralph und Sarah, aber die können wir gleich ausschließen. Schließlich haben Sie uns zu der Reise ermutigt."

„Wie kannst du bloß an die Beiden denken?", fragt Daniel. „Die sind fast wie Familie."

„Sie *sind* Familie. Aber Daniel, das ist doch ein Drohbrief. Wir müssen systematisch vorgehen. Wenn wir sie also ausschließen, dann bleiben nur ..." Ich zähle mit den

Fingern, gebe aber bald auf. „Tja, es arbeiten jede Menge Leute in Ralphs Werkstatt, und sie müssten alle im Bilde sein. Der Flug ist ja kein Geheimnis – wurde Mr. Kathangu nicht sogar in der Seattle Post und im Fernsehen interviewt? Und dann gibt es da noch Mr. Simms."

„Aber was könnte er damit zu tun haben? Er hat uns sogar gebeten, ihm eine Postkarte von den Pyramiden zu schicken. Bittet ein Terrorist um Postkarten?"

„Eher nicht." Ich zwicke mich am rechten Ohrläppchen. „Es bleiben nur noch ..."

Der Mann im Regenmantel wirft seinen Schatten auf meine Gedanken. Hmm. Ich schaue hoch und sehe, wie John mir zuzwinkert und demonstrativ Däumchen dreht. Antonella dreht sich nach uns um.

„Hey, ihr beiden", ruft sie. „Wo bleibt der Kaffee? Zehn Löffel in die Filtertüte, ein Liter Wasser, mehr ist nicht. Wir haben einen achtstündigen Flug vor uns, aber ohne Kaffee schaffen es Will und Ron nicht einmal zur kanadischen Grenze. Jetzt müsst ihr eure Brötchen verdienen."

„Machen wir", sagt Daniel. „Sofort!"

Er schnallt sich ab und ist im Begriff, aufzustehen, aber ich greife nach seinem Ellenbogen und ziehe ihn wieder nach unten.

„Es könnte jeder von ihnen sein!", zische ich.

„Nicht jeder", sagt Daniel. „Will wohl kaum."

„Nein, das kann ich mir auch nicht vorstellen, zumal es überhaupt seine Idee war, dass wir mitkommen. Aber was wissen wir über John und Antonella und diesen Ron da vorne im Cockpit? Gar nichts! Und dann war da noch der Mann im Regenmantel."

„Ach ja, dein Gespenst", sagt Daniel. Antonella lächelt uns immer noch zu. „Nun gut. Wenn du das wirklich ernst meinst, dann können wir es nicht für uns behalten."

Ich nicke. „Bestimmt dreht Will gleich um. Schade eigentlich. Aus Rom und Kairo wird erst mal nichts."

„Moment mal." Daniel holt tief Luft. „Wir müssen erst mal klar denken. Machen wir endlich den Kaffee."

Nun stehen wir beide auf und untersuchen die Bordküche. Die Aurora bockt und strampelt unter unseren Füßen. Die Kaffeemaschine, ein uraltes Modell aus blank poliertem Chrom, das offenbar gleich mitrenoviert wurde, lässt sich leicht bedienen. Im oberen Schränkchen entdeckt Daniel eine Packung Filtertüten und eine Zweikilobüchse Kaffee. Während er die Büchse aufmacht und den Kaffee mit einem kleinen Aluminiumlöffel dosiert, fülle ich einen großen Messbecher mit einem Liter Wasser aus dem Behälter über der Spüle und gieße sie in die Kaffeemaschine ein.

„Ich sehe schon, dass du wieder die Detektivin spielen willst." Daniel klappt den Maschinendeckel zu. „Denken wir einmal logisch. Sollen wir wirklich glauben, dass irgendjemand ausgerechnet dieses alte Flugzeug abschießen will oder so etwas? Und ausgerechnet uns verschonen möchte? Ich meine, welchen Sinn macht das?"

Ich drücke auf den dicken schwarzen Bedienungsknopf der Kaffeemaschine. Ein rotes Lämpchen leuchtet auf.

„Ich gebe zu, viel Sinn macht es nicht."

„Eben." Daniel lehnt sich gegen die Spüle. „Es muss also eine andere Erklärung geben. Woran erinnert dich dieser Brief?"

„Na, an Krimis, natürlich", sage ich. Ich nehme mein Basecap ab und wirbele es auf meinem rechten Zeigefinger herum. „Es ist immer dasselbe: Irgendeine reiche Erbin wird von Verbrechern geschnappt, und die Entführer schicken ein Bekennerschreiben, das aus Wörtern und Buchstaben von zusammengeschnittenen Büchern und Zeitungen besteht, damit niemand ihre Handschrift erkennen kann. Obwohl warum man das machen sollte, weiß ich nicht, denn man könnte ja genauso gut eine E-Mail schicken. Aber die Filmemacher lieben das. Ich meine, gerade vorgestern ..."

„Was war vorgestern?"

„Ich wollte nur sagen, ich war doch vorgestern mit den Hort-Kindern im Kino, und da ging es um so eine Entführung, wo die Verbrecher ..." Ich werfe mein Basecap in die Luft und fange es wieder auf. „Daniel, wie blöd kann man denn sein? Das waren keine Terroristen, das waren die Kinder! Sie haben die Sache mit dem Brief im Film gesehen und selbst so einen Brief gebastelt, um uns einen Streich zu spielen. Sie haben doch gestern mit Mrs. Landru das Flugzeug besichtigt und mir den Brief irgendwie untergejubelt. So wird's gewesen sein!"

Daniel wischt sich mit der rechten Hand über die Stirn und lacht. „Tolle Kinder sind das! Kein Wunder, dass du diesen Flug mitmachen wolltest – ich würde sogar zum Mars fliegen, um sie loszuwerden!"

Die Kaffeemaschine fängt an, vor sich hin zu knattern, und ein heißer Strahl braunen Kaffees spritzt schubweise aus dem Filter in die silbrige Thermoskanne.

„Jedenfalls kann ich dieser Geschichte eher glauben, als dass irgendjemand uns alle um die Ecke bringen will!" Ich setze mich auf einen leeren Sitz. Das Küchentuch in meinen Händen könnte ich gleich in Fetzen zerreißen.

„Ich hätte wissen sollen, dass sie so etwas tun würden", sage ich. „Dieser Bush Landru! Wenn ich mir vorstelle, ich sollte noch eine ganze Woche dort arbeiten!" Ich schaue aus dem Fenster, wo die Sonne gerade über weite, neblige grüne Tannenwälder aufgeht. „Ja, du hast Recht – ohne diesen Flug wäre ich irgendwann restlos durchgedreht."

Vorne in der Kabine, so laut, dass man es über dem Lärm der Triebwerke hören kann, räuspert sich jemand. John schaut uns zu und erhebt seine rechte Hand, als ob er darin eine unsichtbare Kaffeetasse halten würde.

„Kommt sofort!", ruft Daniel.

Die Kaffeemaschine scheint irgendwo einen Kurzschluss zu haben, aber wenigstens ist der Kaffee endlich fertig.

Daniel schaltet die Maschine aus und nimmt die volle Thermoskanne in die Hand. Ich hole vier Kaffeetassen mit der Aufschrift ‚Aisha Air' aus dem oberen Schrank und stelle sie auf ein Tablett, zusammen mit einer Flasche Kondensmilch und einer Handvoll Zuckertüten. Wir gehen zu John und schenken ihm ein. Antonella, die sich über technischen Zeichnungen beugt, die sie auf dem Holztisch vor sich ausgebreitet hat, lehnt den Kaffee ab. Sie zieht eine bunte Schachtel Yogi-Tee aus ihrer Umhängetasche und geht nach hinten, wo sie sich gleich mit dem Wasserkochtopf befasst.

Bevor wir die Cockpittür erreichen, hält Daniel mich an und flüstert: „Die Geschichte hat nur einen Haken. Wie kamen die Kinder auf diese Idee mit der Schneeflocke und der afrikanischen Sonne? Das klingt ziemlich poetisch, und deine Kids sind doch alles andere als Dichter und Denker, oder?"

„Nein, da hast du natürlich Recht." Ich senke das Tablett. „Es erinnert mich an etwas anderes – jedenfalls die Sache mit der Schneeflocke. Weißt du noch, wie ich jetzt in der Sommerschule dieses englische Gedicht lernen musste?"

„Welches denn? Meinst du ..."

„Ja, das Kitschige mit der Schneeflocke. Da war etwas mit einem Hammer. Na ja, ich musste eben daran denken."

Es ging irgendwie darum, dass die Schneeflocken alle unterschiedlich sind und deshalb nur von Gott hätten geschaffen werden können, mit seinem Hammer aus Wind oder so ähnlich. Keine sehr originelle Idee, aber schön ausgedrückt, fand ich.

„Das haben sie bestimmt nicht gelesen", sagt Daniel. „Aber es hat ohnehin keinen Zweck, Will den Brief zu zeigen. Ich glaube, er hat jetzt genug Sorgen damit, diese alte Maschine bis nach Mombasa zu bringen."

Daniel greift nach der Cockpittür und öffnet sie. Ein schmaler Gang führt zwischen den metallenen Regalen des

Frachtkäfigs zu einem engen Cockpit, eigentlich fast eine Art Ställchen, wo Will und Ron vor Steuerjochen sitzen, die wie halbe Auto-Steuerräder aussehen. Altmodische Gashebel und Anzeigegeräte hinter Glas prangen auf dem Instrumentenbrett. Es erinnert mich alles mehr an die Kontrollen eines U-Bootes als an ein modernes Verkehrsflugzeug. Nur das zigarettenschachtelgroße GPS-Gerät mit Touchscreen, das auf dem Instrumentenbrett gleich unter der Fensterscheibe festgeschraubt ist, sieht modern aus. Die Wände sind mit einem gesteppten grünen Isoliermaterial überzogen, aber dennoch ist hier der Lärm noch lauter und die Temperatur deutlich niedriger als in der Passagierkabine. Aus dem rechten Fenster über Rons Schulter, erhebt sich die Sonne rot und purpurn aus einer fernen Nebelbank. Zwischendurch tauchen grüne Fichtenwälder durch die Lücken auf. Vor uns scheint sich ein Weg durch den Dunst zu eröffnen, der sich vermutlich genauso hinter uns wieder schließt.

„Der Kaffee ist fertig", sagt Daniel. Als die beiden Piloten nicht reagieren, tippt er Will auf die Schulter und brüllt, „Der Kaffee ist fertig!"

Will zieht sich die Kopfhörer ab und dreht sich nach Daniel um. „Prima, keinen Augenblick zu früh. Ich nehme ihn mit ein bisschen Milch, Ron hier nimmt ihn mit etwas Zucker dazu."

Daniel gießt Kaffee in zwei Tassen und lässt die beiden Männer sich mit Kondensmilch und Zuckertüten bedienen.

Daniel stellt das Tablett mit der Kaffeekanne auf den leeren Ingenieurssitz neben uns, und nun können wir uns beide hinter die Pilotensitze stellen und das Panorama, das sich vor uns ausbreitet, aufnehmen. Ich hebe die Kopfhörer, die auf dem Arbeitsplatz liegen, an meine Ohren und höre dem Geschnatter des Fluglotsen zu. *„Douglas November Seven-Six-Sierra-Papa, climb to and maintain five thousand feet, turn right heading three five degrees, report crossing the one six five radial Everett VOR."*

Ich lege die Kopfhörer wieder hin. „Ist das schon Kanada?", frage ich.

„Wir sind gleich über dem Cascade-Gebirge", sagt Ron. „In etwa einer halben Stunde werden wir die kanadische Grenze überqueren. Danach gibt es Wälder, Berge, Elche und Bären, bis wir heute Nachmittag Churchill erreichen. Nichts, was dieser alte Gooney Bird nicht bewältigen kann."

„Was für ein Vogel?", fragt Daniel.

„Gooney Bird ist ein alter Kosename für die DC-3." Will pustet auf seinen Kaffee und trinkt einen Schluck. „Sie hat noch viele andere Namen, wie zum Beispiel ‚Dakota', ‚Skytrain' oder ‚Skytrooper'. Die militärische Ausführung hieß C-47, oder ‚Charly Forty-Seven'. Es wurden zwischen 1935 und 1945 insgesamt vierzehntausend Stück gebaut. Die Aurora wurde 1938 im Douglas-Stammwerk in Santa Monica montiert und hat praktisch nie aufgehört zu fliegen. Sie diente unter anderem als ‚Rosinenbomber' bei der Berliner Luftbrücke 1948 und später als Linienmaschine in Bolivien. Sie hat schon achtzigtausend Flugstunden auf dem Buckel. Das sind umgerechnet ungefähr vierundzwanzig Millionen Kilometer. Das wären vierhundertachtzig Äquatorflüge, oder aber zwölf Rundflüge zum Mond!"

Daniel schaut Will über die Schulter. Er ist wie ein Kind im Spielzeugladen. „Und wie fliegt sich so ein Museumsstück?"

„Man sagt der DC-3 narrensichere Flugeigenschaften nach", sagt Will. „Ich habe solche Maschinen in Alaska geflogen, und ich habe es immer genossen. Es ist aber echte Handarbeit, vor allem auf dem Boden, und es gibt keine Servolenkung, die einem zu Hilfe kommt. Da muss man sich ganz auf die gute alte Muskelkraft verlassen. Und auf sein Instinkt. Du kennst doch den alten Spruch, dass ein Verkehrspilot manchmal sein gesamtes Jahreseinkommen in zwei Minuten verdient. Hier kannst du's erleben."

„Ja, ein paar Besuche im Fitnessstudio vorher wären nicht verkehrt", sagt Ron. „Ich spüre es schon in den Schultern. Ich spüre es dort immer zuerst."

„Du wirst sehen", sagt Will. „Am Ende dieser zwei Wochen stellt dich das Fitnessstudio als Trainer an."

„Sind Sie auch Profi-Pilot?", frage ich Ron.

„Ich war fünfzehn Jahre bei der Luftwaffe. F-16. Kampfjets! Das nenne ich fliegen. Und nun bin ich gerade zwischen zwei Jobs, sozusagen."

„Haben Sie nicht vom Fliegen die Nase voll?", frage ich.

„Das nicht. Aber manchmal frage ich mich ernsthaft, warum ich überhaupt fliege. Schließlich ist das Fliegen nichts anderes als ein momentaner Fluchtversuch aus der ewigen Umklammerung der Erde."

„Das hast du schön ausgedrückt", sagt Will.

„Es ist leider nicht von mir", sagt Ron. „Der Satz stammt von Beryl Markham. Sie war Buschpilotin in Kenia in den zwanziger und dreißiger Jahren. Ihre Memoiren liegen da auf dem Regal hinter euch. Ein Mitbringsel von Will von eurem Bibliotheksbasar."

„Habe ich doch gesagt, dass wir unsere Bibliothek auffrischen müssen", sagt Will.

„Das schnappe ich mir", sage ich und greife nach dem Buch. „Das heißt, wenn ich darf."

Ron nickt mir zu. Daniel und ich verabschieden uns und kehren in die Passagierkabine zurück. Daniel nimmt Platz auf einem der linken Sitze. Ich schaue auf meine Uhr. Über sieben Stunden bis Churchill. Ich ziehe meinen MP3-Player aus meiner Umhängetasche und stecke mir die Kopfhörer in die Ohren. Ich drücke auf Play und drehe an der Lautstärke. Zunächst höre ich gar nichts. Erst als ich die Lautstärke voll aufdrehe, höre ich die fernen Klänge von Pink Floyd:

Ice is forming on the tips of my wings
Unheeded warnings, I thought, I thought of everything
No navigator to guide my way home

Unladened, empty and turned to stone ...
„Mensch, es ist viel zu laut hier drin! Ich mache mir die Ohren kaputt."

„Ja, Musik macht hier keinen Sinn", sagt Daniel. „Da können wir höchstens lesen."

„Ihr habt es gut, wenn ihr lesen könnt", sagt John. Er dreht sich zu Daniel um und sagt, „Schau dir diesen Papierkram an! Ich werde damit genug zu tun haben, bevor wir in Mombasa ankommen."

Ich nicke stumm. Ich stecke den Player wieder in meine Umhängetasche und ziehe mein Tagebuch hervor.

„Hast du irgendwas zum Lesen mit?", fragt Daniel. „Einen Krimi oder so etwas?"

Ich schüttele den Kopf und schlage mein Tagebuch auf. „Nur mein Biobuch oder die Fliegerbiografie, die ich gerade von Ron geborgt habe. Kannst du nehmen. Mein Tagebuch geht vor."

Ich blättere mein neues Tagebuch durch. Es ist leer, unberührt und wartet nur noch darauf, mit meinen Gedanken und Erlebnissen gefüllt zu werden. Was könnte ich jetzt für ein Buch schreiben! Ich stelle mir ein paar Szenen vor: Begegnungen mit Eisbären in Kanada, eine Schneeballschlacht mit Inuit-Kindern auf Grönland, Wikingergold auf Island, ein Gespräch mit Dudelsackspielern in Schottland. Und wie wäre es mit einer Liebesgeschichte in Rom? Und was Kairo und die Pyramiden anbetrifft ...

Dafür ist noch Zeit. Erst fange ich an, die Ereignisse der letzten Tage zu notieren: Die Flüge über den Olympic National Park und an die Pazifikküste, den Übungsflug in der DeHavilland sowie Wills Einladung, den Flug der Aurora nach Mombasa zu begleiten.

Dann schreibe ich ausführlicher über die Aurora, über die Ladung und die anderen Crewmitglieder und schließlich über den Drohbrief.

Ich mache eine Pause und kaue am Ende meines Kugelschreibers. An so etwas darf ich nicht denken, sage ich mir. Schließlich habe ich meine Flugangst schon längst besiegt. Ich schreibe einfach: *Irgendjemand versucht, mir Angst einzujagen, aber es wird ihm nicht gelingen.*

Ich mache wieder eine Pause. Wie kann ich so sicher sein, dass es sich um einen *Ihn* handelt, frage ich mich. Schließlich gibt es auch Frauen, die verrückte Sachen anstellen, und die Mädchen in der Kindergruppe sind auch nicht ohne. Wie etwa Bush Landrus furchtbare Schwestern Reagan und McKinley. Etwas steckt im Tagebuch. Ich ziehe ein Foto von Joseph heraus.

Ach ja, Joseph, denke ich. Ich sehe auf sein intelligentes dunkles Gesicht und auf seine lange Gestalt, wie er vor dem Missionshaus in Zimmermann's Bend steht und freundlich in die Kamera schaut. *Joseph, zum Beispiel, jagt mir keine Angst ein*, schreibe ich. *Aber ich vielleicht ihm?*

Ich ziehe mein rechtes Bein an und kaue wieder an meinem Kuli. Ja, Joseph ... Er scheint mich zu mögen, denke ich. Ganz bestimmt. Aber warum zeigt er es mir nicht? Nicht, dass er viel Gelegenheit dazu hat. Seit dem Frühjahr lebt er mit seinem Vater zusammen in Straßburg – ja, tatsächlich Straßburg in Frankreich – und das eine Mal, wo er zu Hause war, hatte er kaum Zeit für mich. Bis auf diesen einen Spaziergang. Es gab immer Arbeit im Garten oder im Haushalt, dann die ganze Verwandtschaft und die Nachbarn. Aber warum kommt er nicht öfter vorbei? *Ich weiß die Antwort*, schreibe ich. *In einem afrikanischen Dorf kommt man nicht einfach so vorbei. Oder wenn man es macht, dann spricht das ganze Dorf darüber.* Dann lass' es sprechen, will ich schreiben. Aber ich weiß, dass Josephs Zurückhaltung richtig ist, solange wir uns in Zimmermann's Bend treffen.

Aber wie geht's weiter? Es hat Zeiten gegeben, stelle ich fest, wo Joseph mir tatsächlich etwas wie Zärtlichkeit gezeigt hat, aber ich habe mich zurückgezogen. Dann gab es andere Zeiten, wo ich etwas von ihm wollte, und er sich verschlossen zeigte. Während ich nachdenke, erscheint mir plötzlich unsere ganze Beziehung als eine Aneinanderreihung von lauter Missverständnissen, übersehenen Zeichen und verpfuschten Auftritten. Es ist, wie ich denke, fast so, als ob ich und Joseph seit anderthalb Jahren mit falsch synchronisierten Uhren herumlaufen würden, oder in unterschiedlichen Zeitzonen, sodass es bei mir acht Uhr in der Früh ist, während es bei ihm schon Mitternacht schlägt. Oder umgekehrt. Jedenfalls sieht es aus, als ob wir niemals zueinander finden werden.

Ich seufze und schreibe: *Laufen Frauen und Männer ihr ganzes Leben lang mit falschen Uhren herum, oder gibt es irgendwann einen magischen Punkt, eine Art kosmische Funkuhr, wo sich ihre Zeit von alleine synchronisiert? Ist es ein Zauber, wenn die Stunde für beide gleichzeitig schlägt?* Ich denke an die Funkuhr, die ich früher in meinem Schlafzimmer in Berlin hatte. Sie war mit einer atomaren Weltzeituhr verbunden, die irgendwo in Europa stand und die Uhrzeit mit physikalischer Präzision bestimmte. *So eine Funkuhr könnte ich jetzt auch gebrauchen*, schreibe ich. *So im Taschenformat. Aber wo steht die Weltzeituhr der Gefühle?*

Ich schreibe noch eine Weile im Tagebuch, bis ich dreimal hintereinander gähnen muss. Dann wickele ich mich in eine der kuscheligen ‚Aisha-Air'-Wolldecken ein, die in einem der Schränke aufgestapelt liegen, und lehne mich zurück. Das Schaukeln des Flugzeugs wiegt mich bald in einen tiefen, traumlosen Schlaf.

Ich wache wieder auf, als die Aurora von einem Windstoß erschüttert wird. Ich reibe mir die Augen und schaue aus dem Fenster. Oben ein wolkenloser Himmel, unten ein ausgedehntes Waldgebiet, das hier und da von Flüssen und Seen unterbrochen ist. Daniel schläft noch, und auch Antonella liegt zurückgelehnt, eine technische Zeitschrift auf ihrem Schoß und mit friedlichem Ausdruck auf ihrem

Gesicht. John dagegen sitzt immer noch über seinen Papieren gebeugt, eine Lesebrille auf der Nase, und schreibt wie ein Besessener. Ich gehe nach vorn zum Cockpit.

„Seid ihr bereit zum Mittagessen?", frage ich.

„Du kommst keinen Augenblick zu früh", antwortet Will. „Ich denke, wir sind auch wieder kaffeereif."

Ich schaue mir die Hebel und Zeiger an. Mir kommt das meiste schon von Wills Cessna bekannt vor. Ich spüre aber die Neugier in mir steigen.

„Was heißt eigentlich DC-3?", frage ich. „Ich meine, gibt es eine DC-1 und DC-2?"

„Es gab sogar eine DC-4, -5, -6 und -7", sagt Will. „Die heutige DC-10 ist ein Großraumjet. Sie wurden alle von der Douglas Aircraft Company hergestellt, die heute die McDonnell Douglas Corporation heißt. Die Douglas Commercial-1 war nur der Prototyp, und die DC-2 war ein paar Zentimeter zu kurz, um rentabel zu sein. Der DC-3 war das erste richtig erfolgreiche Passagierflugzeug und es hat im Nu die Welt erobert. Heute sind immer noch Hunderte in der Luft. Man sagt sogar, es gibt nur einen Ersatz für eine DC-3, und das ist eine andere DC-3."

„Glaubt nicht alles, was er euch erzählt", sagt Ron und reckt seine Arme. „Es gab sogar eine DC-2½ und das ist kein Witz."

„DC-2½?", frage ich. „Wie kann das denn sein?"

„Das war im Jahr 1941", sagt Will. „Eine DC-3 der chinesischen nationalen Fluggesellschaft wurde von einem japanischen Kampfflieger angegriffen und zur Notlandung gezwungen. Als die Gooney Bird schon unten war, griff der Flieger nochmals an und schoss die rechte Tragfläche entzwei."

„Aber ohne Tragflächen kommt kein Flugzeug vom Fleck", sagt Ron, „und der amerikanische Pilot bestellte eine neue aus Hongkong. Aber dort gab es nur eine Tragfläche von einer alten DC-2, und die war eins Komma sechs Meter kürzer als die einer DC-3! Aber der Pilot musste damit vorlieb nehmen und sie einbauen. Und so wurde die Maschine in eine DC-2½ verwandelt!" Sein Gesicht verfinstert sich. „Tja, im Krieg können verrückte Dinge passieren."

„Ich glaube, ich bleibe lieber bei der DC-3."

In der Bordküche messe ich wieder Kaffee und Wasser ab und stelle die Kaffeemaschine an. Während ich die Tassen bereitstelle und die Brötchen aus dem Kühlfach hole, wacht auch Daniel auf und gesellt sich zu mir.

„Wie spät ist es?" Er streckt die Arme aus und gähnt.

„Es ist gerade zwölf durch", sage ich. „Mittagszeit. Hilfst du mit beim Servieren?"

Antonella wird auch vom Kaffeeduft geweckt. Aber als ich versuche, ihr ein Salamibrot zu überreichen, winkt sie angewidert ab, so als ob ich ihr einen tote Maus vorgesetzt hätte. Sie zieht stattdessen eine Packung Biomüsli aus ihrer Tasche. Dann holt sie sich einen Becher Biojoghurt aus der Bordküche und fängt an zu essen. Als alle bedient sind, setzen Daniel und ich uns auf zwei linke Sitze zusammen und schauen beide aus dem Fenster.

„Wo sind wir überhaupt?", fragt Daniel.

„Wir müssten bald in Churchill landen", sage ich. Ich hole die Kanadakarte aus meiner Papiertüte und entfalte sie. „Da müssten wir irgendwo über Saskatchewan oder vielleicht schon Manitoba sein. Schau dir bloß die vielen Seen an."

„Siehst du eine einzige Siedlung da unten?", fragt Daniel. „Wer denkt, die Welt sei übervölkert, war wohl nie in Kanada."

Etwa anderthalb Stunden später spricht Will über den Lautsprecher. „Nun ist es soweit – unsere erste Zwischenlandung, auch wenn es sich nur um eine kurze handelt. Churchill, Manitoba. Schaut auf eure Uhren – der Zeitunterschied beträgt zwei Stunden, also es ist zehn Minuten vor vier. Schnallt euch bitte an. Jenny, Daniel, schaut doch vorher nach, ob alles im Gepäckraum landebereit ist. Wir beginnen unseren Sinkflug und werden in etwa einer Viertelstunde unten sein."

Ach ja, der Zeitunterschied. Auf diesem Flug werden wir unsere Uhren ständig vorstellen müssen. Eins wollte ich schon immer wissen: Kriegt man eigentlich die Zeit, die man dabei opfert, jemals wieder? Oder ist unsere Zeit überhaupt nur geborgt, und muss irgendwann vollständig – und mit Zinsen – zurückgezahlt werden?

Daniel und ich machen uns im Gepäckraum zu schaffen. Alles ist ordnungsgemäß verstaut. Kaum haben wir beide unsere Sitze wieder erreicht, als die Aurora von einem Windstoß gepackt und durchgeschüttelt wird.

„He, das hat euch fast aus der Fassung gebracht!", sagt John. Er lacht. „Haltet euch bloß fest! Das hier ist keine Boeing 747."

Die Maschine dreht jetzt eine scharfe Linkskurve. Unter uns liegt eine baumlose, flache Landschaft. Ein schmaler, felsiger Strand taucht auf und dann liegt plötzlich die Hudson Bay unter uns, so weit und blau wie das Meer. Unter uns erscheint eine lang gestreckte Halbinsel wie ein zerrissener Fetzen braunen Tuches, auf der ein Hafenkran, Silos, eine Handvoll Häuser, eine Straße und schließlich eine einsame Landebahn zu sehen sind. Die Hydraulik dröhnt, als das Fahrwerk ausgefahren wird.

Der Boden kommt immer näher – verkrüppelte Bäume, Moos, Findlinge wie riesige graue Kartoffeln. Etwas gerät in mein Blickfeld. Es sieht aus wie das verrostete Wrack eines Propellerflugzeugs.

„Daniel, schau dir das mal an!", rufe ich.

Die Räder treffen auf die Landebahn. Die Maschine schaudert unter der Kraft des Stoßes. Ich beiße die Zähne zusammen und kneife die Augen zu.

5 Die Aurora verlangsamt sich, bis sich das Spornrad mit einem Ruck auf die Landebahn setzt. Schon liegt der Fußboden wieder schief. Die Bremsen ziehen an. Draußen auf dem steinigen Boden ragen windschiefe Kiefern in die Höhe. Nun fahren die Motoren wieder hoch. Durch die offene Cockpittür sehen Daniel und ich, wie Will die Maschine mit einer Mischung aus Gashebel, Ruder- und Bremspedalen auf eine Rollbahn nach rechts dreht. Der Abgasgestank fräst sich in unsere Nasen.

Nach zwei weiteren Minuten dreht er die Maschine wieder scharf nach links und hält mit einem Ruck an. Dann schaltet er das rechte Triebwerk aus, gefolgt vom linken. Die Propeller hören endlich auf sich zu drehen.

Wills Stimme spricht durch den Lautsprecher: „Willkommen in Churchill! Eine hübsche kleine Stadt. Leider werden wir nur zwei Stunden Aufenthalt haben, wenn alles nach Plan geht, aber das reicht für eine anständige Kaffeepause und einen kurzen Spaziergang. Jenny und Daniel, macht doch die Außentür auf, wir brauchen etwas frische Luft hier drin."

Meine Ohren summen. Ich schnalle mich ab und erhebe mich. Jetzt, wo der Fußboden nicht mehr schaukelt und wackelt, fällt es mir schwer, mein Gleichgewicht zu finden. Ich öffne die Tür und stelle die kleine Aluminiumleiter, die sonst an der Wand neben der Toilettentür befestigt ist, auf den Beton der Rollbahn. Ein kühler Wind weht herein und bringt mit sich den Duft von Moos und feuchter Erde. Ich klettere hinunter, gefolgt von Daniel. Die Aurora steht neben einem schwarzweißen Turbo-Prop-Flugzeug der Canada Air, das gerade getankt wird. Etwa zwanzig Meter weiter steht ein weißer Privatjet ohne Markierung.

„Müssen wir unsere Reisepässe vorzeigen oder so etwas?" frage ich.

„Ihr solltet sie zumindest bereithalten, wenn wir ins Terminal gehen", sagt Antonella hinter mir. „Aber das ist wirklich nur ein Tankstopp. Wir wollen nicht richtig in Kanada einreisen."

Ein beleibter, freundlich dreinblickender Mann in einem dunklen Anzug und mit einem orangefarbenen Basecap auf dem Kopf nähert sich uns. Er trägt ein Blatt Papier in der linken Hand und hält es hoch, um seine wasserblauen Augen vor den Strahlen der Sonne zu schützen.

„Sind Sie mit der DC-3 gekommen?", fragt er.

Antonella nickt.

„Sehr erfreut", sagt der Mann und schüttelt uns nacheinander die Hand. „Bob Tyrone. Ich bin hier zuständig für die allgemeine Luftfahrt. Ich hätte gern ein paar Worte mit Mr. Chapman gewechselt."

In dem Augenblick steckt Will den Kopf aus dem Cockpitfenster. „Sie suchen mich?", ruft er. „Will Chapman, Flugkapitän dieser Überführung. Sind Sie hier für das Auftanken zuständig?"

„Bob Tyrone", sagt Tyrone wieder und schielt gegen die Sonne. „Aus dem Tanken wird heute nichts mehr, Mr. Chapman. Wir haben hier eine Nachricht für Sie." Und er hält das Papier hoch.

Einige Sekunden später steht Will auf dem Asphalt.

„Das passt mir nun gar nicht", sagt er, nachdem er das Blatt durchgelesen hat. „Ms. Trace ist verhindert – in ihrer E-Mail an Mr. Tyrone schreibt sie, dass ihr Flug aus Winnipeg heute Nachmittag wegen eines Triebwerksschadens ausgefallen ist – und sie kann erst morgen Vormittag anreisen. Dabei sollen wir doch morgen früh schon in Grönland sein. Unsere Reise steht unter keinem guten Stern, wie es mir scheint."

Antonella hebt die Augenbrauen und spielt dabei mit dem Anhänger an ihrem Hals.

John hat sich zu uns gesellt. Er streicht sich den schwarzen Schlips glatt und liest die Nachricht durch. „Bedauerlich", sagt er.

„Es ist nicht nur bedauerlich, sondern es bringt uns in Schwierigkeiten", sagt Will. „Morgen ist doch das Flugtreffen in Nuuk, und man rechnet mit uns. Sind Sie sicher, dass Ms. Trace mitfliegen muss?"

„Unbedingt", sagt John und reichte Mr. Tyrone das Blatt zurück. „Sie ist ein integraler Bestandteil unseres Auftrags."

„Aber ich kann noch immer nicht behaupten, dass ich weiß, worin ihre Aufgabe eigentlich bestehen soll", sagt Will.

„Navigation ist eine ernste Angelegenheit", antwortet John, „und Ms. Trace ist unersetzlich. Sie werden sehen."

Will zuckt die Achseln. „Sie bezahlen die Spesen, Mr. Kathangu. Nun sieht es ganz danach aus, als ob wir die Aurora über Nacht hier parken und uns um ein Quartier bemühen müssen."

„Das erledigen wir am besten in meinem Büro", sagt Tyrone. „Ein paar Hotelzimmer werden sich noch auftreiben lassen."

Ich schaue zu Daniel und sehe die Enttäuschung in seinem Gesicht geschrieben. Ich weiß schon: Er lechzt danach, irgendwann selbst am Steuer dieser Maschine zu sitzen. Ich aber freue mich, denn nun habe ich eine neue Station auf dieser Reise und wieder etwas für mein Tagebuch.

John hat offensichtlich sehr tiefe Taschen und kaum haben wir die Passkontrolle hinter uns, als alles schon organisiert ist. Eine halbe Stunde später sitzen Daniel und ich zusammen mit Antonella in einem gemieteten Jeep und fahren auf einer geraden Asphaltstraße an flachen, braunen Ebenen und an einer endlosen Schnur von hölzernen Strommasten vorbei. Wilder Westen im hohen Norden.

„Ich wette, ihr habt so ein ähnliches Auto unten in Afrika", sagt Antonella. „Es ist bestimmt ganz praktisch hier oben."

„Fast genau dasselbe", sagt Daniel. „Allerdings steht das Lenkrad rechts, statt links. Wie in England eben."

„Ich war noch nie in Afrika", sagt Antonella weiter.

Getreidesilos tauchen auf, dann einige niedrige Holzhäuser.

„Es muss toll sein. Deswegen habe ich mich geradezu um diesen Flug gerissen. Ich freue mich wahnsinnig auf Kenia. Da, wo die alten Religionen weiterleben. Voodoo, Ahnenkult ... Ihr kennt euch bestimmt aus, oder?"

Sie sieht zu Daniel hin.

„Tut mir leid", sagt Daniel. „Ich habe gerade an etwas anderes gedacht. Hast Du das Flugzeugwrack gesehen, als wir gerade landeten? Direkt unter uns. Es sah doch aus wie eine DC-3."

„Ein Wrack, sagt ihr?" Antonella gähnt.

Wenige Meter vor einem ungeschützten Bahnübergang steht ein großes Holzschild mit der Aufschrift: Willkommen in der Stadt Churchill. Eisbärhauptstadt der Welt.

„Eisbärhauptstadt?", sagt Daniel. „Sind wir schon so weit im Norden?"

„Bis hierher gibt es nicht einmal eine Straße", antwortet Antonella. „Nur den Flughafen und die Eisenbahn. Aber Churchill hat viele Vorzüge. Ich war selbst hier vor drei Jahren, und die Leute sind ungemein stolz auf ihre kleine Stadt. Schließlich machten Charles Lindbergh und seine Frau Anne hier einen Zwischenhalt auf ihrem Flug von New York nach China im Sommer 1931. Das ist zwar eine ganze Weile her, aber immerhin."

„Sind wir bald in der Stadt?", frage ich. „Ich sehe bisher nur Scheunen und Holzbuden."

„Na, na.", Antonella schüttelt den Kopf. „Ich gebe zu, dass wir nicht mehr in Seattle sind. Wir sind nicht einmal in

Santa Monica, wo ich herkomme. Aber man muss die Städte eben nehmen, wie sie sind. Sonst ist es besser, man bleibt ganz zu Hause."

Das ist also die Stadt. Die rotweiße Ahornblattfahne Kanadas weht an ihrer Stange vor einem langen, flachen Betongebäude, dass sich als ‚Town Centre Complex' zu erkennen gibt. Klar: Mehr wird es nicht geben. Nun fahren wir die breite Hauptstraße Churchills hinunter. Es stehen jede Menge Landrover und andere Autos herum, die aussehen, als wären sie für ein raues Klima ausgesucht worden. Auf einem weitläufigen Parkplatz sehen wir drei weiße busartige Gefährte stehen, die auf anderthalb Meter hohen Reifen stehen. Wir fahren an einigen weißen Holzhäusern mit schwarzen Teerpappendächern vorbei. Am gesichtslosen Einkaufszentrum biegen wir rechts ab. Wir passieren eine weiße anglikanische Kirche und erreichen eine andere, noch breitere Straße.

„Wie heißt das Hotel noch mal?", frage ich.

„Das Lazy Bear Lodge & Café", sagte Antonella. „Da ist es."

Antonella hält den Wagen vor einer großen Blockhütte an. Brennholz stapelt sich auf der Veranda und ein Hirschgeweih hängt über dem Eingang.

„Es ist nicht das Hilton, aber sicherlich bequemer als die Flugzeugsitze, wo wir die Nacht sonst verbracht hätten."

Die Wände sind aus roh gehauenen Holzplanken und rauen Feldsteinen. Schon an der Tür weht uns der Geruch von Holzrauch entgegen. Obwohl die Augustluft draußen noch einigermaßen mild ist, brennt schon ein Feuer im großen Holzofen. An der Bartheke, die gleichzeitig als Rezeption dient, begrüßt uns eine freundliche Frau mit hohen Wangenknochen und schmalen Augen, die sich als June Youngblood vorstellt, und überreicht uns den Zimmerschlüssel.

„Ich sehe es schon kommen – wir müssen uns ein Zimmer teilen", sage ich.

„Es lässt sich leider nicht vermeiden", sagt June. Sie streicht sich die glatten schwarzen Locken aus den hellgrauen Augen und lächelt. „Ihr seid doch eine recht große Gesellschaft, und ich denke, die anderen Herrschaften werden auf Einzelzimmer bestehen. Ich dachte, wenn ihr Geschwister seid, dann könnte ich das am ehesten von euch verlangen."

„Und was machen Touristen so, wenn sie nach Churchill kommen?", frage ich.

Daniel und ich haben gerade unser Gepäck im kleinen, mit holzverkleideten Zimmer abgesetzt und stehen wieder an der Rezeption in unseren Windjacken.

„Oh, hier gibt es viele Möglichkeiten", sagt June. „Die Eisbären angucken. Dann die Belugawale – dafür seid ihr ein bisschen zu spät. Und die Aurora Borealis schauen, die Nordlichter. Aber dazu seid ihr etwas zu früh."

„Und was würden Sie den Beiden dann vorschlagen, da wir nur die eine Nacht haben?", fragt Antonella. „Ich muss zu den anderen am Flughafen zurück, und Daniel und Jenny haben ein paar Stunden alleine. Es wäre schade, wenn sie sich langweilen würden."

„In Churchill braucht sich keiner zu langweilen", sagt June. „Ich habe das Richtige für euch. Mein Zwillingsbruder ist Tundra-Buggy-Fahrer. Bruce wird euch zu Fort Prince of Wales am Kap fahren. Da habt ihr die beste Aussicht der ganzen Stadt."

„Er fährt einen ... was?", frage ich.

„Einen Tundra-Buggy. Ihr werdet gleich sehen."

„Meint ihr diese Busse draußen auf den Riesenreifen?", fragt Daniel.

„Dieselben", sagt June. „Es gibt nichts Besseres, wenn man sich hier fortbewegen will. Vor allem im Winter."

Antonella nimmt ihren Autoschlüssel und geht zur Tür. „Ich wette, so etwas habt ihr nicht einmal in Afrika."

***

Auch von innen ähnelt der Tundra-Buggy einem Riesen-Schulbus auf hohen Rädern, außer dass man von dieser Höhe aus weit in die Landschaft hinausgucken kann. Er bietet Platz für gut fünfzig Touristen, aber Daniel und ich haben freie Platzwahl. Wenn wir gewusst hätten, worauf wir uns eingelassen haben, hätten wir vielleicht lieber einen Spaziergang gemacht. Im Nachhinein ist man immer schlauer.

Im Tundra-Buggy zu fahren ist nämlich nicht viel anders, als in der DC-3 zu fliegen – beide holpern und versprühen Abgase um die Wette. Junes Bruder Bruce sitzt am Steuer und steuert das Ungetüm mit Vollgas die Asphaltstraße entlang. Wenn er nicht gerade mit dem Umschwenken des großen Lenkrads und der Gangschaltung beschäftigt ist, streicht er sich die schwarzen Locken aus den grauen Augen.

„Nein, das ist kein Freundschaftsdienst", sagt Bruce, während er kreischend den dritten Gang einlegt. „Ich habe gerade den ganzen Tag am Motor gearbeitet und wollte eine Spritztour zum Fort machen, um das Resultat zu prüfen."

„Wenn das ein Tundra-Buggy ist", sagt Daniel, „warum fahren wir nicht querfeldein?"

„Umweltschutz", antwortet Bruce. Er streicht sich mal wieder die Haare aus den Augen. „Wir fahren nur über Land, wenn die Schneedecke dick genug ist. Das ist sie für gut acht Monate im Jahr. Sonst machen wir das Ökosystem hier kaputt, und dann ist irgendwann alles aus."

„Ich finde es gut, dass ihr so sehr an die Umwelt denkt", sage ich.

Ich schaue ihn etwas genauer von hinten an.

„Sag mal, mit einem Namen wie Youngblood ..."

„Ja ja, du willst wissen, ob June und ich Indianer sind", sagt Bruce über seine Schulter. „Du hast richtig geraten oder doch nicht? Ja, es stimmt. Unser Vater war ein Cree-Indianer und arbeitete als Park-Ranger in Quebec. Unsere Mutter stammt aus London, aber sie waren nicht lange zusammen. Sie hat uns eine Zeit lang auf englische Privatschulen geschickt, dann waren wir fünf Jahre in Australien. Danach lebten wir in mindestens zehn Städten hier in Kanada."

„Furchtbar, soviel herumziehen zu müssen", sage ich.

Bruce nickt. „Das ist wohl der Grund, warum wir beide endlich nach Churchill gezogen sind, sobald wir aus dem Haus waren. Hier oben hast du Ruhe pur. Keiner will was von dir – außer den Touristen, natürlich, die Eisbären und Wale sehen wollen, aber mit denen komme ich schon klar. Jetzt haben wir eine klare Aufgabe. Aber früher, ja, da waren wir einfach so was wie zwei Schneeflocken vor dem Wind."

„Was sagst du?" Ich lehne mich nach vorne.

Bruce sieht sich kurz zu mir um und dreht sich wieder zurück, um nicht von der Fahrbahn abzukommen. „Was soll ich denn gesagt haben? Hier in Churchill weiß man, was man ..."

„Nein, ich meinte das, was du vorhin gesagt hast. Dass du und seine Schwester früher zwei Schneeflocken vor dem Wind waren. Der Ausdruck war irgendwie eigenartig."

„Findest du?" Bruce zuckt mit den Achseln. „Das ist wohl meine dichterische Ader. Vielleicht denkt man aber mehr über Dinge wie Schnee nach, wenn man an so einem Ort wohnt. Jedenfalls denkt nicht, dass ich mich deswegen um die Natur und die Umwelt kümmere, weil mein Vater Indianer war oder so ein Quatsch. Das hat damit wirklich nichts zu tun, sondern nur mit unseren Erfahrungen. Ihr werdet sehen, wenn ihr ein bisschen älter seid. Erfahrung ist alles."

„Klar", sage ich. „Wie oft habe ich das schon gehört? Aber wohin mit den ganzen Erfahrungen?"

„Dann betrachte sie nicht als Erfahrungen, sondern als Geschenke. Egal wo man hingeht, in jeder Situation, werden wir beschenkt. Mal mit Hilfeleistungen, mal mit Geschichten, mal eben mit Erfahrungen. Und was macht man mit Geschenken?"

„Tja, man macht sie auf und freut sich drüber?", frage ich.

„Man trägt sie, benutzt sie, und manchmal schenkt man sie weiter, wenn die Zeit gekommen ist. Schließlich kann jeder ein Geschenk gebrauchen."

„Und du wirst uns wohl auch gleich beschenken, habe ich Recht?", frage ich.

Bruce dreht sich zu mir um. „Habe ich doch gerade gemacht."

Nun verstehe ich gar nichts. Ich wende meinen Blick zu der öden flachen Landschaft hinter dem Fenster.

„Sind wir bald an diesem Fort?"

„Gleich hier vorne."

Bruce dreht das Gefährt nach links und stellt es auf einem Parkplatz ab, der abgesehen von einem blauen Jeep der kanadischen Parkverwaltung gänzlich leer ist.

Neben dem kleinen grauen Denkmalbüro besteht Fort Prince of Wales, das etwa so groß wie zwei nebeneinander gelegte Fußballplätze ist, aus einer niedrigen grauen Steinmauer, die überall mit grünlicher Flechte überzogen ist. In den Schießscharten der Mauern stehen schwere bronzene Kanonen, die das Städtchen und den Hafen bewachen. Das silbrig blaue Wasser der Hudson Bay liegt starr und eisig da – ich wette, im Winter friert alles zu. Oben drauf segeln keine Holzrindenkanus der Indianer oder gar französischen Fregatten wie vor zweihundert Jahren, sondern lediglich ein schwerfälliger Frachter, der eine Ladung Eisenerz in den Süden zur Veredelung bringt. Wir klettern ins Freie und springen den letzen Meter von den unteren Stufen bis zur Erde.

„Vergnügt euch", sagt Bruce, der sich sofort mit seiner Werkzeugkiste unter das Fahrzeug legt. „Aber in einer halben Stunde möchte ich zurück."

Daniel und ich schlendern zum Denkmalbüro, wo ein graubärtiger Mann in einer roten Parka uns begrüßt. Aber als wir versuchen, unseren Eintritt in US-Dollar zu entrichten, verfinstert sein Gesicht. „Sagt mal, ihr beiden", sagt er. „Ihr reist den ganzen Weg an die Hudson Bay und habt immer noch kein Geld umgetauscht? Ich möchte wissen, wie das zusammen geht."

„Wir sind noch gar nicht dazu gekommen", erklärt Daniel. „Und ich glaube, wir werden es auch nicht mehr schaffen. Wissen Sie, wir sind gerade auf der Durchreise von Seattle nach Kenia, und ..."

„Ja ja, jeder hat eine Ausrede", antwortet der Mann mit gelangweilter Stimme.

Er nimmt unsere vier Dollarscheine und hält sie einen nach dem anderen gegen das Licht.

„Aber ihr seid nicht mehr in den Staaten. Okay, ich nehme eure Scheine. Der Wechselkurs steht momentan günstig für euch und ich kann die Dinger loswerden. Aber wenn ihr aus ... wohin reist ihr nochmal?"

„Nach Kenia", sage ich. „Mombasa, um es genau zu sagen."

Der Mann sieht uns unschlüssig an.

„Gut", sagt er endlich, „wenn ihr aus Dingsbums zurück seid, dann tauscht ihre eure Greenbacks oder was auch immer, bitte schön in kanadische Dollar um, einverstanden?"

Daniel und ich versprechen es. Dann nehmen wir unsere Tickets und betreten durch das Tor die Festung. Hoch über unseren Köpfen flattert die kanadische Fahne mit ihrem roten Ahornblatt. Unter den Mauern tollt ein Rudel Huskies herum und bellt. Am Kieselstrand weiter nordwärts trampelt eine schwerfällige weiße Gestalt auf allen Vieren. Das kann nur ein Eisbär sein! Keiner wird's mir glauben. Ich muss ein Foto machen, aber auf dem Display meiner tollen neuen Digitalkamera sieht der Eisbär lediglich wie ein Plüschtier aus. Es fehlt nur der Knopf im Ohr.

Draußen im Wasser, vielleicht ein halber Kilometer von der Küste entfernt, liegen die Überreste eines riesigen Frachtschiffs und rosten vor sich hin. Zwei junge Männer in blauen Windjacken knipsen Fotos von allem, auch von uns. Aber außer den Kanonen und der klaren Aussicht auf die Hudson Bay gibt es wenig, was unsere Aufmerksamkeit auf sich zieht. Dafür riecht es gut. Die Luft ist so kühl und rein, dass man sie fast in Flaschen abfüllen und im Bioladen verkaufen möchte.

„Es ist bloß gut, dieses Motorengeräusch nicht mehr in den Ohren zu haben", sage ich und lasse meine Finger über die kalte grüne Oberfläche einer Kanone gleiten. „Ich glaube fast, ich werde es nie mehr aus dem Kopf kriegen."

„Warum würdest du das wollen?", fragt Daniel. Er hat wieder dieses Glänzen in den Augen, das er immer bekommt, wenn ihn etwas beschäftigt. „Jenny, ich habe lange nachgedacht. Du weißt doch: Mama und Will wollen, dass ich gleich nach dem Abi in München studiere."

„Ich dachte, du wolltest Maschinenbauingenieur werden", sage ich. „Schließlich sind deine Noten fantastisch."

Daniel setzt sich auf die Mauer und lässt seine Füße baumeln. Er schaut aufs Wasser hinaus.

„Ja, das habe ich einmal gewollt. Die Schulbank drücken, jahrelang studieren, einen Beruf haben, blabla. Heute bin ich mir nicht mehr so sicher."

„Was hat sich geändert?"

„Ich habe mich verändert. Weißt du, seitdem wir unseren ersten Flugunterricht mit Will hatten, ist mir das Fliegen richtig ins Blut gegangen. Wie ein Fieber. Ich kann mir einfach nicht vorstellen, nach diesem Leben, das wir in Zimmermann's Bend geführt haben, oder jetzt nach dieser Reise, wieder die Schulbank zu drücken. Schon die Idee macht mich krank."

„Aber Daniel", sage ich. „Das Fliegen macht Spaß, ich sehe es genauso wie du. Aber du musst etwas aus deinem Leben machen. Und irgendwann auch Geld verdienen."

„Das will ich ja auch", sagt Daniel. „Und weißt du wie? Als Buschpilot. Wie Will eben. Wenn es mit der Schule vorbei ist, möchte ich so anfangen wie er und hier in Kanada fliegen, oder in Australien. Oder Südamerika. Am besten mit Will als Partner zusammenarbeiten."

Ich denke nach.

„Ich weiß nicht, ob er viel davon halten wird", sage ich, „und Mama noch viel weniger. Sie hat doch Pläne für dich."

„Will hält gar nichts davon. Aber ich muss mein eigenes Leben führen, Jenny, und nicht das Leben eines anderen leben. Deswegen wollte ich unbedingt in der Aurora mitfliegen. Ich dachte, wenn ich mich bewähre, und wenn Will mich sogar ans Steuer lässt, wird er vielleicht schon selbst auf die Idee kommen, dass mein Platz da oben ist. In der Luft."

„Triff keine vorschnelle Entscheidung", sage ich. „Es hängt zu viel davon ab."

„Du hast gut reden", sagt Daniel. „Ich musste fast Gewalt anwenden, um dich zu überreden, mitzukommen. Schließlich willst du nur so ein blödes Buch schreiben."

Ich richte mich auf. „Blödes Buch?"

„Tja, du und deine Schriftstellerei. Klar, es ist bestimmt ein schönes Hobby für ein Mädchen, aber du musst auch irgendwann etwas Vernünftiges aus deinem Leben machen."

„Was erzählst du da für einen Mist?", rufe ich. „Daniel, nimm das sofort zurück. Du weißt, wie viel mir das alles bedeutet. Und außerdem werde ich mich genauso gut bewähren wie du."

Daniel lacht los. „Nun verstehst du mich. Für mich bedeutet die Fliegerei genauso viel wie deine Bücher dir bedeuten. Und keiner wird uns jemals davon abbringen können."

6

„Man nennt sie Miss Piggy." Bruce krempelt seinen Kragen gegen die kühle Abendluft hoch. Er steht zusammen mit Daniel und mir an einem verlassenen Ort voller mit Moos überwachsene Findlinge und windschiefer Krüppelkiefern. Vor uns liegt das verrostete Wrack der alten Propellermaschine, die wir bei der Landung gesichtet haben. Es bildet die letzte Station auf unserer kleinen Stadtrundfahrt und stellt offenbar eine Hauptattraktion dar. Ihre Fensterscheiben sind schon längst eingeschlagen worden, die hintere Frachttür aus ihren rostigen Angeln gerissen. Bierbüchsen liegen herum, und der saure Uringestank macht deutlich, dass dieser Ort ein beliebter Treffpunkt ist. Die metallene Hülle der Maschine, die wohl einmal vor Jahren genau wie die der Aurora silbrig geglänzt hatte, ist über und über mit Farbe beschmiert. Lauter Initiale und Tags von Jugendbanden, die ich nie in so einem kleinen Ort wie Churchill vermutet hätte. Auf der verwitterten Oberfläche der Heckflosse ist der Name ‚Lambair' gerade noch auszumachen.

„Das ist doch keine DC-3, oder?", frage ich.

„Ich tippe auf eine DC-4", sagte Daniel. „Die nächste Flugzeuggeneration aus den vierziger Jahren. Viermotorig – oder sie war es mal. Es ist nicht mehr viel davon übrig. Was ist bloß passiert?"

„Damals waren meine Schwester und ich noch gar nicht auf der Welt", sagt Bruce. „Aber die Geschichte kennt jeder. Sie ist kurz erzählt. Das war einmal eine Frachtmaschine der Fluggesellschaft ‚Lambair', zum Glück ohne Passagiere. Es war im Jahre 1979. Die Piloten hatten beim Start eine Motorenpanne und haben die Landebahn nicht mehr geschafft. Keine Toten, nur ein paar Prellungen. Alles wegen eines Motorschlittens und ein paar Kisten Limonade, die hinten im Laderaum standen. Ich habe es doch gesagt – eine kurze Geschichte. Eine Geschichte, wie sie überall vorkommen kann."

„Da hat jemand gewaltig Pech gehabt", sagt Daniel und stößt mit der Spitze seines Turnschuhs gegen die verschmierte Außenhülle der Maschine. „Es könnte jeden von uns treffen."

Ich schieße drei Fotos hintereinander – von dem bekritzelten Rumpf, dem toten Cockpit, von den Resten der abgerissenen Motoren. *Es könnte jeden von uns treffen.*

„Sag mal, Bruce", sage ich, während ich den Fotoapparat wieder in die Tasche stecke. „Du hast vorhin von Schneeflocken gesprochen. Welchen Wert hat eine Schneeflocke unter der Sonne Afrikas?"

Bruce sieht von mir zu Daniel, dann schiebt er die Hände in die Taschen und zuckt mit den Achseln.

„Gibt's einen Preis, wenn ich das Rätsel richtig errate?"

„Nur so", sage ich.

„Na gut. Die Sache mit der Schneeflocke in Afrika wäre bestimmt auch schnell erzählt. Aber, ich denke, unten in Afrika habt ihr diesen Berg, den Kilimanjaro. Da habe ich mal Bilder gesehen, und da liegt immer noch Schnee oben drauf. Ich denke, wenn sich eine Schneeflocke bloß diesen Berg ansteuern könnte, dann wäre sie unter seinesgleichen. Dann hätte sie es geschafft. Eine Schneeflocke braucht etwas Glück und Verstand, wenn sie ihren Weg nach Hause finden will. Und ein paar gute Freunde."

„Wir vielleicht auch", sage ich.

***

Lieber Joseph, schreibe ich eine Stunde später im einzigen Internet-Café Churchills.

Was nützt mir mein tolles Handy, wenn es in Zimmermann's Bend keinen Empfang gibt? Daniel duscht sich gerade im Hotel und die Schatten wachsen lang auf der verlassenen Hauptstraße.

Wir haben unseren Flug begonnen und sind in Churchill gelandet. Mr. Kathangu, das ist der Firmenchef aus Mombasa, sagt, dass dies ein Flug zu verschiedenen Flugausstellungen und Messen ist, aber ich sehe ihn als einen Flug zu Dir.

Ich mache eine Pause und lese den Satz, den ich gerade hingeschrieben habe. Ich trinke einen Schluck von meinem Cappuccino.

Nein, so geht es nicht. Ich lösche die Stelle und schreibe stattdessen: *...aber für mich ist es ein Heimflug. Will ist ein erstklassiger Pilot, aber dennoch mache ich mir Sorgen. Nicht, weil das Flugzeug siebzig Jahre alt ist, sondern ... ich erzähle Dir alles, wenn wir uns wieder in Zimmermann's Bend sehen. Aber sag mal: Wenn jemand Dir erzählen würde, dass unser aller Leben so viel wert ist, wie eine Schneeflocke unter der Sonne Afrikas, wie würdest Du das verstehen?*

Alles Liebe, Jenny

Ich streiche mir die Haare aus den Augen und denke einen Augenblick nach. Dann drücke ich auf die Send-Taste und verlasse das Lokal in Richtung Hotel.

***

Zum Abendessen im Lazy Bear Café gibt es Steaks, Kartoffeln und Maiskolben zum Abendessen.

„Alles heute frisch mit dem Zug geliefert", beteuert June.

Draußen weht ein salziger Nordwind. Die Sterne funkeln wie lauter winzige Brillanten im eisigen Nachthimmel. Ein

Holzfeuer flackert im riesigen Eisenofen und ich spüre, wie gut mir die Wärme auf meinem Rücken tut. Am Bar sitzt der alte Mann von der Festung und saugt an seiner Pfeife. Im Radio ertönt ein Country-Song von Shania Twain.

Die fünf erwachsenen Crew-Mitglieder lassen sich die Mahlzeit gut schmecken. Will und Ron fachsimpeln, während John immer wieder Witze reißt. Antonella dagegen isst lediglich einen kleinen gemischten Salat.

Im Fernsehen über der Bar beginnt gerade eine Nachrichtensendung. Panzer rollen durch ein Wüstendorf, Soldaten in Tarnuniformen und mit Gewehren in ihren Händen marschieren durch einen Sandsturm. Immer derselbe Quatsch, denke ich mir.

Ron schaut aber aufmerksam zu und nickt anerkennend. „Genau richtig", sagt er. „Nur so geht es. Man muss doch immer Hammer sein. Fressen oder gefressen werden."

„Aber dabei kommen doch Menschen um", sage ich. „Nicht nur die Soldaten – auch die vielen Zivilisten."

„Das ist der Preis", erklärt mir Ron, als wäre es das Selbstverständlichste auf der Welt. „Der Preis dafür, dass wir alle so leben können. Glaubst du, die Freiheit wird frei Haus geliefert?"

„Das, was wir gerade auf dem Bildschirm sehen, ist ein sehr hoher Preis", wende ich ein.

„Alles hat seinen Preis", sagt Ron. „Die Frage ist nur, ob man bereit ist, ihn zu zahlen."

Ron wird mir plötzlich unheimlich.

„Aber wie kann man einfach andere Menschen töten?", frage ich. „Warum nicht friedlich miteinander leben?"

„Frieden?", schnauft Ron. „Es wird niemals Frieden geben. Mach dir nichts vor. Solange es Kriege gibt, wird es Soldaten geben. Und solange es eine Luftwaffe gibt, wird es Piloten geben."

Will lenkt das Gespräch wieder auf alte DC-3-Geschichten, und keinen Augenblick zu früh, denn sonst wäre ich irgendwann ausgerastet.

Daniel und ich essen unsere Teller leer und freuen uns über die zwei Portionen Vanilleeis mit heißer Schokoladesoße, die uns June zum Nachtisch reicht. Ron wird mir wahrscheinlich nie ganz geheuer sein, aber wer um unsere Erdenkugel reist, muss offenbar nicht nur die Erdkrümmung sondern vor allem auch die Menschenkrümmung berücksichtigen.

Eine halbe Stunde später liegen wir beide in unseren Betten. Obwohl die Motoren weiter in meinen Ohren dröhnen, hallt der Klang der Stimmen von unten ins Zimmer hinein. Ich gleite in einen tiefen Schlaf. Aber während der Nordwind den Schornstein zum Singen bringt und wie ein großer weißer Eisbär an den doppelten Fensterscheiben rüttelt, träume ich von tanzenden Schneeflocken.

7

„Das glaube ich einfach nicht!" Die zierliche schwarze Frau im roten Parka hat gerade den Ankunftsraum der ‚Air Canada' verlassen. Sie wirft ihre beiden grauen Reisetaschen auf den Boden und verschränkt die Arme. In ihrem Knopfloch trägt sie eine winzige kanadische Fahne. Obwohl sie ihre rabenschwarzen Haare in einer traditionellen geflochtenen afrikanischen Frisur trägt, ist ihr Dialekt breites Nordamerikanisch.

„Du schon wieder? Unter welchem schleimigen Stein bist du hervorgekrochen?"

„Aisha!" John tritt auf sie zu und breitet seine Arme aus. „Wir haben uns Sorgen gemacht. Als ich von deiner Verspätung hörte ..."

„Wer sind *wir* und was hast du überhaupt hier in Churchill zu suchen?"

Sie fixiert John mit schwarzen Augen, die, wie ich fast fürchte, gleich in Flammen aufgehen werden. Die anderen Passagiere, die mit derselben Turbo-Prop Maschine der ‚Air Canada' angekommen sind, machen einen weiten Bogen um sie, wie um einen knurrenden Hund.

„Es ist alles sehr einfach. Darf ich aber vorstellen?" John wendet sich an Daniel und mich, sowie an Will und Ron, die dieses Drama etwas weiter abseits beobachten. „Das ist Aisha Trace, das siebte Mitglied unserer Crew. Sie wird für die Navigation zuständig sein."

Er stellt ihr jedes einzelne Crewmitglied vor. Aisha zwingt ein Lächeln auf ihr Gesicht und gibt uns allen die Hand. Aber als sie sich wieder an John wendet, wird ihr Gesichtsausdruck wieder hart wie Marmor.

„Und was hast du mit diesen Leuten zu tun? Willst du ihnen irgendetwas andrehen? Wenn ja, dann kannst du es gleich abdrehen und dann bitte schön mit der nächsten Maschine abdüsen. Am besten gleich in die Hölle!"

John lacht. „Das ist meine Aisha", sagt er zu uns. „Sie hat immer einen Witz drauf. Unser Flug wird nicht langweilig, das kann ich Ihnen jetzt schon sagen."

„*Unser* Flug?"

Sie schüttelt den Kopf und schaut hilflos zu uns. Die Peinlichkeit steht wie ein achtes Crewmitglied in unserem Kreis.

„Sie wollen mir doch nicht sagen, dass dieser Typ hier nach Mombasa mitfliegen soll?"

„Ich hoffe, es gibt keine Missverständnisse", sagt Will. „Das Flugzeug gehört doch Mr. Kathangu. Er hat uns alle angestellt. Sie auch."

„Oh Gott." Aisha geht in die Knie und hält sich die Hände vor den Augen. „Lieber Gott im Himmel, bitte, lass das nur ein böser Traum sein."

„Es ist doch ein schöner Traum, Aisha", sagt John. „Und manchmal werden Träume wahr. Wie eben dieser."

Aisha stöhnt und legt ihre Hände über die Ohren.

Will sieht von ihr zu John und wieder zurück. „Ich will mich nicht einmischen, aber wir wollten heute um acht Uhr starten, und es ist schon halb neun. Können wir den Rest nach dem Start besprechen?"

Als wir alle wenige Minuten später durch die Sicherheitskontrolle gehen und wieder draußen vor der Aurora stehen, schreit sie laut auf.

„Aisha Air!?" Sie lässt ihre Taschen auf den Asphalt fallen und stampft mit dem rechten Fuß auf.

„Wieso steht mein Name auf diesem Flugzeug?"

„Eine originelle Idee, oder?" John grinst sie an. „Ich bin schließlich der Geschäftsführer. Als ich damals in Mombasa mit meinen Partnern zusammentraf, um einen Namen für unsere neue Fluggesellschaft auszudenken, schlug ich Aisha vor. ‚Leben' auf Arabisch. Ich dachte, wir würden neues Leben in einen alten Traum einhauchen. Was einmal war, kann wieder werden."

Aisha dreht sich weg, dann nimmt sie ein Taschentuch und wischt sich die Augen. „Nur so zufällig, ja? Du hast ihnen gegenüber nicht nebenbei erwähnt, dass wir uns kennen? Sicherlich hast du ihnen ausführlich erklärt, warum ich dich zum Teufel gejagt habe!"

John lächelt wie ein verlegener Schuljunge. Oh nein, es sieht ganz danach aus, als ob dieses Wiedersehen nicht nach Plan läuft.

„Können wir das nicht später besprechen, Aisha? Auf dem Flug haben wir doch Zeit genug."

Ein kühler Wind weht Salzgeruch vom Norden her. Wolkenfetzen rasen über den kornblumenblauen Himmel. Aisha zieht ihre lange schwarze Lederjacke enger um ihre weiße Bluse und ihre Jeans.

„Du hast genau gewusst, wie sehr ich diesen Job wollte. Man könnte es auch Erpressung nennen."

Will wechselt einen Blick mit Ron und räuspert sich. „Ms. Trace, es ist eine Ehre, Sie an Bord zu haben. Ihr Ruf eilt Ihnen voraus. Zwar gehen mich Ihre persönlichen Streitigkeiten nichts an. Aber als Flugkapitän trage ich doch die Verantwortung für uns alle."

Nun ist er wieder ganz der erfahrene Pilot.

„Wir werden uns zehn Tage auf engstem Raum miteinander vertragen müssen, und ich möchte nicht, dass sich die Konflikte zweier Besatzungsmitglieder auf die Crew übertragen. Wenn Sie nicht mitfliegen wollen, dann zwingt Sie niemand dazu. Dennoch möchte ich, dass Sie jetzt eine Entscheidung treffen – für sich selbst und auch für uns. Verstanden?"

Aisha stöhnt. „Ich habe jetzt eh keine Wahl mehr. Geh mir nur aus dem Weg, John. Ich warne dich!"

„Das wird wirklich ein langer Flug werden", flüstert Daniel zu mir.

Antonella steigt nun aus der Aurora aus und begrüßt Aisha an der Tür. Während Will draußen eine letzte Inspektionsrunde unternimmt, zeigt Ron Aisha das Cockpit. Ein Lieferwagen kommt angefahren und bringt uns eine weitere versiegelte Holzkiste, die Daniel und ich unter Johns Anleitung die Bordtreppe hoch wuchten und im Gepäckraum verstauen.

Und schon sind wir startbereit. Will zieht die beiden Blöcke von den Reifen weg und winkt uns an Bord.

Bald brüllen die Motoren, als ob sie nie damit aufgehört hätten. Minuten später erheben wir uns in die Luft. Wir drehen nach rechts ab und nehmen Kurs auf Ostnordost. Die Hafenanlage und der graue Umriss von Fort Prince of Wales tauchen kurz in meinem Fenster auf. Aber schon nach wenigen Augenblicken liegen die Einöden Manitobas wieder hinter uns und ich sehe nur noch Wasser.

Als ich gestern ankam, schreibe ich in meinem Journal, *wusste ich rein gar nichts über Kanada, und viel weniger über*

Churchill. Nun weiß ich aber schon bestens Bescheid über Tundra-Buggies und Belugawale, Eisbären, Cree-Indianer sowie über das Schicksal der Miss Piggy. Ich habe nämlich so eine Theorie über das Reisen: Wenn man ein neues Land bereist, betritt man es als Narr und verlässt es als Weiser.

Bald schaltet Will das Sitzgurtzeichen aus und Daniel und ich stehen auf. Wir stöhnen wieder beim Anblick der Kaffeemaschine, die immer schwindsüchtiger wird, und machen uns daran, die erste von vielen Kaffeerunden auf diesem langen Flugtag vorzubereiten. Dabei ist unsere Arbeit an Bord der Maschine, geteilt durch zwei, gar nicht so schwierig. Zwar mussten wir an diesem Morgen um halb sechs aufstehen und nach einem reichlichen Frühstück mit Speck und Eiern im Café zuerst allein im Taxi zu einem kleinen Supermarkt fahren, während Will, Ron, John und Antonella im gemieteten Jeep direkt zum Flughafen fuhren.

Im Laden kauften wir Brot, Salami, Butter, Cheddar-Käse, Tofu und Bioquark, frische Milch, drei große Kekspackungen und eine Staude Bananen. Von dort fuhren wir weiter zum Flughafen. Als wir durch die Sicherheitskontrolle hindurchgingen und endlich die Aurora erreichten, wo der Rest der Crew längst mit der Vorbereitung des heutigen Flugs beschäftigt war, verstauten wir zunächst die Lebensmittel und schauten uns im Gepäckraum nach der Fracht um. Die Kisten saßen weiterhin genauso sicher in ihren Drähten wie am Morgen zuvor, aber wir wussten, dass ein unruhiger Flug die Drähte lockern könnte. Danach kontrollierten wir das WC und die Passagierkabine. Als wir die Ankunft der Air-Canada-Maschine hörten, wurde es schließlich Zeit, Aisha abzuholen. Unsere Tagesarbeit würde daraus bestehen, Kaffee auszuschenken, Brote zu schmieren und zu verteilen. Ansonsten müssen wir nur die langen Flugstunden in der lärmenden DC-3 ausharren.

Ich nehme die Kaffeekanne und Daniel ein Tablett mit Tassen, Milch, Zucker und eine Kekspackung. Im Cockpit nehmen Will und Ron ihre Tassen dankend entgegen. Der Wind rauscht an den Fenstern vorbei und das Gedröhn der Motoren umwickelt unsere Sinne wie eine nasse Decke. Über der Nase der Maschine, die durch die schmalen Windschutzscheiben in der hellen Morgensonne glänzt, ist nur blauer Himmel zu sehen, aber aus den Seitenfenstern schimmert die Hudson Bay durch einige tief liegende Wolkenstreifen hindurch.

„Der Elixier des Lebens", sagt Ron und nimmt einen Schluck aus seiner Porzellantasse.

Er nimmt die Kopfhörer herunter.

„Wir können zwar einen ganzen Tag mit einer Ladung Treibstoff fliegen, aber wenn ihr mich nicht alle zwei Stunden mit diesem Treibstoff nachladet, gehen wir gleich zu Boden, das sage ich euch."

„Wir haben auch eine Packung Pfefferminztee im Schrank", sage ich.

Ron macht ein Geräusch, als würde er ersticken. „Das habe ich nicht gehört!"

Daniel vertieft sich in die Landkarte, die auf dem Arbeitsplatz des Flugingenieurs ausgebreitet liegt.

„Wie lange fliegen wir heute?", fragt er.

Wie er darauf brennt, selbst zu fliegen!

„Heute ist der Wind günstig", antwortet Will. „Er steht uns im Rücken bis nach Baffin Island, und erst über der Davis-Straße könnte es ein paar Turbulenzen geben. Also, ich rechne mit etwa acht Stunden bis Nuuk."

„Dann kommen wir gerade rechtzeitig zum Tee", sage ich. „Wenn man auf Grönland überhaupt Tee trinkt."

„Bloß nicht!" Ron schüttelt den Kopf.

„Ich hätte nichts dagegen, so früh anzukommen", sagt Will. „Aber ihr habt nicht an den Zeitunterschied gedacht. Nuuk liegt drei Zeitzonen weiter. Das heißt, egal wann wir ankommen, wird es drei Stunden später sein. Also, wir sind eher zum Abendbrot da und müssen unseren Auftritt auf

Morgen verlegen. Nicht dass ich darüber traurig wäre, dass wir die Nacht nicht durchfliegen müssen."

„Mensch, uns läuft die Zeit richtig davon!", sage ich.

Ron stellt seine Tasse ab. „Das tut sie sowieso."

„Sagt mal, wer ist diese Aisha Trace überhaupt?", frage ich.

„Aisha Trace?", sagt Will und dreht sich kurz zu mir. „Nur eine der berühmtesten Elektrotechnikerinnen, die es gibt. Sie hat zum Beispiel den NX-101-Bordcomputer hier entwickelt." Er zeigt auf das Gerät am Instrumentenbrett. „Sie arbeitet inzwischen in der Militärforschung. Bomber und Raketen fürs Pentagon."

„Sie hat aber zunächst in der Zivilforschung gearbeitet", erklärt Ron. „Sie hat zum Beispiel ein interaktives Navigationssystem für Autos entwickelt, das nicht nur den schnellsten Weg an dein Ziel aussucht, sondern auch den aktuellen Wetter- und Verkehrsbericht berücksichtigt, damit man tatsächlich rechtzeitig ankommt. Die Leute haben sich darum gerissen – und nun führt sie die Luftwaffe ans Ziel."

„Aber wenn sie so ein Genie ist, warum fliegt sie ausgerechnet in dieser Maschine als Navigatorin mit?", fragt Daniel.

„Das", sagt Will, „ist die große Preisfrage."

***

In der Passagierkabine sitzt John wieder an seinem Stammplatz vorne rechts. Ein vollgestopfter Aktenordner liegt auf seinem Schoß. Er legt den Ordner weg, um seine Tasse Kaffee anzunehmen. Als er dankt, wirft er einen Blick nach hinten, wo Aisha in der letzten Sitzreihe sitzt und ihm einen bitterbösen Blick zurückwirft. „Gebt der Dame hinten eine Extraportion Zucker", sagt er und zwinkert mit dem Auge. „Ich glaube, sie hat es nötig."

Antonella sitzt am Tisch hinter John. Sie ist in einer Illustrierten vertieft, auf der die Worte ‚Der Weg der Göttin' zu lesen sind. Das silberne Pentakel baumelt im Ausschnitt ihres grünen Overalls. Hmm, denke ich. Ein Pentakel, Sternzeichen, Göttinnen ... Sie ist eben keine gewöhnliche Mechanikerin.

Dann bedienen wir Aisha. Sie zappelt mit den Füßen und dreht ihre Finger, als ob sie mit einem Gummiband spielen würde. Die Kabine widert sie sichtlich an. Sie drückt sich geradezu gegen die hintere Wand, so als wolle sie sich so weit von John entfernen, wie nur möglich.

„Ich denke, wenn sie sich für den Rest des Fluges auf dem Klo einsperren könnte, würde sie es tun", flüstere ich zu Daniel.

Er grinst und bietet Aisha eine Tasse an. Aisha antwortet zunächst nicht, sondern schaut einen Augenblick aus dem Fenster.

Dann dreht sie sich zu uns um und sagt: „Okay, gebt mir eine Tasse. Schwarz. Kein Zucker."

Ich schenke ihr ein.

„Keine Kekse?", frage ich.

„Gar nichts will ich, außer in Mombasa landen, meine Lohntüte in die Hand nehmen und dann aus dieser Maschine verschwinden."

Sie nimmt einen Schluck und dreht sich wieder zum Fenster hin. Unten auf der Hudson Bay fährt ein Frachtschiff in Richtung Süden und hinterlässt ein kilometerlanges ‚V' aus Gischt. Dann wendet sie sich wieder zu uns hin. Zum ersten Mal breitet sich ein Lächeln über ihr Gesicht aus.

„Sorry", sagt sie. Sie setzt die Tasse auf den Tisch. „Es hat doch alles nichts mit euch zu tun. Wie heißt ihr noch mal? Daniel und ...?"

„Jenny." Ich nehme die Kaffeekanne in die linke Hand und gebe Aisha die rechte. „Schön, Sie kennen zu lernen."

„Setzt euch einen Augenblick zu mir, wenn ihr wollt. Aber vorher ..." Sie lächelt wieder. „Vorher nehme ich doch noch einen Keks."

Daniel und ich stellen die Kanne und das Tablett wieder in der Bordküche ab und schenken uns selbst Cola in Pappbechern ein. Daniel greift nach der halb vollen Kekspackung. Dann gehen wir zu Aisha zurück und setzen uns.

„Sie sind Kanadierin?", fragt Daniel und schaut dabei auf das rote Ahorn-Fähnchen auf ihrer Jacke, die zusammengefaltet auf dem Nebensitz liegt.

„Aus Toronto." Aisha beißt in einen Butterkeks. „Aber das Fähnchen hat nichts zu bedeuten. Früher trugen viele Kanadier solche Fähnchen, um nicht mit US-Amerikanern verwechselt zu werden. Heute aber sind viele Amerikaner dazu übergegangen, unsere Fahne auf ihren Klamotten zu tragen, weil sie davor Angst haben, im Ausland als Amerikaner erkannt und von Terroristen ermordet zu werden. Heute erkennt man die US-Amerikaner also an ihren kanadischen Fähnchen."

Sie lacht.

Das kann sein, denke ich, aber als Deutsche wäre es mir nie in den Sinn gekommen, überhaupt eine Fahne zu tragen.

„Ihr seid ein bisschen jung, um als Flugbegleiter zu arbeiten", sagt Aisha. Ihre Bitterkeit von vorhin hat sich in Charme verwandelt. „Was habt ihr mit alledem zu tun?"

„Ein Glücksfall", antwortet Daniel. „Will Chapman ist unser Stiefvater, und wir vertreten seinen Cargomaster. Da wir sowieso in Afrika leben, passt es gut."

„Und warum fliegen Sie mit?", frage ich. „Ich verstehe nicht, weshalb dieses Flugzeug extra eine Navigatorin nötig hat. Das müssten Sie aber am besten wissen, zumal das GPS-Gerät von Ihnen konstruiert wurde."

Aisha leert ihre Tasse und stellt sie wieder auf das Tischchen – etwas zu hart, wie mir erscheint. „Ich weiß nur, dass ich letzte Woche einen Anruf aus Mombasa erhielt, mit der

Bitte, in einer restaurierten DC-3 nach Afrika zu fliegen und auf Flugschauen unterwegs die Navigationstechnik vorzuführen. Ich habe nicht lange überlegt, weil ich doch ..." Sie zögert und schaut zuerst Daniel, dann mir in die Augen. „Ich hatte gerade die Möglichkeit, zehn Tage Urlaub zu nehmen und eine neue Erfahrung zu machen. Ich verdiene Geld dabei und das nicht wenig. Also, ich habe keinen anderen Grund dafür." Sie richtet ihren Zeigefinger auf John. „Dass dieser Herr da vorne mit der Sache zu tun hatte, hätte ich allerdings nie gedacht."

Just in dem Augenblick dreht sich John wieder nach hinten und grinst Aisha an. Ich folge seinem Blick und freue mich, dass er nicht mir gilt.

„Sie kennen sich offenbar ziemlich gut", sage ich.

Aisha legt ihren Kopf zur Seite und kneift die Augen zu. „Ja, man kann einen anderen Menschen leicht kennen lernen, aber manchmal dauert es etwas länger, bis man ihn richtig erkannt hat. Versteht ihr, was ich meine?"

Daniel wechselt einen perplexen Blick mit mir.

„Ich nehme an, Sie haben sich irgendwie gestritten", sagt er.

Aisha sieht Daniel einige Augenblicke nachdenklich an. Dann beißt sie sich auf die Unterlippe, um ein Lächeln zu unterdrücken.

„*Gestritten* ist gut. Rausgeschmissen habe ich ihn, um es genau zu sagen." Sie schüttelt den Kopf. „Aber ich frage mich die ganze Zeit, warum ich euch das alles erzähle."

Das frage ich mich auch.

„Aber es schadet auch nichts", fährt Aisha fort. „Wir haben noch einige Tausend Kilometer vor uns, und ihr könnt es ruhig wissen. Wir haben uns vor einem Jahr kennen gelernt. Es war auf einer Flugtechnikmesse in Montreal, wo ich einige neue Produkte von Elexis Defense Industries vorgestellt habe. Da habe ich doch bis vor kurzem gearbeitet. John hatte sich als ... Wie hat er seinen Job beschrieben?"

„Er ist doch der Geschäftsführer von ‚Aisha Air', sage ich.

Aisha zuckt zusammen. „Wieder so eine Schnapsidee von ihm. John ist doch kein Geschäftsführer, allenfalls ein Geschäftemacher. Er hat seine Finger in allem. Er hat aus seinem Elektrotechnik-Studium überhaupt nichts gemacht. Er gab sich jedenfalls mir gegenüber als Luftfahrtunternehmer aus und tat so, als ob er sich wahnsinnig für meine Erfindungen interessierte. Vor allem etwas ... Na ja, ziemlich Neues, ganz anderes auf jeden Fall. Aber hauptsächlich hatte er's auf mich abgesehen."

„Warum hat er Sie für diesen Flug angeheuert, wo doch der Bordcomputer die Navigation automatisch regelt?", frage ich. „Was hat er davon?"

„Das weiß nur er", antwortet Aisha. „Am liebsten würde ich seine verdammte Maschine hier und jetzt in die Luft jagen."

Ich richte mich auf und blicke zu Daniel. Aisha, deren Gesicht eine böse Mine angenommen hatte, lächelt wieder.

„Keine Sorge, nicht so lange ihr hier an Bord seid! Vergesst doch, was ich gesagt habe. Ich habe gerade ein paar schwere Wochen hinter mir. Aber eines Tages wird ihm die Rechnung präsentiert. Das garantiere ich!"

Bald legt sie wieder ihren verschlossenen Blick an den Tag und Daniel und ich ziehen uns wieder zurück.

„Warum machst du so ein Gesicht?", sage ich zu Daniel, als wir uns einige Sitzreihen weiter vorne gesetzt haben. „Sie kann's nun wirklich nicht sein. Erstens war sie gar nicht in Seattle, und zweitens wusste sie offenbar nicht, worum es bei diesem Flug überhaupt geht."

„Denkst du immer noch an diesen dämlichen Drohbrief? Vergiss ihn endlich. Nein, mit der Frau stimmt was nicht. Was ist das für ein Urlaub, tagelang da in der Ecke zu hocken? Außerdem haben wir jetzt schon einen Tag Verspätung. Und wenn sie John die Rechnung präsentiert, dann möchte ich nicht dabei sein."

Bis zum Mittagessen gibt es nichts mehr zu tun. Daniel verbringt den Vormittag im Cockpit. Er will sich wohl unentbehrlich machen. Die drei anderen Passagiere lesen oder dösen vor sich hin. Will und Ron kommen gelegentlich in die Passagierkabine, um sich die Beine zu vertreten. Ich schreibe in meinem Reisetagebuch und vertiefe mich in mein Biobuch, bis ich die nächsten zwei Kapitel fast auswendig weiß. Zellstrukturen – wirklich mein Lieblingsthema.

Mittags taucht die zerklüftete Küste der Baffin Island unter uns auf. Daniel und ich sind noch nie im Leben soweit nördlich gewesen. Nun fliegen wir dicht unter dem Polarkreis, und auf dem Vorgebirge unter uns liegt schon der erste Schnee des kommenden Winters.

Wir stehen auf und schmieren Brötchen in der Bordküche. John nimmt gleich drei belegte Brötchen und verschlingt sie. Antonella lehnt die Salami ab und begnügt sich mit einer Tofuschnitte, die sich selbst holt. Aisha nimmt lediglich ein halbes Salamibrot und eine Banane.

Das Wetter wird unruhiger, genau wie es Will prophezeit hat, und die Aurora beginnt zu schaukeln. Daniel und ich essen als Letzte und schauen aus den Fenstern, wie unter uns kahle graue Berge und taubenweiße Gletscher sich offenbar immer näher an uns heranwagen.

Die felsige Landschaft unter uns trifft wieder auf ein blaues Meer, das von einem Sturmwind in Schaum geschlagen wird. Die Baffin-Insel, der letzte Zipfel Kanadas, ist schon zu Ende. Wir sind über der Davis-Straße, und von hier aus haben wir nur noch knapp zwei Stunden bis Grönland. Ich blättere noch ein paar Minuten in meinem Biobuch und lege es schließlich zur Seite. Auf dem Sitz gegenüber von mir liegt noch das zerfledderte Exemplar von ‚Westwärts mit der Nacht' von Beryl Markham. Ich schaue es mir an. Auf dem Deckel prangt das Schwarz-Weiß-Foto der Autorin in einer altertümlichen Fliegermontur, mit einem strengen, aber doch schönen Gesicht. Sie ist blond, genau wie ich. Ihre Augen, die so wirken, als wären sie auf ein Ziel jenseits des Horizonts gerichtet, das nur sie sehen kann, faszinieren mich. Schließlich war sie die erste Pilotin in ganz Afrika und die erste Frau, die den Atlantik 1936 im Alleinflug überquert hat – so steht es im Klappentext. Ich schlage das Buch auf und fange mittendrin zu lesen an.

Rund tausendmal bin ich mit meiner Maschine vom Flugplatz in Nairobi gestartet, und wenn sie vom Boden abhob, spürte ich stets die pulsende, prickelnde Ungewissheit und Erregung des immer wieder neuen Abenteuers.

Ich lese von ihrer Kindheit auf dem ostafrikanischen Gestüt ihres Vaters in den ersten Jahren des 20. Jahrhunderts, von ihrer engen Bekanntschaft mit den afrikanischen Kindern im Dorf, ihren Erlebnissen mit Löwen und anderen wilden Tieren, ihrer improvisierten Pilotenausbildung und ihren Abenteuern als Buschpilotin im heutigen Kenia und Tansania. Ich schaue wieder auf das Cover und sehe im Geiste mein eigenes Gesicht, meine eigenen Augen unter der grauen Fliegerkappe. Nach zwei Stunden habe ich dreiviertel des Buches durch. Nur der letzte Teil, der von Markhams Alleinflug über den Atlantik handelt, bleibt noch. Den hebe ich für später auf – für meinen eigenen Atlantikflug in der Aurora.

Unten sehe ich nur noch blaues Wasser und Eisberge. Und hier oben bin ich wie eine Schneeflocke vorm Wind. Wie hieß doch dieses Gedicht, an die ich die ganze Zeit denke? ‚Die Schneeflocke' oder so ähnlich. Halbvergessene Gedichte machen mich neugierig.

Im Gepäckraum steht doch die Bücherkiste. War da nicht ein Gedichtband dabei? Ich finde die Kiste sofort.

Nachdem ich ein paar alte Bücher hin- und her gedreht habe, finde ich einen dunklen Band mit Goldprägung auf dem Rücken. ‚English Poems'. Ich nehme ihn in die Hand und gehe damit wieder an meinen Platz zurück. ‚Wie heißt das Gedicht noch mal?', frage ich mich und schlage den Deckel auf.

Ode an eine Schneeflocke, lese ich im Inhaltsverzeichnis.

„Seite 314. Mal sehen."

Und ich schlage nach.

Ich halte den Atem an. Das Buch poltert auf die Erde.

„Oh mein Gott!", rufe ich.

„Was ist?", fragt Daniel. Er sitzt mir gegenüber und schaut erstaunt von seinem Buch hoch.

„Daniel, schau dir mal dieses Buch an!"

„Was soll ich?" Daniel bückt sich und hebt das Buch vom Boden auf. Als er es aufschlägt, bricht es fast auseinander. Ich nehme es ihm aus der Hand und halte es ihm unter der Nase. Seite 314. ‚Ode an eine …, steht da geschrieben, als ob man das Wort Schneeflocke sowie Dutzende anderer Worte im Buch fein säuberlich mit einem Messer ausgeschnitten und einer anderen Verwendung zugeführt hätte.

Für Silvester-Konfetti, oder … für einen Drohbrief.

8

„Wir müssen es Will sagen", flüstere ich. „Dieser Mensch kann nur einer von der Crew sein."

„Wie kommst du darauf?", fragt Daniel. Er blättert das Buch vorsichtig durch. Einige lose Seiten flattern auf den Teppich unterm Tisch.

„Die Kinder waren doch Freitag früh in der Maschine. Ich erinnere mich jetzt. Will hatte die Bücherkiste erst Freitagnachmittag hingebracht, als die anderen schon am Flughafen waren."

„Und sie hatten alle Zugang zur Fracht", sagt Daniel. „Ja, ich verstehe, was du meinst."

Ich lese das geschundene Gedicht durch und bleibe an den letzten Versen hängen:

So reinlich, so weißlich
So winzig, so richtig
Mächtig und schmächtig
Geformt und geprägt
Mit seinem Hammer aus Wind
Und seinem Griffel aus Frost

„Wir müssen sofort Will verständigen." Ich stehe auf. „Ich hole ihn. Aber verstecke das verdammte Buch!"

„Auf keinen Fall wirst du ihn verständigen." Daniel kreuzt die Arme. „Jenny, wenn Will auch nur vermutet, dass irgendeine Gefahr besteht, dann setzt er uns sofort am nächsten Flugplatz ab. Oder er lässt den ganzen Flug platzen. Das darf nicht passieren."

„Aber Daniel, nun haben wir doch den Beweis, dass irgendjemand es auf uns abgesehen hat!"

„Ruhig!", flüstert Daniel. „Warten wir, bis wir die Gelegenheit finden, alles zu besprechen. Hier ist wirklich nicht der richtige Ort."

Die Maschine dreht nach rechts ab. Schon an der Änderung der Lautstärke der Motoren merke ich, dass wir den Landeanflug begonnen haben. Aus dem Fenster sehe ich zuerst nur Wasser, aber dann raue Berge, glitzernde weiße Gletscher, lange zackige Fjorde, über denen die schrägen Strahlen der Abendsonne liegen, und ich weiß auf einmal, dass ich noch nie im Leben eine schönere Landschaft gesehen habe.

„Aber Daniel!"

„Versprichst du es?"

Nein, ich will es nicht versprechen. Aber etwas in Daniels Augen macht mich nachdenklich. Habe ich mir diesen Flug nicht ebenso gewünscht? Und was wird aus Grönland,

Island, den Pyramiden und allem anderen, wenn ich jetzt aufgebe? Und was wird aus meinem Reisebuch?

„Nur, bis wir die Gelegenheit bekommen, alles zu besprechen", sage ich.

Wir fliegen tiefer und kreisen einmal um eine lange felsige Halbinsel, auf der ein paar Handvoll rote und gelbe Häuschen wie Spielzeuge verstreut liegen. Eine Landebahn, die den letzten Zipfel der Halbinsel in zwei Teile trennt, taucht im Fenster auf. Die Maschine vollendet die Kurve und das Fahrwerk fährt aus. Wir setzen zur Landung an. Die Reifen schlagen einmal, zweimal auf.

„Willkommen in Grönland", klingt Wills Stimme über den Lautsprecher. „Zieht euch warm an, wenn ihr aussteigt. Heute Abend weht Nordwind!"

***

Nach einem einfachen Frühstück bestehend aus Cornflakes, Toastbrot, Marmelade und dampfendem Earl-Grey-Tee verlassen Daniel und ich unsere Herberge, das Sjømandshjem oder Seemannsheim, noch vor den anderen Crew-Mitgliedern und treten auf die ausgestorbene Hauptstraße von Nuuk. Heute wird wieder gearbeitet.

Das Hotel, das offenbar ursprünglich als eine Art Pension für Matrosen gedacht war, ist ein langes, dreigeschossiges rotes Holzgebäude mit einem breiten Schieferdach und vielen ineinander verschachtelten Giebeln und Anbauten. Diese Form macht es zu einem der größten Gebäude in ganz Nuuk. Kaum zu glauben, dass diese beschauliche Siedlung, die aus der Luft einer Ansammlung von bunten Puppenhäusern gleicht, die Hauptstadt der größten Insel der Welt sein soll.

Das Hotel steht auf einer kleinen Halbinsel am Ostrand der Stadt. In der einen Richtung schimmert ein saphirblauer Fjord, dahinter eine Insel und schroffe Berge, auf denen schon heute, am letzten Augusttag, der erste Schnee liegt. In der anderen Richtung erhebt sich das Städtchen. Fast alle Häuser sind rot, blau oder gelb angemalt. In der Ferne, an den Rändern des Fjords, erhebt sich ein dunkles Gebirge, auf dem das uralte Gletschereis in der hellen Morgensonne funkelt. Der Wind weht frisch und würzig vom Norden her, und bringt mit sich den Geruch von Eis und Abenteuer.

Mir ist aber heute nicht nach Abenteuer zumute. Die Nacht im Herbergszimmer, inmitten lauter Ikea-Möbel, war grauenvoll. Abends im Satellitenfernsehen entdeckte ich endlich einen deutschen Sender und sah zum ersten Mal seit anderthalb Jahren wieder einen ‚Tatort', wo es um einen Flugzeugsaboteur an einem kleinen Sportflugplatz an der Nordsee ging. Nach der ersten halben Stunde hielt ich es nicht mehr aus und ging ins Bett. Albträume bekam ich trotzdem.

Während wir auf die anderen warten, ziehe ich Daniel ein paar Schritte abseits.

„Daniel, wer kann es sein? Wir müssen die Möglichkeiten wieder durchgehen."

„Aber versuch mal logisch zu denken." Daniel zieht seinen Anorak-Reißverschluss bis zum Kinn hoch. „Welches Interesse könnten unsere Leute daran haben, unseren Flug zu stoppen oder gar zu sabotieren?"

„Da ist dieser John Kathangu", sage ich. „Ich weiß, die Maschine gehört ihm, aber vielleicht will er irgendeinen Unfall bauen und dann die Versicherung kassieren?"

„Das ist mir schon als Erstes eingefallen", sagt Daniel.

„Ja, und Will können wir natürlich ausschließen. Aber was ist mit Antonella? Sie benimmt sich ziemlich komisch, mit ihrem Pentakel und ihren Sternzeichen, oder? Und was ist mit diesem Ron Ellison?"

Daniel reibt sich die Augen. Er hat bestimmt auch nicht gut geschlafen. „Ms. Trace kann's auf keinen Fall sein. Sie war doch gar nicht da."

„Stimmt", sage ich. „Obwohl sie Grund genug hätte, etwas gegen John zu unternehmen."

„Wer vom Teufel spricht", sagt Daniel.

Er schaut nach links. Ich folge seinem Blick, und sehe, wie Aisha den Weg vom Ufer hoch kommt.

„Was macht sie denn um diese Zeit am Wasser?"

„Hmm", sage ich.

Aisha schaut um sich, aber scheint uns nicht zu entdecken. Sie läuft zum Sømandshjem und verschwindet durch eine Seitentür – etwas zu schnell, denke ich.

„Nein, sie kann es nicht sein. Aber was wissen wir überhaupt über diese Leute?"

***

Antonella fährt uns im gemieteten Geländewagen zum Flughafen Søndre Strømfjord zurück, der einige Kilometer nordöstlich des Städtchens liegt. Wir müssen erst mal durch die Sicherheitskontrolle in der grauen Wellblechhalle des Flugplatzes gehen, bis wir wieder fürs Gelände zugelassen werden. Es handelt sich offenbar nicht um eine richtige Flugschau, was mich in einem so entlegenen Ort wie Nuuk sowieso gewundert hätte, sondern um ein sogenanntes ‚Fly-In', also mehr eine Art Treff für alte Maschinen, die im Zweiten Weltkrieg Nuuk als Zwischenstation bei der Versorgung der Alliierten auf der alten Atlantik-Flugroute benutzt haben.

Inzwischen hatte sich ein gutes Dutzend DC-3 und C-47 eingefunden. Während Antonella sich am linken Motor zu schaffen macht, entladen Daniel und ich zunächst die Aurora und verstauen die Kisten in einem speziellen Schließfach in einem der Hangars. Dann kontrollieren und staubsaugen wir die Kabine. Anschließend bauen wir unter Johns Anweisung einen Tisch auf, auf dem wir Broschüren und Buttons von 'Aisha Air' bereitstellen.

Als wir fertig sind, hören wir schon die ersten Motoren im Hintergrund brummen. Das Fly-In ist schon im Gang, obwohl nie mehr als zwei Dutzend Menschen auf einmal zu sehen sind. Keiner interessiert sich für uns, außer zwei gut gebauten Männern in blauen Nylonjacken und mit schwarzen Basecaps auf ihren kurz geschorenen Köpfen, echte Bodybuildertypen, die uns keine Minute aus den Augen lassen und nicht aufhören, Handy-Fotos zu schießen. Ich denke fast, sie werden aufdringlich, aber sie halten sich fern.

Will, der inzwischen von Interessenten umringt ist, gibt uns den Rest des Tages frei. Als wir schon im Taxi sitzen, sehen wir, wie die Aurora sich in die Luft erhebt.

In Nuuk hole ich den kleinen Stadtplan, den mir Antonella beigelegt hatte, aus meiner Umhängetasche, und wir beginnen unseren Rundgang.

Die Stadt kommt mir wie ein Dorf vor. Zwar weiß ich bisher gar nichts über Grönland, aber etwa so habe ich mir immer Norwegen vorgestellt. Lauter bunte kleine Holzhäuser, dazwischen wuchtige Plattenbauten, und dahinter die schneebedeckten Berge und die grauen Felsen der Fjorde. Es fahren kaum Autos. Kein Wunder, denn hier liegt alles sehr eng beieinander, und um ins Hinterland zu gelangen, ist man auf einen soliden Geländewagen angewiesen – oder auf ein Boot oder einen Schneeschlitten.

Wir riechen den Fischmarkt, bevor wir ihn unter den Wellblechdächern der Marktbuden entdecken. Stämmige, dunkelhäutige Inuit-Männer und Frauen stehen in verschwitzten T-Shirts vor Bergen von Fischen auf rauen Holztischen. Eine pummlige Frau mit einem runzligen Gesicht blinzelt uns zu, während sie mit ihrem Messer einen silbrigen Lachs ausnimmt. Die blutigen Eingeweide purzeln auf die Holzplanken wie eine Portion Spaghetti.

„Ich glaube, ich werde nie wieder Fisch essen", sage ich zu Daniel.

Dennoch knipse ich einige Fotos hintereinander für unseren Blog. Wir gehen an den Tischen vorbei, bis wir vor einem besonders langen stehen, auf dem riesige Fleischstücke aufgestapelt sind.

„Was sind das denn für Fische?", frage ich den Verkäufer, der gerade dabei ist, die meterlangen Scheiben in Schnitzel zu verkleinern.

„Kein Fisch", sagt er auf Englisch. „Wal!"

„Gibt es so was?", frage ich. „Ich dachte, der Walfang ist verboten."

„Auf Grönland nicht", sagt er. „Probieren Sie mal!", und er hält mir ein fingergroßes Stück Fleisch entgegen.

„Lieber nicht", sage ich.

Er schüttelt nur den Kopf und steckt sich das Fleischstück selbst in den Mund und schmatzt mit den Lippen.

Der Walfang ekelt mich an, aber ich möchte doch etwas mehr über dieses Land erfahren. Bisher weiß ich nur von der knappen Erklärung auf dem Stadtplan, dass Grönland von Dänemark verwaltet wird, dass es im frühen Mittelalter von den Wikingern besiedelt wurde, als das Klima viel milder und vor allem grüner war als heute, und dass Nuuk, oder Godthåb, wie es einst hieß, auf den norwegischen Missionar Hans Egede zurückgeht, der das Städtchen im Jahre 1721 gründete.

Das interessiert Daniel wenig – er möchte zum Hafen, um die Wasserflugzeuge unter die Lupe zu nehmen, aber ich kann ihn doch noch zu einem Besuch im Museum überreden. Wir finden ohne Weiteres das scheunenartige Grönland-Nationalmuseum, das unten am Wasser steht und zu dieser Zeit fast gänzlich ausgestorben ist, und bezahlen unseren Eintritt in dänische Kronen. Im Vorraum riecht es nach frischem Holz und Farbe.

Aber kaum haben wir angefangen, uns über die Geologie der grönländischen Landmasse zu informieren, als sich eine männliche und eine weibliche Stimme erheben.

Am gegenüberliegenden Ende des Raumes, hinter dicken Hanfseilen, steht eine Ansammlung von lebensgroßen Puppen in bestickten Inuit-Anoraks, die gerade damit beschäftigt sind, eine Rundschneehütte zu errichten. Davor stehen zwei Rucksacktouristen, – dieses Mal sind es aber keine Puppen – die ich auf etwa Mitte oder Ende zwanzig schätze: ein großer, rothaariger Mann in einem kurzärmeligen Khakianzug, dessen mächtiger Bauch unter einem schmalen Ledergürtel wie eine Leberwurst eingeschnürt ist. Sein scharlachroter Safari-Hut sticht gegen seine roten Haare ab. Daneben steht eine ebenfalls ziemlich pummlige Frau mit langen schwarzen Haaren, die ihr bis zur schwammigen Taille reichen.

Der Mann langt gerade mit dem rechten Arm über das Seil und greift nach einem der Anoraks. Darauf erscheint eine weißhaarige Inuit-Frau in einer blauen Wärteruniform, die die beiden offenbar die ganze Zeit im Auge hat, und brüllt ihn auf Englisch an.

„Nicht schon wieder anfassen! Wir sind hier nicht im Kaufhaus!"

Der Mann zieht seine Hand zurück und stößt einen Fluch in einer fremden Sprache aus.

„Daniel", flüstere ich, „schau dir die beiden Europäer da an. Wenn ich es nicht besser wüsste, würde ich sagen ..."

„Mensch, du hast Recht!", sagt Daniel. „Sie sehen doch genau aus wie ..."

„Roloff!", ruft die Frau, und zieht den Mann vom Seil weg.

„Und Irma!", sage ich.

Es sind doch die beiden holländischen Touristen, die wir letztes Jahr in Tansania kennen gelernt haben!

„Was machen die beiden hier auf Grönland?"

Roloff dreht sich um und winkt uns zu sich.

„Hey, ihr zwei", ruft er auf Englisch. „Wisst ihr, wo wir anständige Winterjacken kaufen können?"

„Kennt ihr uns noch?" Ich gehe auf sie zu. „Ihr seid damals mit uns nach Sumbawanga geflogen, als euer Landrover diese Panne am See hatte. Und dann in Matema habt ihr uns zur Flugpiste gefahren, als unser Stiefvater so krank war."

„Wir werden euch so schnell nicht vergessen", sagt Roloff. Er schaut uns ausdruckslos aus seinem fetten Gesicht an. „Das war der schlimmste Flug unseres Lebens, und dann habt ihr uns ein paar Tage später mitten in der Nacht gestört und uns dann gezwungen, durch die Gegend zu fahren."

„Aber es war doch ein Notfall", sagt Daniel.

„Ach, macht euch keinen Kopf darüber", sagt Irma. „Wir haben euch längst verziehen." Sie lächelt uns an wie eine Königin, die gerade einen besonders untreuen Untertan begnadigt. „Aber nun brauchen wir Winterjacken. Wir haben nur Sommerkleidung mit und wussten nicht, dass es abends hier so kalt werden kann."

„Aber wir sind doch dicht unterm Polarkreis", sage ich. „Jedes Kind weiß doch, dass es hier kalt wird."

„Ich wollte gar nicht nach Grönland fahren", sagt Roloff. „Ich wollte auf Jamaika bleiben."

„Ihr seid von Jamaika nach Grönland geflogen?", fragt Daniel. „Wie kommt denn das?"

„Mein Freund und ich sind Jazzfans", antwortet Irma. „Wir fliegen immer den Jazzfestivals hinterher. Dieses Jahr sind wir zunächst nach Rio de Janeiro geflogen, dann von dort nach Caracas, und dann nach Kingston auf Jamaika. Immer der Musik auf den Fersen. In Kingston blieben wir eine Woche, und dann ging's weiter nach Miami, New York, Montreal, und jetzt nach Grönland."

„Ich wusste gar nicht, dass es auf Grönland Jazzfestivals gibt", sage ich.

„Eben nicht." Irma schnieft. „Das heißt, nicht mehr. Es gab das Nuuk-Festival, aber das ist schon ein paar Wochen her. Entweder hat sich unser Reiseagent geirrt, oder er wollte uns einen Streich spielen. Und dabei versorgen wir ihn immer mit soviel Arbeit! Jedenfalls sind wir jetzt hier in Nuuk, ohne Konzert, ohne warme Sachen und ohne Flugtickets."

„Ohne Flugtickets?", fragt Daniel.

Roloff gähnt und zeigt dabei eine Reihe silberplombierter Backenzähne. „Mir wird's langweilig, und außerdem haben wir Hunger. Ihr könnt uns ein Café zeigen, und anschließend ein Kleidungsgeschäft."

„Wie es der Herrschaft beliebt", flüstere ich Daniel zu.

Ihr Ton gefällt mir nicht, aber was soll's? Schließlich wollen wir doch auch die Stadt sehen und mit zwei so erfahrenen Reisenden können wir bestimmt etwas dabei lernen.

Wenige Minuten später sitzen wir zusammen im Tulles Rock Café. Die hellgelben Außenmauern lassen eher eine Sandwichbude als eine Rockbar vermuten, aber von innen sieht alles top aus. Auf der Videoleinwand laufen dänische Musik-Videos ohne Ton. Um diese Zeit ist die Tanzfläche leer, an der Holztheke steht eine schmale Inuit-Kellnerin mit glatten schwarzen Haaren im Pagenschnitt und poliert Biergläser.

Roloff und Irma bestellen Milchkaffee, belegte Brötchen, eine große Schüssel Obstsalat und Gebäck.

„Wollt ihr nichts?", fragt Irma.

„Eigentlich wollen Daniel und ich nichts nehmen, da die Preise hier so hoch sind", erkläre ich. „Ein Lokal wie dieses passt nicht in unser Reisebudget."

„Ach, denkt nicht an euer Budget", sagt Roloff. „Schließlich lebt man nur einmal. Bestellt einfach was. Alles, was ihr wollt."

Hmm, denke ich, wer weiß? Vielleicht sind die beiden doch nicht ganz so knauserig, wie ich immer dachte. Wie man sich irren kann. Wir bestellen zwei heiße Schokoladen.

Ich schaue von Roloff zu Irma. „Ihr fliegt wochenlang den Jazzfestivals hinterher? Aber müsst ihr nicht arbeiten oder so was?"

„Ihr versteht nicht." Roloff rollt sein Taschentuch zusammen und schiebt es in seine Hosentasche zurück. Dann setzt er eine ernste Miene auf und schaut mir direkt ins Gesicht. „Irma ist krank."

„Oh, das tut mir leid!", sage ich.

Ich wechsele einen Blick mit Daniel. Irma nickt und schweigt. Als Roloff nichts weiter sagt, stottere ich, „Das ... das ist ja so furchtbar. Aber ... ja, wahrscheinlich ist das richtig, wenn man etwas Ernstes hat. Ich meine, die Welt noch mal sehen, was Schönes machen, bevor ..."

Ich halte inne. Was rede ich für einen Stuss, denke ich. Was ist, wenn sie wirklich unheilbar krank ist und ich mache alles nur noch schlimmer?

Nun lächelt Irma. „Ich glaube, du hast da etwas falsch verstanden, Jenny. Zwar bin ich krank, aber nicht wie du denkst. Bei meinem Job bekomme ich vierzig Krankentage im Jahr. Normalerweise lege ich sie zusammen mit meinem Urlaub – das sind nochmals vierzig Tage, und dann machen wir eine richtig lange Tour zusammen."

„Aber dieses Mal sind wir im Frühjahr nur nach Australien und Neuseeland gereist", sagt Roloff. „Wir dachten, wir würden Irmas Krankheit bis zum August aufheben, damit wir auf die Jazzfestivals gehen können. Aber wir haben beide noch ein paar Wochen frei und müssen sie füllen. Dabei werden die Festivals knapp. Das ist unser Problem."

„Aber du bist wirklich krank, oder?", frage ich.

„Und wie!", sagt Irma. „Ich kann dir sogar die Bescheinigung zeigen. Unser Betriebsarzt schreibt uns krank, wann immer wir wollen." Sie schlürft an ihrem Milchkaffee, der einen schmalen, schaumigen Schnurrbart auf ihrer Oberlippe hinterlässt. „Das ist bei der Telekom so üblich. Ich glaube, ich habe dieses Mal eine schwere Lungenentzündung. Oder vielleicht ist es wieder der Blinddarm. Ich weiß es wirklich nicht mehr."

Ich denke, ich höre nicht richtig. „Und was passiert, wenn du wirklich krank wirst?", frage ich. „Ich meine, wenn du nach vierzig Tagen doch eine Blinddarmentzündung kriegst?"

„Oh, das nimmt man nicht so genau", sagt Irma. „Es gibt eine Sonderregelung. Man braucht die zusätzlichen Tage nur zu beantragen und kriegt bis zu zwanzig weitere Tage bei vollem Lohn. Es ist auch praktisch, wenn man seinen Urlaub kurzfristig verlängern will. Das haben wir nämlich vor drei Jahren in einem Streik erreicht."

„Und hast du auch so viele Krankentage?", fragt Daniel Roloff.

Roloff schüttelt den Kopf. „Leider nicht. In meiner Computerfirma ist man nicht so sozial. Aber ich habe gleitende Arbeitszeit."

„Wisst ihr", sagt Irma, „in Roloffs Betrieb kann man seinen Urlaub nehmen, wann man will. Er kann zum Beispiel seinen ihm zustehenden Urlaub der nächsten Jahre schon heute in Anspruch nehmen. Das macht er seit fünf Jahren so, und so können wir immer zusammen reisen."

„Aber hast du deine Urlaubszeit nicht schon aufgebraucht?", frage ich. „Ich meine, irgendwann musst du die Tage endlich abarbeiten, oder?"

„Im Prinzip schon", sagt Roloff. Er mampft dabei an seinem Wurstbrot „Aber ich brauche dann nur rechtzeitig den Job zu wechseln. Das ist bei uns so üblich."

Daniel und ich sehen einander einige Sekunden an.

„Wisst ihr", sagt Daniel endlich, „wenn ich später arbeiten gehe, dann möchte ich auch so einen Job haben."

„Oh, das wird schwierig!", ruft Irma. „Diese Regelung gilt schon lange nicht mehr. In meiner Abteilung werden nur noch unbezahlte Praktikanten eingestellt, und bei den jüngeren Angestellten hat man den Urlaub auf zehn Tage gekürzt und die Krankentage fast ganz gestrichen."

Sie lacht und schlürft den letzten Schluck ihres Milchkaffees aus.

„Aber das ist nicht gerade fair, oder?", frage ich. „Ich meine, ihr könnt monatelang in Urlaub fahren, wann immer ihr wollt, und die anderen müssen alle dafür blechen."

„Das sagt mein neuer Chef auch", sagt Irma weiter. „Ein richtiger Halsabschneider. Deswegen will die Firmenleitung unsere Sonderleistungen um drei Prozent kürzen, aber die Gewerkschaft lässt es nicht zu. Und wenn er es doch wagt, werden wir streiken!" Sie macht eine Faust und hält sie hoch.

„Wir auch!", ruft Roloff. „Ein Streik macht zwei Wochen Reisezeit, vier, wenn wir es richtig durchziehen. Hey, könnt ihr euren Streik nicht auch auf Anfang Dezember verlegen, damit wir dann gemeinsam zum Tokioer Jazzkonzert fliegen können? Auf dem Rückweg können wir dann sehen, was gerade auf Bali läuft."

„Kein Problem", sagt Irma. „Ich bin nämlich die Vorsitzende vom Streikkomitee!" Und sie zwinkert Daniel und mir zu.

Ich verstehe gar nichts.

„Wie wollt ihr nun ohne Flugtickets weiterkommen?", fragt Daniel.

„Alles kein Problem", sagt Irma. „Roloff und ich haben eine besondere Technik entwickelt. Es ist erstaunlich, was man alles umsonst bekommen kann."

„Wie geht das?", frage ich.

„Es gibt viele Möglichkeiten", sagt Roloff. „Wenn es um den Transport geht, gibt es humanitäre Flüge, wo man manchmal mitfliegen kann, wenn man schön bittet."

„Oder sich eine gute Geschichte ausdenkt", ergänzt Irma. „Und manchmal geht's einfach so. Was die Übernachtung und Verpflegung betrifft, da gibt es karitative Einrichtungen, Suppenküchen oder einfach warmherzige Menschen, die mittellose Reisende umsonst aufnehmen und verköstigen. Manchmal recht üppig sogar. Hier in Nuuk beispielsweise hat uns der Bischof seine Gästewohnung zur Verfügung gestellt, und wir müssen keinen Pfennig zahlen."

„Hmm", sage ich. „Wenn ihr mich fragt, klingt das alles ziemlich unmoralisch."

„Es ist nicht unmoralisch." Roloff schaut mich an. „Es ist billig."

Irgendwas in seinem Blick gefällt mir nicht.

„Ihr könntet ja ein Buch schreiben", sage ich, nicht ganz ohne Ironie. „Ihr könnt es *Rund um die Welt zum Nulltarif* nennen und ein paar Millionen damit verdienen."

Irma und Roloff schauen einander an. „Mensch, Jenny", sagt Irma. „Du bist ein Genie!"

„Rund um die Welt zum Nulltarif", sagt Roloff. „*Rond de wereld voor noppes*. Das gefällt mir." Und er nickt so, als hätte er gerade eben den Buchvertrag unterzeichnet.

Roloff leert seine Tasse, dann wischt er die Innenseite der Tasse mit seinem Finger und leckte den Milchschaum ab. „So, wir können gehen."

Aber anstatt die Kellnerin zu rufen, schaut er abwechselnd zuerst Daniel und dann mir in die Augen. Irma verschränkt die Arme und tut es ihm gleich.

Ein mulmiges Gefühl breitet sich in meinem Magen aus.

„Vielleicht sollten wir um die Rechnung bitten", sagt Daniel endlich.

Roloff lächelt. „Eine ausgezeichnete Idee, Daniel", sagt er. Aber er greift nicht nach seiner Brieftasche.

„Meinst du, dass, na ja, dass wir für alle bezahlen sollen?", fragt Daniel.

Roloff lacht und zuckt mit den Achseln.

„Das geht nicht", sage ich schnell. „Wir ... Tja, wir haben nicht so viele dänische Kronen."

„Ich denke, dass man in diesem Café auch mit einer Kreditkarte bezahlen kann", sagt Irma.

„Ja, aber die ist doch nur für Notfälle", sage ich. „Das kommt alles aus unseren Ersparnissen."

Roloff hört auf zu lächeln. Er guckt von mir zu Daniel und schließlich zu Irma. Dann zuckt er wieder mit den Schultern und seufzt. Aber er bewegt sich nicht.

Ich werde nie verstehen, wie ich dazu kam, nach meiner Brieftasche zu greifen und meine Visa-Karte, die uns meine Mutter tatsächlich nur für Notfälle besorgt hatte, herauszuziehen.

Ich glaube, man nennt so etwas Hypnose.

***

„Die Typen sind so was von ätzend!", rufe ich.

Ich sitze zusammen mit meinem Bruder, mit Will und mit dem Rest der Crew im modernen Sky Top Restaurant über dem Hans Egede Hotel im Zentrum Nuuks. Wir haben gerade unsere Getränke serviert bekommen und studieren die Speisekarte. John sitzt an einem Ende des Tisches, wie der Vorstand eines Großkonzerns, während Aisha am anderen Ende in der Ecke hockt und versucht, sich vor seinen Blicken unsichtbar zu machen.

„Sie bekommen alles im Leben ‚*voor noppes*'", fahre ich fort. „Und dann, stellt euch vor, wollten sie, dass wir die Rechnung zahlten, obwohl es überhaupt ihre Idee war, in dieses teure Café zu gehen!"

„Es gibt nichts umsonst in diesem Leben", bemerkt Ron.

„Und als wir dann mit ihnen eine halbe Stunde durch Nuuk auf der Suche nach einem Bekleidungsgeschäft gelatscht sind", sagt Daniel, „haben sie sich bei uns bedankt? Nein, sie haben nicht einmal auf Wiedersehen oder

Lebewohl oder so was gesagt, sondern einfach, wir sehen uns."

„Tja, wenigstens musstet ihr nicht ihre Anoraks bezahlen", sagt Ron und nimmt einen Schluck von seiner Fanta.

„Nur, weil sie keine passenden gefunden haben", sagt Daniel.

„Nun müssen wir entscheiden, was wir alle essen wollen", sagt Will und schaut auf die Speisekarte. „Es gibt Schnitzel und Pommes, sogar frische Erdbeeren, alles direkt aus Europa. Aber man kann auch etwas Einheimisches probieren."

„Und das wäre?", fragt John.

„Unten links", sagt Will.

Ich versuche, das Wort auszusprechen, aber ich vermatsche die Silben. „*Tikaagulliup neqaa siataq*. Mensch, was ist denn das schon wieder?"

„So heißt Walfleisch auf Grönländisch", sagt Will. „Das ist die Spezialität des Landes."

„Schon wieder Walfleisch!", stöhne ich, und ich erzähle von unserem Besuch auf dem Fischmarkt.

Antonella schaut hoch. „Nie im Leben! Wale sind geschützt. Außerdem sind sie intelligente Wesen. Einen Wal zu essen wäre, wie einen Menschen zu essen."

„Zwar sind sie geschützt, aber die Grönländer dürfen eine bestimmte Anzahl im Jahr jagen", sagt Will. „Dass die Wale fast ausgestorben sind, liegt nicht an den paar Inuit hier oben, sondern am ehemaligen industriellen Walfang der Europäer und Amerikaner. Ein Walsteak wird der Walbevölkerung nicht schaden."

Antonella windet sich vor Ekel. „Ohne mich! Außerdem sind die Warmblüter auf Grönland völlig verseucht. Schlimm genug, dass die Eisplatte schmilzt, wegen des Klimawandels. Grönland ist auch der Mülleimer der Welt. Alle Schwermetalle und andere Schadstoffe landen irgendwann hier oben. In den Tieren und schließlich im Körper der Menschen. Die Grönländer haben die höchste Schadstoffbelastung der Welt."

„Gut, dann essen Sie ruhig einen Salat", sagt Ron. „Die Vegetarier sind immer so moralisch, nicht wahr? Bedenken Sie nur, dass er in einem Flugzeug aus Europa oder sogar von weiter weg herangeflogen werden musste. Das bedeutet viel Treibstoff, viele Treibhausgase, und jetzt wissen Sie auch, wo Ihre Schwermetalle herkommen. Schon wieder ein recht hoher Preis, finde ich. Nichts auf dieser Welt ist *voor noppes*."

Will erhebt einen Finger. „Eigentlich haben Sie Recht, Ms. D'Annunzio. Ich würde auch niemals Walfleisch essen. Ich bleibe lieber beim Schnitzel und Pommes. Ich dachte nur, Jenny und Daniel würden es interessant finden, eine neue kulturelle Erfahrung zu machen. Schließlich gibt es gar nicht so viele Orte in der Welt, wo frische Walsteaks serviert werden."

„Schnitzel reicht für mich auch", sagt Daniel.

Ich sehe zu Antonella, die einen dunklen Blick auf die Tischdecke richtet.

„Ich nehme auch einen Salat", sage ich, „egal wo er herkommt. Mir reicht das völlig."

„Und ich bestelle ein Walsteak", sagt Ron und reibt sich die Hände. „Man gönnt sich ja sonst nichts."

Während wir auf das Essen warten, fängt der Rest der Crew an, vom Fly-In zu erzählen. Alte Flugzeuge können mich aber heute nicht fesseln. Ich entschuldige mich und stehe auf.

„Das Klo ist vorne rechts neben der Küche", sagt Daniel.

„Ich brauche kein Klo", sage ich. „Ich bin gleich wieder da."

Das Hans Egede Hotel ist ein klobiger Neubau aus Stahl und Glas. Schon unten an der Rezeption habe ich ein Computerterminal gesehen, wo man für zehn Kronen die halbe Stunde im Internet surfen kann. Ich fahre mit dem Fahrstuhl zum Erdgeschoss, lege der Inuit-Frau an der Rezeption einen Geldschein hin und rufe mein E-Mail-Konto auf. Es wartet tatsächlich eine E-Mail von Joseph auf mich.

Liebe Jenny,
du fragtest mich nach dem Schnee und der Sonne. Ich weiß nicht viel vom Schnee, ich habe bis vor kurzem noch nie eine Schneeflocke gesehen und den Kilimanjaro kenne ich nur von Bildern. Ich denke allerdings, eine Schneeflocke unter der Sonne Afrikas würde schnell vergehen. Aber fast alles in Afrika vergeht schnell. Die Bougainvillea-Blüten an der Hecke im Garten meiner Mutter halten nicht lange, und kaum sind die roten und gelben Rosen hinterm Missionshaus aufgegangen, sind sie schon wieder verblüht. Wir vergehen auch. Sogar die Bibi Sabulana, so alt wie sie auch ist, wird eines Tages vergehen, weil sie ein Mensch ist, genau wie wir alle. Auch der schönste Augenblick ist nur ein Augenblick. Aber ist er deswegen weniger wertvoll?
Liebe Grüße, Joseph

Nun lächele ich. Wenigstens hat er sich meinetwegen ein paar Gedanken gemacht. Aber tröstend waren seine Worte nicht gerade. Es steht nichts über *mich* drin, geschweige denn über *uns*. Vielleicht spürt er irgendwann, wie unpersönlich er mich behandelt. Aber was kann ich tun? Ich weiß es doch: Alles, was ich ihm jetzt schreiben könnte, wären nur Worte wider den Wind, bloße Hintergrundgeräusche, solange er nicht auf mich hört. Er muss selbst wissen, was er will.

Als ich wieder das Restaurant betrete, verteilt der junge dänische Kellner gerade das Essen. Der Salat sieht lecker aus, mit Gurken und Tomaten und mit einer frischen Joghurt-Soße. Aber beim Anblick von Rons grauem Walsteak verspüre ich tiefen Ekel. Es geht Antonella ähnlich, und sie zieht sich möglichst weit in ihre Ecke zurück.

„Ich kann nicht behaupten, dass es mein Geschmack ist", sagt Ron nach dem ersten Bissen.

Er schüttet Ketchup drauf und isst weiter. Er schaut Antonella dabei in die Augen, als wolle er ihre Reaktion genau abchecken. Er schaut sie überhaupt oft an, stelle ich gerade fest.

Der Himmel draußen vor den großen Glasfenstern war lange Zeit dunkelblau, mit langen weißen Zirruswolken gestreift, die sich nach und nach auflösten. Aber nun ist es richtig dunkel geworden. Wenn erst der Winter da ist, wird es kaum hell werden. In der Ferne blitzt es.

„Was ist denn das?", fragt Daniel. „Wie kann es bei klarem Himmel blitzen?"

Es flackert wieder, und dann noch einmal. Blau, dann grün und lila. Die Lichter hängen wie bunte elektrische Gardinen über den Bergen.

„Das sind die Nordlichter", erklärt Will. „Die Aurora Borealis. Wir sind nicht weit vom Magnetpol. Es ist der Ritt der Walküren zur Schlacht! Die einheimischen Grönländer behaupten dagegen, es sind die Geister der Verstorbenen, die sich gegenseitig einen weißen Walross-Schädel zuwerfen. Ein schöner Gedanke, finde ich. Und woher wollen wir wissen, dass sie nicht Recht haben?"

Inzwischen haben sich immer mehr Gäste an den Fenstern versammelt, um diesem Naturschauspiel zuzusehen. Die Restaurant-Mitarbeiter, die das Spektakel wohl gut kennen, stellen die Beleuchtung dunkler, sodass die Blitze voll zur Geltung kommen und im langen Spiegel, der an einem Ende des Speisesaals hängt, wie Gespenster schimmern. Der Anblick ist so schön, und so ganz anders als alles, was ich bisher in meinem Leben erlebt habe, dass ich dieser Szene minutenlang zusehe, ohne ein Wort zu sagen, fast ohne zu atmen. Aber gerade diese Fremdheit bringt mich ins Grübeln. Denn hier stehe ich doch, direkt am Polarkreis, noch Tausende von Kilometern von zu Hause entfernt, mit einem Drohbrief in meiner Umhängetasche, so ganz und gar eine Beute des Nordwinds, und werde morgen mein Leben auf die Flugtauglichkeit eines alten Rosinenbombers wetten.

Ich verabschiede mich bald von den anderen und gehe durch trüb beleuchtete Straßen zum Sømandshjem zurück, wo ich mich gleich in meinem Zimmer einschließe. Und gegen vier Uhr gelingt es mir endlich, einzuschlafen.

9

Früh um sechs fahren wir in zwei Taxis zum Flughafen. Vom neuen Tag ist noch keine Spur zu sehen. Nur mühsam tasten sich die ersten eisigen Finger des neuen Morgens hinter den verschneiten Bergen hervor, als wollen sie uns in die Nase zwicken. Zwar hatte mich bis vor kurzem noch niemand eine Schneeflocke genannt, aber ich war schon immer eine Frostbeule. Eine kalte Brise weht vom Westen her, sodass Daniel und ich die Reißverschlüsse unserer Winterjacken wieder bis zum Kinn zuziehen müssen.

Die Aurora steht startbereit neben einer roten Dash-7 der Fluggesellschaft Grønlandfly, die gerade beladen wird. Wir zeigen unsere Pässe vor und gehen durch die Sicherheitskontrolle, bevor wir dann den taufeuchten Asphalt überqueren.

Für einen kurzen Augenblick frage ich mich zum wohl tausendsten Mal, was ich überhaupt hier zu suchen habe. Wenn ich einfach hier stehen bliebe, könnte kein Mensch mich zwingen, wieder in diese Maschine zu steigen. Aber heute geht es doch nach Island, und wenn die Maschine abends in Reykjavík landet, will ich doch dabei sein. Ich denke dabei an Beryl Markham, die kühne Pilotin in der Fliegermontur, die alleine über den Atlantik geflogen ist. In einem Punkt würde sie mir bestimmt Recht geben: Wer schon so lange den Nordwind geritten hat, gibt nicht schon jetzt auf.

„Mr. Chapman", fragt Antonella, „wer sind die Menschen da?"

Wir folgen alle ihrem Blick. In der Tat: Unter dem Rumpf der Maschine sitzen zwei menschliche Gestalten auf ihren Rucksäcken und warten. Mensch, spinne ich?

„Das sind doch Roloff und Irma!"

„Guten Morgen", sagt Roloff.

Er und Irma stehen auf. In ihren neuen roten Anoraks sehen sie eher wie Feuerwehrleute als wie Touristen aus.

„Ich grüße Sie", sagt Will. Er geht direkt auf sie zu. „Es tut mir leid, denn ich erinnere mich nur schwach an unsere erste Begegnung, Sie werden schon verstehen. Aber es freut mich, dass ich mich jetzt endlich persönlich bei Ihnen bedanken kann. Ohne Ihre Hilfe damals in Matema würde ich heute nicht hier stehen."

„Wir erinnern uns", sagt Roloff.

Antonella schließt gerade die Tür auf.

Will kratzt sich am Kinn. „Tja, es ist schön, dass Sie uns so einen Besuch abstatten, so überraschend, wie sie ist. Aber womit kann ich Ihnen dienen?"

„Wir wollen nur wissen, wo wir unser Gepäck einchecken sollen", sagt Roloff.

Will starrt sie nur an. „Ich verstehe nicht ganz. Was wollen Sie mit ihrem Gepäck machen?"

„Verstauen", antwortet Irma, mit einer leicht gereizten Stimme. „Für den Flug. Wir können es doch nicht auf dem Schoß halten."

„Ach so", sagt Will. „Ja, wenn Sie heute bei einer der Linien einen Flug gebucht haben, dann müssen Sie doch Ihr Gepäck zur Gepäckabgabe bringen. Das macht man doch immer beim Einchecken."

„Sie verstehen tatsächlich nicht", sagt Roloff und erhebt dabei die Stimme, so als hätte er mit einem Schwerhörigen zu tun. „Es geht um unser Gepäck für diesen Flug. In Ihrer

Kiste hier", und er pocht mit den Knöcheln auf die Außenhülle der Aurora.

Ich habe eine böse Vorahnung. Will schüttelt aber den Kopf.

„Ich fürchte, es muss irgendwo ein Missverständnis vorliegen. Sie können gar nicht mitfliegen. Dieser Flug ist eine Überführung. Außerdem wird diese Maschine erst in Kenia zum Passagierverkehr zugelassen und die Versicherung verbietet es."

„Das meinen Sie nicht im Ernst", sagt Irma. „Welchen Unterschied macht es, wenn zwei mittellose Rucksacktouristen mitfliegen?"

„Wir schreiben nämlich ein Buch." Roloff richtet sich an uns alle. „Ein Reisebuch, das bestimmt ein Bestseller wird. Und Sie können jetzt auf der Stelle entscheiden, welche Rollen Sie alle darin spielen wollen. Es liegt ganz und gar bei Ihnen."

Die Aussicht, in einem Buch zu erscheinen, beeindruckt Will offenbar wenig.

„Natürlich liegt die Entscheidung beim Eigentümer", sagt er und sieht zu John hin.

Der Kenianer aber verschränkt die Arme und schüttelt den Kopf.

„Da haben Sie es", sagt Will. „Wenn Sie wirklich nach Hause wollen, dann schlage ich vor, sie holen Ihre Kreditkarten hervor und buchen zwei Sitze nach Narsarsuaq in der roten Dash-7 drüben, und von dort mit Grønlandsfly weiter nach Kopenhagen. Dann haben Sie es nicht mehr weit bis nach Amsterdam."

„Wir wollen gar nicht nach Amsterdam", sagt Irma. „Wir wollen zum Edinburgh-Festival nach Edinburgh. Genau wie Sie."

Will schüttelt wieder den Kopf.

„Diese Maschine ist nur für Touristenflüge an der Swahiliküste vorgesehen, nicht über den Nordatlantik. Außerdem ist Grønlandsfly viel schneller und bequemer für Sie."

Roloff seufzt. Dann sieht er zu Irma hin und schüttelt den Kopf.

„Dann haben Sie schon wieder eine Rechnung bei uns offen."

„Wirklich!", sagt Irma.

Die beiden schultern ihre Rucksäcke und marschieren zum Flughafengebäude zurück. Wir sehen ihnen einige Augenblicke nach. Eigentlich tut es mir fast leid, dass sie nicht mitkommen. Sie würden mich wenigstens auf andere Gedanken bringen!

Antonella ist die erste, die das Schweigen bricht.

„Unglaublich!", sagt sie. „Manche Leute sind ganz schön anspruchsvoll."

„Ich wette, dass ein Flug in einer normalen Linienmaschine viel billiger wäre als in so einem Oldtimer", sage ich.

„Allerdings", erwiderte Will. „Das hätte ich ihnen auch gesagt, aber der Preis schien sie am allerwenigsten zu interessieren. Sie wollten tatsächlich *voor noppes* mitfliegen. Aber das soll eine Warnung an uns alle sein. Keine Passagiere und keine zusätzliche Fracht mitnehmen! Wir würden nämlich sehr schnell in Schwierigkeiten kommen. Denn das, was wir hier machen, ist kein Urlaub, sondern Arbeit."

Daniel und ich stehen draußen in der Kälte, während ein Tankwagen vorfährt. Will verliert auch die Fassung nicht, als ein gestresster Flughafenangestellter versucht, die Tanks mit Düsentreibstoff statt mit Benzin zu füllen.

Eine halbe Stunde später erheben wir uns in die Luft. Will und Ron drehen die Aurora in einem Halbkreis über Nuuk, das nach und nach im Morgendunst verschwindet. Schon fliegen wir hinaus über den Fjord. Der Planet Venus, der Morgenstern, leuchtet hell im wolkenlosen Kobaltblau des Himmels. Das eisige Wasser liegt noch wie mattes Silber unter uns, und die Handvoll Fischerboote, die um diese Zeit unterwegs sind, hinterlassen ein Kielwasser aus grauem Gischt. Vor uns, in einem Spalt zwischen zwei Bergen, geht die Sonne gerade auf und taucht die schneebedeckten Gipfel in ein rosarotes Licht.

Eine Viertelstunde lang folgen wir dem Fjord ostwärts, während die aufgehende arktische Sonne Stück für Stück den Vorhang der Nacht aufhebt und die schattige Fjordlandschaft in ein Paradies aus Wasser, Felsen, Schnee und Licht verwandelt. Der Fjord wird immer schmaler und verzweigter, bis er abrupt an einer Felswand endet, deren Oberfläche unter einer gleißenden weißen Eisdecke liegt. Bald verschwindet die zerklüftete Küstenlandschaft hinter uns und wir sehen jetzt in jeder Richtung nur noch die weiße Wüste der grönländischen Gletscherplatte, so groß wie Westeuropa, nur wenige hundert Meter unter uns.

Der Vormittag vergeht. Unten rollt die dreitausend Meter hohe Eiswüste an uns vorbei, weiß wie Zucker und öder als die Sahara. Der Horizont verschwindet, und das Land und der Himmel gehen in einem milchigen Dunst ineinander über. Bei dieser Flughöhe spüren wir alle die dünne Luft.

„Sag mal, Daniel", frage ich nach einer Weile, „wenn man tatsächlich etwas mit der Aurora anstellen würde, was könnte das sein?"

„Am einfachsten abschießen oder eine Bombe legen", erklärt Daniel kühl. „Wenn es aber Sabotage sein soll, dann wären es die Motoren. Keine Frage."

„Und wie?"

„Es gibt viele Möglichkeiten. Die Treibstoffzufuhren durchtrennen, Zucker oder Hydrazin in den Treibstofftank kippen, oder ganz einfach den Lufteinlass blockieren. Zum Beispiel, einen Lappen hineinstopfen."

„Aber wir können doch mit einem Motor fliegen, oder?"

Daniel schüttelt den Kopf. „Zur Not ja. Aber wir könnten unmöglich diese Flughöhe halten. Wir würden unweigerlich auf die Eisplatte niedergehen. Übrigens, wusstest du, dass im Zweiten Weltkrieg jede fünfte Maschine hier auf der Nordatlantikroute abgestürzt ist?"

„Im Ernst?"

„Das kann uns natürlich nicht passieren." Daniel gähnt. „Wir haben doch eine Flugingenieurin und zwei Profi-Piloten im Cockpit."

‚Und einen Verrückten an Bord', füge ich in Gedanken hinzu.

Mir tut der Kopf weh. Bis zur Mittagszeit hat sich unten so gut wie nichts geändert. Daniel und ich verteilen Roastbeef-Sandwiches an die Passagiere, während Antonella bei ihrem mitgebrachten Vollkornbrot und Gemüse bleibt. Daniel bringt ein Tablett mit Broten und Kaffee ins Cockpit. Er muss die Augen zukneifen.

„Mensch ist das hell!" ruft er.

Der Sonnenglanz der Eisdecke beleuchtet das Cockpit wie die Röhren einer Sonnenliege.

Will dreht den Kopf und nimmt die Sonnenbrille von der Nase. „Wir müssen es genießen, solange wir können. Es sieht so aus, als ob sich etwas zusammenbraut. Bis wir in Reykjavík landen, werden wir wohl einiges erleben."

„Gewitter?", frage ich.

„Mehr als das", antwortet Ron. „Schnee und Eis. Ein vorgezogenes Weihnachtsfest! Aber schließlich sagt man doch, dass der Weihnachtsmann auf Grönland lebt. Nun werden wir's endlich erfahren!"

„Ja, das wäre etwas für unser Online-Journal", sagt Daniel.

„Du hattest doch den Wetterbericht geholt", sagt Will zu Ron. „War da wirklich kein Wort von einer Gewitterfront dabei?"

„Auch die Wettervorhersage kann sich irren", antwortet Ron. „Auf wen will man sich heute noch verlassen?"

Die Sonne ist verdeckt. Draußen verdichten sich die Wolken. Tausend Meter unter uns verschwinden die letzten eisbedeckten Berge Grönlands im Nebel. Ein letzter Blick auf schiefergraues Wasser und dann ist der Sturm da. Böen erfassen die Aurora, werfen sie von links nach rechts, auf und ab, und drohen, sie in die Tiefe zu reißen. Einige Kilometer vor uns, deutlich sichtbar durch die Cockpitscheiben, hängt eine riesenhafte, hammerköpfige Kumulo-Nimbus-Wolke. Sie kommt mir wie ein fliegendes, immens grosses Piratenschiff vor. Kaum habe ich diesen Gedanken ausgedacht, als die Wolke einige Blitze wie Kanonenschüsse von sich gibt. Einige Sekunden später hämmern die Donnerschläge gegen die Außenhülle der Aurora, sodass die Scheiben zittern.

„Wollt ihr da hindurchfliegen?", fragt Daniel.

„Keine Chance", antwortet Will. Er legt die Maschine in eine Linkskurve. „Das ist eine geschlossene Gewitterfront. Wir müssen uns einfädeln."

Ich rücke nach vorn und stehe hinter ihm, meine Finger in die Metallregale gekrallt, um mich gegen die Turbulenzen aufrecht zu halten.

„Dicke Luft?", frage ich.

„Dicker wird's nicht", sagt Ron. „Nun müssen wir beweisen, dass sich das Fitnessstudio rentiert hat. Höchste Zeit, wieder ein Hammer zu sein, Daniel."

„Wollt ihr nicht nach hinten gehen und euch anschnallen?", fragt Will. „Es kann ungemütlich werden."

„Das will ich sehen", sagt Daniel. „Ich habe noch nie ein richtiges Gewitter von innen gesehen."

Da Daniel einfach stehen bleibt, setze ich mich auf den Platz des Flugingenieurs und schnalle mich an.

Wir fliegen einige Minuten nach Norden und umgehen dabei die Sturmwolke. Nun dreht Will wieder nach rechts ab.

„Der Wind kommt von Nordwest her", sagt er. „Fünfzig Knoten. Da können wir kaum dagegen steuern, Fitnessstudio hin oder her."

Will blickt auf die Kraftstoffanzeige. „Den Umkehrgrenzpunkt haben wir jedenfalls schon längst überschritten. Mit unserem Sprit können wir nicht mehr nach Grönland zurückfliegen."

Wieder erschüttert eine Böe die Maschine. Daniel wird auf meinen Schoß geschleudert. Ich schreie auf und reibe mir das Knie, aber dann halte ich mich wieder fest und schaue dem Spektakel zu.

Neue Sturmwolken türmen sich auf. Will umfliegt sie. Dennoch schlagen die Böen eine nach der anderen auf die Aurora ein.

„Ich fliege auf dreizehntausend Fuß", sagt Will. „Vielleicht können wir diesem Wetter entkommen."

Er schiebt die beiden Krafthebel weiter nach vorn und zieht das Steuerrad nach hinten. Die Aurora steigt langsam nach oben – mit fünfhundert Fuß pro Minute laut Variometer. Während wir steigen, fühle ich die Cockpit-Temperatur sinken. Ein Blick auf das Thermometer zeigt, dass die Außentemperatur schon auf minus zehn gesunken ist. Die Böen nehmen ab. Bei zwölftausend Fuß fühlen wir uns leicht im Kopf.

„Wollt ihr nicht lieber nach hinten gehen?", fragt Will. „Wir haben weder eine Druckkabine noch Sauerstofftanks, und wenn ihr nicht aufpasst, kippt ihr irgendwann um."

„Es geht schon", sage ich. Die Außentemperatur sinkt tiefer und liegt nun bei minus zwanzig Grad. Geradewegs fliegen uns winzige weiße Teilchen entgegen und zerschmettern gegen die Windschutzscheibe.

„Schneeflocken!", rufe ich, und kaum habe ich das Wort ausgesprochen, als die Aurora plötzlich in einem Schneesturm steht.

Schneeflocken, denke ich wieder. Welchen Wert hat eine? Welchen Wert haben Millionen von ihnen? Aber das ist mir in diesem Augenblick egal. Sie sind einfach wunderschön.

So fliegen wir einige Minuten weiter, der graue Himmel über uns jetzt weiß vor Schnee.

„Wir verlieren an Höhe", bemerkt Daniel. „Was ist los?"

„Schaut mal nach links und rechts, und du wirst es wissen", antwortet Ron.

Ich schaue aus dem rechten Fenster neben Ron. Kann es sein? Was wie Schneewehen auf den Tragflächen aussieht, kann doch nur ... Eis sein! Daniel und ich wissen beide vom Pilotenhandbuch, was es bedeutet, wenn ein Flugzeug vereist: Die Tragflächen verformen sich durch das Eis, verlieren Auftrieb und können ein Flugzeug zum Absturz bringen.

Will greift nach dem Schalter für die Enteisungsanlage. Eine erneute Windböe erfasst die Aurora. Als Will die Maschine wieder im Griff hat, sehe ich wieder zum Fenster hinaus. Die Enteisungsanlage ist schon am Werk. Ich weiß, wie das geht. Die Tragflächen und das Leitwerk sind jeweils vorne mit Gummivorrichtungen verkleidet. Pressluft wird hineingeblasen, löst die Eisschicht ab und lässt sie in langen scharfen Stücken hinabstürzen. Aber kaum ist die eine Schicht weg, so bildet sich eine neue. Inzwischen werden die Böen immer stärker. Und nun stelle ich fest, dass wir tatsächlich erneut an Höhe verlieren, und zwar schnell.

„Wir können diese Höhe nicht halten", sagt Will. „Das Eis zieht uns runter. Wir müssen so tief wie möglich fliegen."

Er drosselt die Motoren und schiebt das Steuerrad leicht nach vorne. Schon senkt sich die Aurora, um siebenhundert

Fuß in der Minute. Bei fünftausend Fuß überm Meeresspiegel fliegt Will wieder geradeaus. Das restliche Eis hat sich längst von den Tragflächen gelöst, aber nun bricht der Sturm wieder von vorne los. Es blitzt wie Feuerwerk und Hagelkörner poltern auf die Maschine wie eine Ladung Kies. Will weicht einer neuen Wolke aus und hält die Aurora auf fünftausend Fuß.

Dann bricht die Hölle los. Eine Böe erfasst die Aurora und kippt sie fast um. Daniel gehört schon längst wieder angeschnallt in die Passagierkabine, und ich eigentlich auch, aber Will und Ron scheinen unsere Anwesenheit nicht mehr wahrzunehmen, so aufmerksam folgen sie der Entfaltung des Atlantiksturms, in den wir jetzt voll hineingeraten sind. Ich schaue wieder auf die Tragflächen – wieder Eis, und es wird von Minute zu Minute dicker.

Und ich erinnere mich an Daniels Worte: Im Zweiten Weltkrieg ist jedes fünfte Flugzeug auf dieser Route nie angekommen. Genau so müssen sie alle geendet haben.

Der Nordwind schlägt stoßweise auf uns ein, als würde jedes Mal ein Riese mit seinem Stahlbesen auf uns eindreschen.

Geformt und geprägt
Mit seinem Hammer aus Wind
Und seinem Griffel aus Frost

Hammer und Amboss... Nun kann ich kaum noch eine Hand vor meinem Gesicht sehen. Ron schaltet das Rotlicht an. Das Cockpit wirkt gespenstisch und das tödliche Eis auf den Tragflächen ist kaum noch sichtbar im trüben Schein der Positionslichter.

Es blitzt. Das Licht ist so hell, und der Donnerschlag so laut, dass ich die beiden nicht voneinander unterscheiden kann.

„Verdammt!", ruft Ron. „Volltreffer!" Das Rotlicht knistert, geht kurz aus, flackert einige Momente unregelmäßig und geht wieder aus.

Ich fühle, wie der Boden unter unseren Füßen schwindet. Ich sehe ein lautloses Wort über Wills Lippen kommen. Als die Maschine zum hundertsten Mal von einer Böe erfasst wird, will ich schreien, aber ich bringe keinen Ton über die Lippen.

Etwas knistert. Ein Funke scheint aus dem Funkgerät zu springen. Er bleibt über den Knöpfen und Anzeigen schweben, dann verdichtet er sich zu einem grünen Ring um jedes Metallteil.

„Daniel, was ist das?", rufe ich.

Schon leuchten die Kraft- und Verstellhebel, und wenige Augenblicke später wird das ganze Cockpit in flackerndes grünes Licht getaucht. Es summt und knistert um uns wie Tannenzweige im Kamin. Kalte grüne Flammen umzingeln uns, tanzen um unsere Köpfe.

„Was ist das?", rufe ich wieder.

„Elmofeuer!", ruft Will. „Ich glaub's nicht. Es ist tatsächlich Elmofeuer!"

„Schau aus dem Fenster!", sagt Daniel.

Dort leuchtet es genauso hell wie innen. Die Blattspitzen der Propeller sind von einem leuchtenden grünen Heiligenschein umringt, und die Tragflächen glühen wie geschliffene grüne Messerklingen. In diesem Licht sehe ich, wie die Eisschicht abbröckelt, hinunterstürzt und in der Tiefe verschwindet. So aufgeregt wie ich bin, denke ich nicht länger nach, sondern greife nach meinem Fotoapparat und schieße zehn Fotos hintereinander.

Einen Augenblick später flackert es ein letztes Mal um uns auf und dann ist es zu Ende. Das Rotlicht brennt wieder. Erst jetzt merke ich, dass der Sturm endgültig vorbei ist. Die Wolken vor uns lösen sich auf und ich sehe, dass es nicht tiefe Nacht ist, sondern erst später Nachmittag. Weit vor uns, unter den letzten Ausläufern der Sturmfront, tauchen die Umrisse Islands aus dem Nebel empor.

Will zieht ein weißes Taschentuch aus seiner Brusttasche und wischt sich den Schweiß von der Stirn.

„Jetzt kannst du übernehmen, Ron", sagt er.

Er öffnet seinen Sitzgurt und dreht sich zu Daniel und mir hin. Seine grauen Augen leuchten geradezu.

„Ihr habt gerade etwas ganz Wunderbares gesehen", sagt er. „Elmofeuer. Ich habe es selbst nur zweimal erlebt, und nie so hell wie heute."

„Aber was ist das überhaupt?", frage ich.

„Atmosphärische Elektrizität", sagt Will. „Es ist fast wie ein kleiner Blitz. Das Elmofeuer bildet sich auf Schiffsmasten, aber manchmal eben auch auf Flugzeugen. In unserem Fall ist es der Blitz, der es ausgelöst hat. Das ist natürlich die moderne Deutung. In den alten Zeiten glaubten die Seeleute, dass es ein Zeichen göttlichen Schutzes war. Vielleicht haben sie gar nicht so Unrecht. Als jedenfalls die Elektronik ausfiel, hätte ich ohne das Elmofeuer die Instrumente nicht mehr lesen können, und wir würden möglicherweise jetzt auf dem Meeresgrund liegen."

Will wirft einen skeptischen Blick auf Ron und verschwindet durch die Kabinentür.

„Ist wirklich alles okay?", rufe ich ihm nach.

„Das war unsere Feuerprobe." Will bleibt im Türrahmen stehen und senkt die Stimme. „Wenn ich vom Gewitter gewusst hätte, wäre ich nie gestartet. Was hat Ron bloß für einen Wetterbericht geholt? Aber wenn wir das überstanden haben, dann wird der Rest des Flugs ein reines Vergnügen sein."

„Da bin ich mir nicht so sicher", sage ich.

Daniels Meinung interessiert mich nicht mehr. Ich habe endlich einen Entschluss gefasst. Ich greife in meine Umhängetasche und lege meine Hand auf den Brief.

„Was meinst du?", fragt Will.

Ich schaue mich um und sehe, dass Aisha, John und Antonella sich nach uns umdrehen. „Das hat Zeit, bis wir wieder unten sind", sage ich.

10
„Nun möchte ich von euch beiden hören, was hier vorgeht."
Wir sitzen zusammen im schlichten Flughafen-Restaurant des Stadtflughafens von Reykjavík. Die anderen haben schon das Taxi in die Innenstadt genommen. Draußen vor dem Fenster schimmert die Aurora auf dem nassen Asphalt in den letzten Strahlen der untergehenden Sonne.

Ich nehme das gefaltete Blatt aus meinem Reisetagebuch und lege es in Wills Hände.

„Das haben wir in unseren Reiseunterlagen gefunden."

Will nimmt das Blatt und entfaltet es. Er legt es auf den Holztisch neben seine Kaffeetasse und streicht es glatt. Er liest den Satz durch und kratzt sich dann im Genick.

„Warum habt ihr mir nichts davon erzählt?", fragt er.

„Du hättest den Flug abblasen können, Will", antwortet Daniel. „Oder uns unterwegs abgesetzt. Das wollten wir nicht."

Will denkt nach. „Eure Beteiligung am Flug war euch also wichtiger, als das wir alle lebend ankommen?"

„Außerdem hatten wir einen Verdacht", sage ich.

„Und der wäre?"

„Die Hortkinder", sage ich. „Wir haben doch zwei Tage vor dem Abflug diesen Krimi im Kino gesehen, und da gab es genau einen solchen Brief, wegen einer Entführung."

„Die Kinder werden es kaum gewesen sein", sagt Will. Er trinkt einen Schluck Kaffee und schaut aus dem Fenster zur Aurora hin. „Sie hatten sowieso keinen Zugang zur Fracht."

„Und wer hatte überhaupt Zugang?", fragt Daniel.

Will denkt einige Augenblicke nach. „Nur mein Vater, Mr. Simms und ich. Und natürlich die anderen Crewmitglieder. Außer Ms. Trace, natürlich. Sonst niemand."

Und nun erinnere ich mich. „Außer ..."

Will schaut mir in die Augen. „Ich höre."

„Da war so ein Mann am Flughafen von Seattle", sage ich. „Er trug einen grauen Regenmantel und hat uns zugesehen, während wir die Aurora geladen haben."

„Dein Gespenst", sagt Daniel.

Will antwortet nicht, sondern starrt aus dem Fenster.

Ein Wind kommt auf. Die isländische Fahne, ein rotes Kreuz auf einem dunkelblauen Feld, fängt an von seinem Fahnenmast zu flattern. Das Gewitter, dem wir gerade entronnen sind, holt uns wieder ein. Der Himmel verdunkelt sich unter aschgrauen Sturmwolken und Regentropfen prasseln gegen die Fensterscheiben.

„Gibt's sonst etwas, was ihr mir sagen wollt?", fragt Will.

Ich denke an das Gespräch mit Antonella. „Was ist mit den anderen Crewmitgliedern?", frage ich. „Stimmt es, dass Ron ..."

„Ron hat eine schwere Zeit hinter sich", sagt Will. „Es hat mit einem Ort namens Al-Musayyib zu tun. Der Luftwaffeneinsatz über Al-Musayyib war vor etwa zwei Jahren in allen Zeitungen, ohne dass Rons Verantwortung publik gemacht wurde. Allerdings weiß er nicht, dass ich es weiß. Ich hätte ihn vielleicht nicht unbedingt engagiert, aber die Entscheidung lag nicht bei mir. Und sonst noch?"

„Wir wissen wirklich nicht mehr", sage ich. „Es tut mir leid, dass wir den Brief nicht ernst genommen haben. Aber wie hätten wir einer solchen Drohung glauben sollen? Ich meine, wer könnte ein Interesse daran haben, dass die Aurora ihr Ziel nicht erreicht?"

Will lehnt sich in seinem Stuhl zurück. „Oh, für so etwas fehlt es nie an Gründen. Auf der einen Seite ist einfach die Lust auf Gewalt und Einschüchterung, oder Terrorismus in der einen oder anderen Form. Dann gibt es ziemlich krasse Gründe, wie Versicherungsbetrug und Erpressung. Schließlich gibt es persönliche Gründe, die ein Außenstehender oft gar nicht nachvollziehen kann, aber die genauso tödlich sein können."

„Aber warum ausgerechnet die Aurora?", fragt Daniel. „Und warum hat man uns den Brief untergejubelt und nicht einem anderen Mitglied der Crew?"

„Noch wissen wir gar nichts", sagt Will. „Dieser Brief kann alles und nichts bedeuten – es ist entweder eine ernsthafte Drohung gegen unser aller Sicherheit, oder eben ein übler Scherz, wie ihr vermutet habt. Obwohl, wenn jemand ernsthaft die Aurora sabotieren wollte, hätte er in den letzten siebentausend Kilometern reichlich Gelegenheit gehabt."

„Und wie viele Kilometer sind es noch?", frage ich.

Will lächelt. „Etwa genauso viele. Wir haben unseren Flug kaum begonnen. Jedenfalls bekommt diese Reise doch einen ganz anderen Charakter als beim Start."

Er hebt den kaputten Gedichtband hoch. Dann blättert er zu der zerstörtem Seite und liest die letzten Zeilen vor:

So reinlich, so weißlich
So winzig, so richtig
Mächtig und schmächtig
Geformt und geprägt
Mit seinem Hammer aus Wind
Und seinem Griffel aus Frost

„Die Aurora ist keine Schneeflocke", sagt Will, „sondern besteht aus zwanzig Metern Stahl und Aluminium. Aber da oben, zwischen den Sturmfronten, ist sie wohl tatsächlich nichts anderes als eine Beute der Winde. Das haben wir gerade erlebt."

Er sieht wieder zum Fenster hinaus.

„Der Sturm holt uns ein. Eigentlich wollte ich heiß duschen und dann nachher mit euch allen essen gehen. Aber das geht nun nicht. Ich werde die Maschine sofort einer genauen Kontrolle unterziehen und ein paar Telefonate führen. Wir sehen uns irgendwann heute Abend. Oder morgen früh."

Er reißt ein Blatt von seinem Notizblock ab und kritzelt etwas darauf.

„Das ist unser Hotel", sagt er. „Das Gasthaus Snorri in der Snorrabraut. Nehmt ein Taxi und wartet nicht auf mich. Wenn ihr dort ankommt, sagt kein Wort zu den anderen. Ich muss mir den nächsten Schritt erst mal sehr gut überlegen."

Die Abendluft weht mild. Jenseits der Startbahn schimmern die Lichter Reykjavíks. Meine Gedanken sind noch ganz bei dem Sturm und dem Drohbrief. Wohl deshalb reagiere ich zunächst nicht, als ich auf dem Weg zum Taxistand eine Gestalt im grauen Regenmantel erblicke, die gleich wieder im Schatten verschwindet. Wunderbar, denke ich. Zuerst Elmofeuer, und jetzt Gespenster. Ich gehöre doch längst ins Bett.

***

Das Gistiheimilið Snorri ist ein dunkelgraues Steinhaus auf einer ruhigen Straße am Rande von Reykjavík. Die Nordlichter und die graue Mäntel tragenden Gespenster lassen mich diese Nacht in Ruhe, und so kann ich endlich neun paradiesische Stunden ununterbrochen unter einer dicken Federdecke schlafen und von wärmeren Regionen träumen. Palmen, Affenbrotbäumen, dem weißen Badestrand bei Daressalam, Josephs Arm um meine Schultern ...

Ich treffe Daniel zum Frühstück im hellen Speisesaal unten. Unsere freundliche Wirtin, Frau Stefánsdóttir, verwöhnt uns mit frischen Brötchen, Käse, Schinken, Fisch, Erdbeerkonfitüre und Nutella, alles was das Herz begehrt. Will und die anderen sind längst weg. Heute werden wir auf der Flugschau nicht benötigt. Das heißt, Daniel und ich haben schon wieder vierundzwanzig Stunden für uns. Vierundzwanzig Stunden Island!

Zwar hat Antonella die Sache mit dem Hotel gut gemanagt, aber sie hätte ruhig besseres Wetter organisieren können. Das Gewitter hat der kleinen Hauptstadt die ganze Nacht zugesetzt und ein Blick aus dem Fenster genügt, um zu zeigen, dass diese gesamte Wetterfront, die uns gestern fast den Rest gegeben hatte, nun auch die Insel im Würgegriff hat.

Wir ziehen unsere Regenmäntel an und begeben uns auf die Straße. Und dann laufen wir los, wie zwei Bonbons, ich in gelb, Daniel in blau.

Ich merke sofort, dass wir nicht mehr auf Grönland sind. Zwar trägt der Wind immer noch den würzigen Geruch von Eis und Moos und Wildnis, dennoch ist Reykjavík eine richtige Stadt, wenn auch keine große. Es gibt nicht nur rote Holzhäuser, sondern auch Banken und Geschäfte aus Stein und Beton. Ich fühle mich fast wie in Europa – oder wenigstens in Skandinavien.

Wir durchwandern das Zentrum und steigen auf den Turm der Kathedrale, einem riesenhaften Betonbau, der ohne Weiteres in einem Science-Fiction-Film vorkommen könnte. Von hier aus haben wir einen Rundblick auf die gesamte Stadt sowie den Hafen mit seinen unzähligen Fischerbooten und die fernen Berge. Vom nahen Flughafen steigt gerade eine silberne Propellermaschine in die Luft. Die Aurora! Ich winke wie eine Verrückte, aber das Flugzeug biegt nach links ab und fliegt landeinwärts.

Auf dem Stadtplan gibt es allerhand zu sehen und zu erleben: Museen natürlich, dazu verschiedene Einkaufsmöglichkeiten, das Hafengebiet und schließlich die ‚Blue Lagoon' – ein riesiges Freibad, das aus heißen unterirdischen Quellen gespeist wird. Ja, so können wir den Tag ausklingen lassen!

Gegen Mittag lässt der Regen endlich nach. Wir durchwandern gerade unseren dritten Souvenirladen und Daniel wird langsam mürrisch.

„Was nützt es uns, wieder einen Tag Freigang zu haben, wenn wir die ganze Zeit drinnen bleiben?", fragt er.

Mir ist's recht.

„Antonella hat doch etwas von einer Reitstätte erzählt", sage ich. „Wäre das nicht etwas für uns?"

Ich brauche Daniel nicht zu überreden. Wir haben doch früher Reitstunden am Stadtrand von Berlin gehabt, und sind seit unserer Übersiedlung nach Afrika kein einziges Mal mehr geritten.

Die Reitstätte ist auf dem Umgebungsplan mit einem Rotstift umkreist, am Rande des Orts Hafnarfjöður, an der Küste, etwa zehn Kilometer weiter südlich. Der Bus fährt vorne an einer Tankstelle ab und im Nu sind wir da. Ein Steinhaus mit Grasdach, daneben ein langer roter Stall aus Holz, überall der Geruch von feuchtem Moos und Pferdemist. Eine ältere Dame, deren zotteliger blonder Zopf fast weiß geworden ist, empfängt uns an der Bürotür. Frau Vigdís Vilhjámsdóttir trägt einen braunen Cordanzug und kniehohe grüne Gummistiefel. Sie ist ein Kopf kleiner als ich, aber sieht aus, als ob sie Bäume ausreißen könnte. Die Frau scheint der steinigen Erde Islands entsprungen zu sein, aber dennoch spricht sie uns gleich auf Deutsch an. Offenbar sind wir nicht die einzigen Touristen, die den Lockruf der Hügel und des Heidekrauts spüren. Ich überreiche ihr meine Kreditkarte und schon sind wir im Geschäft. Minuten später sattelt sie uns zwei zottelige braune Ponys, die sie Gylfi und Gunnar nennt.

„Die beiden werden Sie überall sicher hintragen", sagt sie uns. „Aber passen Sie bloß auf, wohin Sie treten."

„Warum sollen wir aufpassen?", frage ich.

„Die Ponys wissen Bescheid", sagt die Frau geheimnisvoll und verschwindet wieder ins Büro.

Wir reiten los. Dass wir beide schon lange nicht mehr geritten sind, ist kein Problem, da die Ponys unsere Unsicherheit spüren und uns behutsam zwischen den Findlingen hindurch den ersten Hügel hoch tragen. So reiten wir eine halbe Stunde, bis die Küste und die Berge nach und nach in einem Nebelschleier hinter uns verschwinden.

Aber auf welchem Planeten befinden wir uns überhaupt? Wenigstens erinnerte mich Grönland an die Bilder von Norwegen, die man so kennt. Island dagegen sieht aus wie, na ja, eben wie frisch gebacken. Gebuckelte Lava und rotbraunes Heidekraut, so weit das Auge reicht. Ich erwarte fast, Trolle hinter den Felsen hervorspringen zu sehen.

„Die frische Luft tut gut", sage ich, als wir oben ankommen. „Aber das Summen in meinen Ohren hört einfach nicht auf. Geht's dir nicht auch so? Ich glaube, ich könnte eine ganze Woche hier bleiben, nur mit dem Wind in den Ohren, und ich würde den Lärm nicht loswerden."

In der Ferne, im Schatten eines Hügels, bewegt sich etwas. Daniel schaut hoch.

„Hast du es gesehen?", fragt er. „Da ist was – es springt zwischen den Felsen."

„Ein Tier?", frage ich.

„Nein, ein Mensch", sagt Daniel. „Sieh mal, er versteckt sich hinter dem Stein da drüben. Als ob er auf der Lauer wäre. Wie ein Jäger."

Es bewegt sich tatsächlich etwas. Lass' es bloß nicht wieder mein Gespenst sein! Ich ziehe meinen Fotoapparat aus der Satteltasche meines Pferdes und drücke auf die Vergrößerung.

„Aber mit den langen Haaren? Mensch, Daniel, das ist doch Antonella!"

Wir reiten vorwärts. Nach etwa fünfzig Metern taucht Antonellas Gestalt vor uns auf. Sie hat ihren Blaumann abgelegt und trägt nun ausgefranste Jeans und eine graue

Bluse aus grobem grauem Leintuch. Ihr Rucksack liegt neben ihr auf der Erde.

„Antonella!", ruft Daniel. „Hast du etwas verloren?"

Antonella dreht sich um. Unsere Anwesenheit scheint sie nicht zu überraschen. Sie legt lediglich ihren rechten Zeigefinger an die Lippen.

„Schhh! Bringt die Ponys weg. Sie hassen Pferdegetrampel. Ihr seid viel zu nah. Lasst die Tiere da hinten und kommt dann zurück."

Ob es etwas mit der Aurora zu tun? Daniel und ich reiten so weit weg, bis wir sicher sein können, dass das Hufgetrappel der Ponys nicht mehr hörbar ist. Wir binden sie an einem Busch fest und gehen zu Antonella zurück. Ich halte meinen Fotoapparat bereit.

„Ganz leise nun", sagt Antonella, als wir nur noch ein paar Schritte weg sind.

Sie legt wieder den Finger an die Lippen. Dann dreht sie sich um und winkt uns hinter ihrem Rücken zu, dass wir ihr auf einen Hügel folgen sollen. Als wir oben ankommen, setzen wir uns auf einen flachen, moosigen Felsen. Vor uns liegt eine raue Lavalandschaft, mit verstreutem Geröll und Findlingen. Der Wind pfeift uns um die Ohren und treibt gewaltige weiße Sturmausläufer vom Westen vor sich her. Daniel und ich schauen lange ins Tal hinunter, aber sehen weder Mensch noch Tier, nur Heidekraut und Moos.

„Suchst du etwas Bestimmtes?", fragt Daniel.

„Hoffentlich ist es nicht zu spät", sagt Antonella. „Man sagt doch, dass vormittags die beste Zeit ist, und die Stunde ist ziemlich weit fortgeschritten. Und eure Ponys haben auch nicht gerade geholfen. Schade, wenn es schon vorbei ist."

„Vorbei?", frage ich. „Für wen eigentlich? Für die Saboteure?"

„Für die *álfar*", antwortet Antonella. Sie streicht sich die Haare aus den Augen. „Für das Kleinvolk. Hafnarfjöður ist doch eine heilige Stätte."

„Ich komme da nicht mit", sage ich. „Heilig für wen? Du meinst doch nicht die Elfen?"

„Aber klar doch", sagt Antonella. „Das ist ganz offiziell hier auf Island. Man darf hier kein Haus und keine Straße bauen, ohne vorher von einem ausgewiesenen Seher eine Unbedenklichkeitsbescheinigung zu holen. Ansonsten könnte man ihre Wohnstätten zerstören."

Aha, denke ich. Deshalb sagte uns die Pferdefrau, wir sollten aufpassen. Also, nichts mit Saboteuren, sondern Elfen!

„Aber du glaubst doch nicht etwa an Elfen und Feen?", fragt Daniel.

„Ihr stellt Fragen", antwortet Antonella. „Was wir glauben oder nicht glauben, spielt keine Rolle. Wir leben auf einem riesengroßen Planeten, der voller Geheimnisse ist. Und ihr wollt auf alles eine Antwort haben?"

„Aber Feen und Trolle?", sage ich. „Ich meine, du bist doch Ingenieurin. Du arbeitest mit Maschinen – mit Triebwerken sogar! Sicherlich ..."

„Nichts ist sicher in diesem Leben." Antonella schüttelt ihren Lockenkopf, als wolle sie die Fragen von sich schütteln. „Aber seht mal, es fängt wieder an zu regnen!"

Die ersten Tropfen fallen und bleiben wie winzige Perlen in ihren dunklen Haaren hängen.

„Habt ihr Regenmäntel dabei?"

Sie zieht ihren eigenen leichten roten Umhang aus ihrem Rucksack und zieht ihn an.

„In den Satteltaschen", sage ich. „Im Gasthaus wollte man uns nicht ohne Regenmäntel aus dem Haus lassen. Ich glaube, was das Wetter hier anbetrifft, wissen sie tatsächlich, wovon sie reden."

„Wenn es richtig losgeht, dann helfen nicht einmal die Regenmäntel", sagt Antonella.

Sie zeigt auf ein einsames Steinhaus am Fuß des nächsten Hügels, am Rande der Steilküste.

„Holen wir eure Ponys. Dort können wir das Ende des Regens abwarten."

Der Regen fällt schneller, und Daniel und ich fragen nicht, warum Antonella so sicher sein kann, dass wir in einer wildfremden Fischhütte an der isländischen Küste willkommen sein werden. Dennoch habe ich langsam das Gefühl, dass auf dieser Reise wirklich alles möglich ist. Wir nicken nur und eilen den Berg hinunter bis zu der Stelle, wo wir die Pferde angepflockt haben. Wir reißen unsere Regenmäntel aus den Taschen und ziehen sie uns über die nassen Schultern. Dann binden wir die Ponys los und machen uns zusammen mit Antonella auf dem Weg zum Haus.

Als wir wenige Minuten später dort ankommen, binden wir Gylfi und Gunnar an einem Holzpfosten unter dem Vordach eines kleinen steinernen Stallgebäudes fest. Das Wohnhaus besteht aus grauen Feldsteinen, die mit graugrüner Moosflechte überzogen sind. Blaue Farbe blättert von den Fensterrahmen ab. Der Regen trommelt dumpf auf das grüne Grasdach. Es kommt mir alles unwirklich vor, wie im Märchen, so als könnte dieses Häuschen tatsächlich von Elfen oder Hobbits bewohnt sein.

Antonella klopft nicht. Stattdessen zieht sie einen eisernen Schlüsselbund aus der Jeanstasche und schließt die schwere Holztür auf. Die Tür klemmt im Rahmen, und Antonella muss ihre Hüfte dagegen stemmen, um sie endlich knarrend nach innen zu schieben.

Wir treten ein, und befinden uns in einem rechteckigen Raum mit groben Holzdielen und pfirsichfarbenen Wänden. Das bäuerliche Mobiliar besteht aus einem runden unbehandelten Holztisch und vier Holzstühlen an einem großen

Fenster. Außerdem einem alten Holzsessel mit einem bestickten Kissen neben einem steinernen Kamin, in dem offenbar schon lange kein Feuer mehr gebrannt hat. Ein grünes Holzregal hängt an einer Wand mit ein paar alten gebundenen Büchern darauf. An der Wand an der Längsseite der Stube hängen alte Stiche in schlecht passenden Holzrahmen. Sie sehen aus, als wären sie vor langer Zeit aus Zeitungen oder Büchern herausgeschnitten worden. Ein Fischnetz hängt von der Decke, und verrostete Schaufeln und Bootshaken lehnen gegen eine der Wände. Ich entdecke keine Spur von elektrischer Beleuchtung oder Steckdosen. Es gibt auch keine Mikrowelle, keinen Fernseher oder Toaster. Gar nichts. Nur ein Messingkerzenständer steht auf dem Tisch; eine halb heruntergebrannte Kerze steckt drin. Auf dem Regal, neben dicken Büchern, stehen eine altertümliche Öllampe und ein Stapel Porzellanteller. Eine dünne Staubschicht liegt über allem, wie Puderzucker auf einem Kuchen, und die Luft riecht nach modrigem Dachboden und kalter Asche. Ich komme mir plötzlich wie Schneewittchen vor und erwarte fast, sieben Zwerge durch die Tür marschieren zu sehen.

„Ich verstehe es nicht", sage ich. Ich ziehe die Kapuze von meinem Regenmantel herunter und öffne den Reißverschluss. „Es ist ganz schön praktisch, so eine alte Fischerhütte in der Nähe zu haben. Aber wie kommst du zu einem Schlüssel?"

„Lasst euch nicht von Äußerlichkeiten täuschen." Antonella zieht ihren Regenmantel aus und hängt ihn an einen eisernen Wandhaken. „Das war mal eine Fischerhütte, vor vielleicht hundert Jahren. Heute gehört sie einem alten Freund von mir. Magnus Ólafsson ist Architekt und Designer. Er baut und gestaltet Hi-Tech-Gebäude in Schanghai und Abu Dhabi und hat sein Büro in Kopenhagen. Wenn er ab und zu nach Island zurückkommt, will er seine Ruhe haben. Vor ein paar Jahren hat er dieses Haus gekauft und zurückgebaut. Es war damals ganz modern, aber es kam alles raus. Kein Strom, keine Fernwärme, keine Wasserleitung. Erst recht kein Computer, kein Internet. Hafnarfjöður ist seine Oase. Hier hört man nur den Wind im Kamin, die Brandung an den Felsen – und den Regen gegen die Fensterscheiben."

„Und hört man auch die Elfen tanzen?", frage ich.

Antonella lächelt. „Manchmal schon, wenn man genau hinhört. Aber machen wir erst mal ein Feuer im Kamin und kochen eine Kanne Tee. Es ist eiskalt hier drin."

Neben dem Kamin stehen ein Eimer Steinkohle und ein Stapel klein geschlagenes Treibholz. Antonella nimmt eine alte Zeitung, ein Stück Kohlenanzünder, eine Packung Streichhölzer und in wenigen Minuten brennt das Feuer lichterloh.

Sie nimmt einen schwarzen gusseisernen Kessel, den sie in der Küche mit Wasser aus der Handpumpe füllt, und hängt ihn an einen Haken über die Flammen. Eine weiße Teekanne mit einem Blumenmuster und handlangem Riss durch die Mitte findet sich in einem Küchenschrank sowie drei blaue Porzellantassen und eine rostige Blechbüchse mit Teeblättern. Sie nimmt eine Handvoll, hält sie in beiden Händen hoch und murmelt dabei einen Spruch in einer fremden Sprache, bevor sie die Blätter in die Teekanne wirft und dabei dreimal in die Hände klatscht.

„Ist das etwas Isländisches, was du machst?", frage ich.

„Es kommt aus Italien." Antonella wischt ihre Hände an ihrer Jeans ab und setzt sich hin. „Eine kleine Zeremonie, um das Feuer und den Tee zu segnen. Das habe ich von den alten Frauen in den Bergen um Rom gelernt, wo meine unsäglichen Eltern wohnen."

„Diese alten Frauen klingen, na ja, wie Hexen", sage ich.

„Aber das sind sie doch!" Antonella richtet ihre großen schwarzen Augen direkt auf mich. „Wir nennen es *stregheria*. Das ist die alte italienische Hexenkunst."

„Und wogegen ist es gut?", fragt Daniel.

„Wofür, meinst du? Für Glück und Liebe, für Gesundheit und auch für eine sichere Reise."

Das könnten wir nun wirklich gebrauchen, denke ich. Das Wasser im Topf kocht und Antonella nimmt ihn vom Feuer.

„Ihr haltet mich für verrückt, nicht wahr?", fragt sie, während sie Wasser in die Kanne füllt. „Gebt es zu."

„Nicht verrückt", antworte ich. „Nur ..."

„Nur ein bisschen komisch. Das wolltest du sagen, oder?" Sie bläst eine Haarlocke aus ihrem Gesicht. „Vielleicht sieht es so aus. Es stört mich nicht. Mit der *stregheria* kenne ich mich aus, aber vom Kleinvolk weiß ich nichts."

Daniel schaut zu mir und nickt.

„Magnus glaubt nämlich an das Kleinvolk, deswegen wollte er unbedingt dieses Haus haben. Nur dieser Glauben an friedliche, erdverbundene Menschen lässt ihn das Leben mit dem Großvolk aushalten. Er vermutet Kraftlinien in der Nähe. Jedes Mal wenn ich hier bin – so einmal im Jahr oder so – gehe ich wieder auf die Jagd."

„Und, hat jemand sie schon gesehen?", fragt Daniel.

„Der Tee wird schon durchgezogen sein." Antonella schenkt uns zwei Tassen voll ein. „Zucker gibt's in der alten Dose da, aber Milch habe ich leider nicht."

Wir nehmen Platz auf den Holzstühlen, die wir dicht an den Kamin heranziehen.

„Die Isländer glauben jedenfalls an sie", erzählt Antonella weiter. „Wie ich schon gesagt habe: Was ich denke und glaube, zählt wenig in diesem Universum. Ich weiß nur, dass wir existieren, und wir tun der Erde gar nicht gut."

„Meinst du die Überbevölkerung und die globale Erwärmung?", frage ich.

„Zum Beispiel." Antonella seufzt. „So wie wir heute leben, werden wir bald drei Erden brauchen. Wer lange genug lebt, wird nur noch eine große Wüste erleben. Wozu überhaupt leben, frage ich mich."

Daniel und ich schweigen und schlürfen an unserem Tee. Es ist aber kein schwarzer Tee. Er schmeckt nach Heidekraut und Torf.

„Aber es gibt doch auch Leute, die etwas dagegen unternehmen", sage ich. „Es gibt zum Beispiel umweltfreundlichere Verpackungen und so weiter."

„Das ist alles Quatsch", sagt Antonella. „Es geht alles viel zu schnell und es hängt alles zusammen. Jedes Mal wenn ein Auto anspringt oder ein Flugzeug startet, ist der Schaden da. Weltweit und millionenfach."

„Und das sagst gerade du, als Flugingenieurin", sagt Daniel. „Davon lebst du ja, dass die Leute in Flugzeuge steigen."

Antonella lacht. „Denkt ihr, ich mache das gern? Ständig um die Welt zu fliegen, meinen Kopf unter Motorhauben zu stecken und die Umwelt zu verpesten? Meine Eltern haben mich dazu gezwungen. Sie sind sowas von niveaulos. Als Konstrukteurin tauge ich nicht, deswegen warte ich Triebwerke. Und jetzt wisst ihr alles."

„Und was wolltest du werden?", fragt Daniel.

„Etwas, bei dem ich meine Finger nicht jeden Tag in Motorenöl stecken muss", sagt Antonella.

Sie schaut hoch von ihrer Tasse.

„Heute redet jeder von Netzwerken", sagt sie. „Internationale Verflechtungen, Seilschaften, Flugpläne, GPS, Koordinatensysteme, Internet und tausend andere Netzwerke." Sie erhebt einen Zeigefinger von der Tasse und weist auf das Fischnetz an der Decke.

„Riesige, immer feinmaschigere Netzwerke, um uns alle wie Heringe einzufangen. Schaut mal auf einen Globus, und was seht ihr? Unser armer Planet ist mit Längen- und Breitengraden überzogen, wie ein Spinnennetz, und wir hängen mittendrin, eine Beute für die Spinnen. Und die Spinnen sind wir selbst."

Ich muss plötzlich an Ralphs riesige Landkarte in Seattle denken und an seine Flugrouten, die tatsächlich wie ein einziges großes Spinnennetz aussahen. Ich hebe eine Augenbraue und trinke einen Schluck Tee.

„Die Erde ist aber keine Beute, sie ist unsere Mutter", fährt Antonella fort. „Heute will man alle Geheimnisse lüften, alles Heilige bloßlegen und sofort zu Geld machen. Wir brauchen aber neue Netzwerke. Netzwerke des Friedens, der Zusammenarbeit, der Liebe. Nur so können wir diese Welt retten, sonst sind wir alle verloren. Unsere Mutter wird uns verstoßen. Ihre Liebe ist nicht unbegrenzt."

Sie hebt eine Handvoll Holzkohlen aus dem Eimer und wirft sie ins Feuer.

Daniel und ich schauen einander schweigend an, während die Holzkohlen Feuer fangen und in der Glut prasseln. Draußen plätschern dicke Regentropfen gegen die Fensterscheiben. Es ist so neblig geworden, dass wir die fernen Berge nicht mehr erkennen können.

Schließlich sagt Daniel: „Dann leisten wir alle keinen sehr positiven Beitrag, wenn wir so viel Zeit in der Luft verbringen."

„Die Tatsache bleibt, dass der Mensch nicht zum Fliegen geschaffen wurde. Unsere Mutter hat uns zwei Arme und zwei Beine geschenkt, keine Flügel. Das müsste eigentlich reichen, nicht wahr?"

Sie trinkt einen Schluck. „Oh ja, die Maschine ist gut. Was ich von der Besatzung halte, steht auf einem anderen Blatt."

„Was meinst du?", fragt Daniel.

„Nur dass ich mich besser fühlen werde, wenn wir Mombasa erreicht haben. Da wäre zum Beispiel Ron Ellison, der verrückte Kriegspilot. Wisst ihr, dass er Menschenleben auf dem Gewissen hat? Zivilisten? Es war ein

Ort namens Al-Musayyib. Er kam vors Kriegsgericht und dann in die Psychiatrie, obwohl es eigentlich keiner wissen darf. Stellt euch vor! Er redet dauernd von Hämmern und Ambossen, obwohl es doch immer der Amboss ist, der den Hammer bricht, und niemals umgekehrt. Dann Mr. Kathangu, dem ich niemals einen Gebrauchtwagen abkaufen würde. Und dann diese Aisha Trace, die vor Hass und Ressentiments geradezu platzt. Ein echter Giftpilz. Sie fliegt geradezu als Gefangene mit und wartet nur noch auf ihre Chance. Das ist keine so gute Mischung, wenn ihr mich fragt."

Ich zögere, bevor ich fragte: „Glaubst du, wir kommen gut an? Dass es keine Gefahr gibt?"

Antonella zögert ebenfalls. Sie nimmt einen Feuerhaken und rührt in der Glut. Ihre schmalen Finger sind gerötet und Schmierfett hat sich um ihre Fingernägel festgesetzt.

„Kein Flug ist ohne Gefahr. Wer Gefahren aus dem Weg gehen will, soll sich mit seinen eigenen zwei Beinen begnügen. Nein, die Gefahr liegt in dieser verrückten Welt, die wir uns zurechtgezimmert haben. Da kann uns nicht einmal das Kleinvolk helfen. Wir müssen etwas ändern. Vielleicht verlangt es einen großen Schritt, etwas Dramatisches."

„Zum Beispiel?", frage ich.

„Wisst ihr, ich war eine Zeitlang in so einer Gruppe. Sie nannte sich Direct Action. Da haben wir uns einen Sommer lang die Fahrzeuge der Holzkonzerne in den Redwoodwäldern Nordkaliforniens vorgenommen. Zucker im Benzintank, Sägespäne im Motorenöl. Direkte Aktionen, eben. Das hat vielleicht gesessen."

„Aber das ist doch kriminell", sage ich.

Aber Antonella hört nicht zu. „Die Alten hatten doch recht, mit ihren Opfern an die Götter und die Naturgewalten. Ja, das ist es."

Antonellas Augen leuchten rot von der Glut.

„Wir müssen wieder lernen, Opfer zu bringen. *Echte Opfer.*"

Sie hebt ein Stück Treibholz auf, das auf den ersten Blick wie ein Kreuz und auf den zweiten wie ein kleines Flugzeug aussieht, und schleudert es ins Feuer, sodass die Funken tanzen.

Der Regen hört auf zu plätschern und ein Sonnenstrahl dringt durchs Fenster.

„Schon vorbei", sagt Antonella. Sie erhebt sich und greift nach ihrem Regenmantel. „So ist es hier auf Island. Gehen wir endlich. Schließlich haben wir morgen einen langen Flug. Seid ihr soweit?"

Daniel und ich nicken stumm und erheben uns ebenfalls. Etwas knackt hinter uns. Wir werfen beide einen Blick zurück zum Kamin und sehen zu, wie sich das Stück Treibholz in Flammen und Rauch auflöst.

11

Die Sonne geht gerade über den Bergen auf. Ihre Strahlen funkeln durch die rechten Fenster der Aurora. Will hat uns alle in der Kabine versammelt. Noch schweigen die Motoren. Er will ‚nur noch einen Punkt klären', bevor wir unseren Flug nach Edinburgh fortsetzen.

Wir nehmen alle Platz und schauen Will an, als er sich in der Cockpittür stellt.

„Jemand hat eine Drohung gegen diesen Flug ausgesprochen", sagt er. Er hält den Brief mit zwei Fingern hoch. „Dieser Brief wurde unmittelbar vor unserem Start in Seattle in Jennys Reisepaket gelegt. Und der Mensch, der das getan hat, hatte Zugang zu unserer Fracht."

Er legt den Brief auf einen der Tische, dann hält er den Gedichtband hoch. Er blättert ihn durch und zeigt uns die zerfledderten Seiten.

„Ich will jetzt Antworten hören, und zwar sofort."

Die anderen Crewmitglieder drücken sich in ihre Sitze. Aisha sieht aus, als ob sie gleich aufschreien wird. Antonella dreht sich zu uns um und starrt uns an.

„Schade um das alte Buch", sagt Ron. „Erinnere mich daran, dass ich ein neues in der nächsten Buchhandlung kaufen sollte. Man soll doch immer etwas zum Lesen dabei haben."

Will ignoriert ihn. „Die Drohung wurde zwar gegen Jenny und Daniel gerichtet, aber sie betrifft uns alle. Ich möchte zuerst wissen, warum irgendjemand unsere Ankunft in Mombasa verhindern wollen könnte."

„Das wird jemand sein, der mein Geschäft ruinieren will", sagt John. „Verliere ich die Maschine, verliere ich die Fluglinie."

Er richtet seinen Blick auf Aisha.

„Warum schaust du mich an?", fragt Aisha. „Glaubst du, ich kümmere mich einen Dreck um deine idiotische Fluggesellschaft? Ich war doch Tausende von Kilometern von Seattle entfernt, als du diese Pakete zusammengestellt hast."

„Ich hatte damit nichts zu tun." John reibt sich die Hände, so als würde er sie in Unschuld waschen.

„Ich habe sie gepackt", sagt Antonella. „Und ich hätte bestimmt etwas gemerkt, wenn jemand sich daran vergriffen hätte. Aber seien wir ehrlich: Jeder von uns hatte Zugang dazu. Die Pakete waren im Büro und zwar in einer nicht abgeschlossenen Schublade des Schreibtisches. Die Bücher standen in einer Kiste daneben. Jeder von uns, mit Ausnahme von Jenny und Daniel, war am Freitagnachmittag in diesem Büro. Es wäre also keine Kunst gewesen."

„Sie verdächtigen also einen von uns?", fragt Ron.

„Auf keinen Fall", sagt Antonella. „Ich finde diese Diskussion lächerlich. Irgendjemand spielt uns einen Streich. Dieser Flug ist ganz privat und absolut friedlich. Sabotage lohnt sich nicht. Und welcher Terrorist interessiert sich ausgerechnet für uns? Das macht überhaupt keinen Sinn."

„Seit wann muss Sabotage Sinn machen?" Will liest den Drohbrief wohl zum hundertsten Mal durch. „Vielleicht ist es tatsächlich nur ein Streich. Aber wenn einer von Ihnen etwas auch nur vermutet, dann will ich es wissen."

Jeder sieht jeden an. Wegen der Neigung des Fußbodens steht Will über uns allen wie ein Richter. Seine ansonsten freundliche Miene ist verschwunden und ich sehe die Sorge wie zwei bleigraue Schatten in seinen Augen liegen.

„Sie könnten doch die Maschine durchchecken", sagt John. „Wenn irgendjemand sie angefasst hat, dann können Sie es jetzt schon herausbekommen und wir können den Fall abschließen."

„Ich habe schon alles durchgecheckt", sagt Will. „Die Maschine ist einwandfrei. Aber es ist immer noch ein langer Weg bis Mombasa."

Wir sind zunächst einmal alle ganz still.

Dann sagt Ron: „Du verschwendest deine Zeit mit dieser Bande." Er sieht die anderen an. „Vielleicht hegt irgendjemand einen Groll gegen die Aurora. Aber alles, was wir in dieser Kabine wollen, ist, nach Mombasa zu kommen und einen Nachmittag am Strand zu verbringen. Habe ich recht?"

„Und wir wollen auf jeden Fall sicher landen und von Bord verschwinden", sagt Aisha. „Ich zumindest will nichts mehr von diesen sogenannten Drohungen hören. Woher wissen wir, dass diese beiden Teenager den Brief nicht selbst zusammengeklebt haben, um ihren Spaß auf unsere Kosten zu haben?"

Daniel steht empört auf. „Was reden Sie? Warum sollten wir Drohbriefe an uns selbst schreiben?"

„Ich denke, wir können Jenny und Daniel ausschließen", sagt Antonella. „Auch, wenn Sie offenbar keinen von uns ausschließen wollen."

„Was sollen wir denn denken?", erwidere ich. Sie starrt mich an. „Stell dir vor, du würdest so einen Brief erhalten."

„Eins ist sicher", sagt Aisha. „Wir können jetzt unser Gepäck ausladen. Für diese Sache sind jetzt die Flugbehörden zuständig. Ich jedenfalls habe nicht vor, mit einem Terroristen zu fliegen."

„Du vergisst, dass du unter Vertrag stehst", sagt John. „Die Aurora gehört mir und ich werde entscheiden, ob sie fliegt oder nicht."

„Falsch", sagt Will. „Ich entscheide. Vielleicht unterzeichnen Sie unsere Lohnschecks, Mr. Kathangu, aber ich bin der Flugkapitän und daher für unsere Sicherheit zuständig."

„Was wird nun aus unserem Flug?", frage ich.

Will denkt einige Augenblicke nach.

Dann kratzt er sich im Nacken und sagt: „Der Brief beweist gar nichts. Wir müssen aber ein Flugzeug abliefern. Ich denke, wenn wir alle zusammen halten, können wir jede Bedrohung für diesen Flug abwehren. Ansonsten brauche ich von jedem sein Ehrenwort, dass er nichts von einer Bedrohung weiß und dass wir künftig als Team zusammenarbeiten werden. Was meinen Sie?"

Sie nicken alle.

„Ich muss es hören. Ms. Trace?"

„Was soll ich denn sagen?", fragt Aisha. „Ich will die Sache nur hinter mich bringen."

„Ms. D'Annunzio?"

„Ich weiß nichts von einer Drohung", sagt Antonella.

„Mr. Kathangu?"

„Aber natürlich, Mr. Chapman. Schließlich muss ich mich um meine Fluggesellschaft kümmern."

„Ron, wie ist es mit dir?"

„Ich bin dabei, Kumpel. Schon immer. Weißt du doch."

„Und wie ist es mit Ihnen, Mr. Chapman?", fragt Aisha. „Wie können wir sicher sein, dass Sie nicht dahinter stecken? Ich denke, eine Prise Gefahr kann ihren Pilotenlohn ganz schön in die Höhe treiben."

Will schenkt ihr einen müden Blick. „Sie haben mein Ehrenwort. Mehr hat keiner von uns zu geben."

„Wenn Sie einen konkreten Grund sehen, an Ihrer Crew zu zweifeln, dann sollten Sie doch die Polizei benachrichtigen." John verschränkt die Arme. „Ansonsten bin ich überzeugt, dass wir ein erstklassiges Team versammelt haben. Jeder ist gewohnt, einige Risiken in Kauf zu nehmen. Außer Ihren Stiefkindern, natürlich, die bestimmt entsetzliche Angst haben und nun selbstverständlich in einer Linienmaschine zu ihrer Mutter zurückkehren werden. Ich denke, ich spreche für uns alle, wenn ich sage, dass keiner von uns deshalb weniger von ihnen denken wird."

„Nie im Leben!", ruft Daniel. „Wenn Sie fliegen, dann fliegen wir auch!"

„Sie hören es", sagt Will. „Ich bin dafür, dass wir den Flug fortsetzen. Wenn es allerdings auch nur das geringste Anzeichen einer wahrhaftigen Bedrohung gibt, werde ich die Angelegenheit sofort der Polizei übergeben. Und nun haben wir eine Verabredung in Edinburgh."

**

Island fließt unter uns weg und verschwindet im Nebel, als ob Reykjavík nur ein Traum gewesen wäre, an den man sich beim Aufwachen kaum noch erinnern kann. Daniel und ich servieren Kaffee. Als mein Bruder dann wieder ins Cockpit verschwindet, schreibe ich weiter in meinem Reisetagebuch und nehme mir anschließend Beryl Markhams Atlantikflug vor.

Wieder setzt der Motor aus, wieder fängt er sich, und dann nutze ich jeweils die Gelegenheit, um höher zu steigen, so hoch wie nur möglich und dann stottert und stockt er wieder, und ich gleite tiefer in Richtung Wasser, und steige und sinke, je nachdem, wie ein Seevogel auf Jagd.

Ich schaue aus dem Fenster, um mich zu vergewissern, dass unsere Motoren noch laufen. Die Wolken lösen sich auf und zweitausend Meter unter uns ragen schroffe Felsen und grüne Inseln aus den Wellen des Atlantiks empor. Das kann nur Schottland sein! Daniel und ich waren schon mehrmals mit unserem Papa in London gewesen, aber wir hatten die Stadt kaum verlassen und bis nach Schottland waren wir ohnehin nie gekommen. Die Hebriden locken uns nun mit ihren zerklüfteten Bergen und saftigen grünen Wiesen. Wie gern wäre ich jetzt da unten, wandern und zelten, so richtig die Beine vertreten und frische Luft atmen!

Das endlose Sitzen macht mich müde. Ich stehe auf und laufe ein paar Mal auf und ab. Aisha ist gerade auf Toilette gegangen, und als ich an ihrem Platz vorbeigehe, sehe ich einen Stapel Papier auf dem Nachbarsitz ausgebreitet liegen. Obendrauf liegt eine Art Broschüre mit einer bunten Zeichnung von einem Fluggestell – von einem richtigen Flugzeug kann keine Rede sein, es ist viel zu leicht, fast wie ein Hängedrachen. Ein Minipropeller ist an einem winzigen Elektromotor angeschlossen, kaum größer als ein Handy. Ich will gerade die Broschüre in die Hand nehmen, als ich feststelle, das ist keine Broschüre – eher eine Art Druckfahne, auf weißem Papier gedruckt.

„Das Flugzeug sieht lustig aus", sage ich zu Aisha, als sie wieder aus der Toilette kommt. „Fast wie ein Spielzeug."

Aisha schaut zunächst zu mir, dann zu dem Blatt. Dann nimmt sie ihre Tasche und knallt sie darauf, damit ich es nicht mehr sehen kann.

„Ja, das ist so eine Spielerei. Im Sommer sind die Abende lang und manchmal kommt man auf neue Gedanken."

„Hey, hast du das entwickelt?", frage ich. „Ich dachte, du machst Elektrotechnik. Navigation. Seit wann baust du Flugzeuge?"

„Tue ich nicht", erklärt Aisha. „Manchmal spiele ich eben gern. Stell dir vor: umweltfreundlich fliegen, mit ultraleichten Elektromotoren, für jedermann erschwinglich."

Sie wirkt einen Augenblick abwesend, als wäre sie selbst in so einer Maschine abgehoben. Aber dann richtet sie ihre schwarzen Augen wieder auf mich.

„Träume eben. Vergiss, dass du es gesehen hast, ja?"

„Aber das klingt doch gut!", sage ich. „Warum sollte ich's vergessen?"

Aber Aisha hat sich schon wieder hingesetzt und schaut aus dem Fenster, so als wäre ich nie geboren.

Es ist inzwischen Nachmittag. Ich klebe geradezu am Fenster, mein Buch auf dem Schoß, und genieße die Landschaft, die sich unter mir entfaltet. Nach einer guten Stunde legen Will und Ron eine Rechtskurve ein. Aus meinem Fenster taucht zuerst die tiefblaue Nordsee auf, dann eine graue Stadt, die über mehrere Hügel und Tälern verstreut liegt, mit einer wuchtigen Burg, die darüber thront. Dahinter liegt ein breites Gewässer mit einer langen Brücke, die beiden Ufer miteinander verbindet. Ich blicke auf meine Landkarte und erkenne Edinburgh sofort. Dann schaue ich auf meine Uhr und stelle sie zwei Stunden vor auf 17:00 Uhr. Etwas spät zum Tee, denke ich, und zu früh zum Abendessen. Vielleicht werden Daniel und ich noch etwas Zeit für einen Stadtbummel haben?

Wir landen wenige Minuten später auf dem internationalen Flughafen westlich der Stadt. Es beginnt wieder das lange Hin- und Her auf den Schleichwegen, die zum Terminal führen. Will und Ron parken die Aurora neben einer anderen DC-3 mit den Markierungen der Royal Air Force. Beim Aussteigen schaue ich mich um und entdecke zwei, vier, acht, ein Dutzend weitere Maschinen. Beim Anblick so vieler alter Flugzeuge glaube ich fast, wir sind in ein Wurmloch oder was auch immer gestürzt und siebzig Jahre früher wieder hinausgefallen.

Die Passkontrolle dauert nicht lange, und innerhalb einer Stunde sitzen Daniel und ich zusammen mit Will und Aisha in einem schwarzen Taxi und fahren stadteinwärts. Als wir uns dem Stadtzentrum nähern, weichen die modernen Industriebauten und Hotels den grauen Granithäusern der Schottenmetropole Edinburgh. In einer verwinkelten Seitengasse mit Kopfsteinpflaster halten wir vor einem massiven Steinhaus mit einem Wappen über der Eingangstür. ‚The McClellan Arms' prangt in großen schwarzen Buchstaben über dem Eingang.

Innen sieht das Hotel aus wie in einem Film: mit einem großen Flur mit einer mindestens fünf Meter hohen Decke, mit dunklen Ölgemälden von alten Offizieren und einer Ritterrüstung an der Wand, sowie einer riesigen geschwungenen Treppe. Zigarrenduft hängt in der Luft. Die perfekte Kulisse für einen Mord, denke ich, frei nach Agatha Christie. Heute kann ich den Gedanken an Mord aber nicht lustig finden. Einen Augenblick später trifft auch das zweite Taxi mit Ron, John und Antonella ein.

„Ich werd' verrückt", sagt Antonella, als sie durch die schwere Eichentür tritt und den Flur sieht. „Sie scheinen auf dieser Reise keine Kosten zu scheuen, Mr. Kathangu."

„Nur das Beste für meine Crew", sagt John. Er macht eine abwehrende Geste mit der Hand. „Keiner soll sagen, dass ‚Aisha Air' knauserig ist."

An der Rezeption empfängt uns ein blasser Herr in einem dunkelbraunen Zweireiher und mit dünnen weißen Haaren, die wie Spinnnetze über seiner blanken Kopfhaut zu schweben scheinen. Er stellt sich als Mr. McBrain vor und begrüßt uns im Namen der Hotelleitung. Nachdem wir uns alle in das Hotelregister eingetragen haben, nimmt er eine Handvoll Schlüssel vom Brett und führt uns persönlich die Treppe hoch. Zwei Pagen in roten Uniformen und schwarzen Mützen auf dem Kopf begleiten uns.

„Das McClellan ist eines der ältesten Hotels in ganz Edinburgh", erklärt er uns. „Historisch und traditionsbewusst. Wir sind mächtig stolz auf unsere Geschichte." Er rollte seine Rs, wie nur ein Schotte es kann.

„Dann hat sich wohl zwischen diesen Gemäuern viel Geschichte ereignet", sagt Will.

Mr. McBrain, der vor uns die Treppe hinaufgeht, zuckt die Schultern und sagt nur: „Teile dieses Hauses sind über dreihundert Jahre alt, und das Hotel selbst hat schon über hundert Jahre hinter sich. In solchen Zeiträumen kann viel geschehen. Nicht nur Erfreuliches."

Den letzten Satz spricht er in einem Ton der Resignation aus, die mir eine Gänsehaut verursacht.

Unsere Zimmer sind über drei Etagen verteilt. Die kurzen Blicke, die ich in die Zimmer der anderen bekomme, zeigen geräumige, elegant möblierte Unterkünfte. Perfekt für einen Mord! Dieses Mal brauchen Daniel und ich kein Zimmer zu teilen, sondern bekommen jeweils ein winziges Zimmer auf der obersten Etage mit einer Durchgangstür.

Mein Zimmer hat eine blaugestreifte Tapete und dunkelblaue Gardinen. Die Fensterscheiben gewähren einen Blick auf die etwas schiefen, schiefergrauen Steinhäuser gegenüber, und ganz rechts sehe ich eine Ecke von Edinburgh Castle auf seinem Felsen, der noch im Sonnenlicht steht. An den Wänden hängen drei gerahmten Drucke von rot gekleideten Herren auf Pferden, die Füchsen hinterher reiten.

„So ein Quatsch!", höre ich Daniels Stimme aus dem anderen Zimmer rufen.

Ich öffne die Verbindungstür und trete bei ihm ein. Er steht mitten in seinem Zimmer und schaut sich um.

„Die erwarten nicht wirklich, dass ich hier drin wohnen werde!"

Ich brauche nicht zu fragen, was los ist. Daniels Zimmer ist mit rosenverzierten Tapeten tapeziert. Die Gardinen leuchten aprikosengelb und Bilder von süßen Hunde- und Katzenbabys zieren die Wände.

„Zum Kotzen", sagt er. „Da haben sie wohl die Zimmer verwechselt."

Gut möglich, denke ich. In dieser altertümlichen Stadt scheint zumindest in dieser Straße die Zeit tatsächlich stehen geblieben zu sein, denn die Besitzer haben ziemlich merkwürdige Ideen über den Geschmack von Männern und Frauen. Zwar ist das dunkelblaue Zimmer mit den schrecklichen Fuchsjagdbildern ganz und gar nicht mein Fall, aber besser als eine Röschentapete und gelbe Gardinen ist es allemal. Eigentlich sollte ich jetzt großmütig sein und Daniel das Jungszimmer überlassen. Aber müde und gereizt wie ich nach dem langen Tag bin, beschließe ich, heute doch ein bisschen gemein zu sein und Daniel mein Zimmer erst später zu zeigen, nachdem er vielleicht schon in seinem Bett geschlafen hat.

Will hat uns gesagt, dass er um zwanzig Uhr einen Tisch für uns in einem nahe gelegenen Pub reservieren wollte, und dass wir bis dahin gut anderthalb Stunden Zeit für uns haben.

„Du wirst dich wohl hinlegen wollen", sagt Daniel. „Ich möchte aber die Stadt sehen. Morgen sind wir den ganzen Tag auf der Flugschau, und so bald kommen wir nicht wieder nach Schottland."

Ein Rundgang? Jetzt? Mir dröhnt der Kopf, die Vibration der Motoren hat sich in meinen Knochen festgesetzt und meine Kleider stinken nach Benzinabgasen. Dennoch will ich nicht den Anschein geben, dass ich eine welke Pflanze bin, während mein Bruder den Unermüdlichen mimt.

„Na klar, will ich die Stadt sehen", sage ich. „Lass mich nur das Gesicht waschen und es kann sofort losgehen."

Unten auf der Straße werden die Schatten lang, als die Sonne gerade hinter einem der Berge, die die Stadt von der Außenwelt abschirmen, verschwindet.

Sofort trete ich in eine Pfütze. Hier hat's wohl den ganzen Tag geregnet und ich glaube fast, die Schlechtwetterfront aus Grönland wird uns den ganzen Weg bis Mombasa folgen. Die Luft riecht herb und die Kopfsteine unter unseren Füßen sehen so aus, als ob sie per Hand geschrubbt worden wären.

Wir haben es nicht weit bis zum Castle. Wir folgen der Asphaltstraße den Berg hoch, bis wir auf einem breiten gepflasterten Vorplatz stehen, wo Zuschauertribünen aus Aluminium aufgestellt sind, vermutlich für eine Aufführung des Edinburgh-Festivals, das überall auf Plakaten angepriesen wird. Wie schön es wäre, endlich wieder Live-Musik zu erleben! Aber dafür reicht die Zeit auf dieser Reise wohl nicht aus.

Was habe ich von Schottland erwartet? Wahrscheinlich Männer in Schottenröcken, wenn ich mir überhaupt etwas vorgestellt habe. Von diesem Typ Mann sehe ich aber nur die zwei Gardesoldaten vor dem Burgtor und ein weiteres Exemplar, nämlich einen Dudelsackspieler, der gegen Geldspenden schottische Lieder vorspielt.

Wir umrunden die grauen Türme der Burg bis wir an ein Geländer stehen, von wo aus wir einen Blick auf die gesamte Stadt im Dämmerlicht haben. Ich schieße gleich ein Dutzend Fotos in alle Richtungen. Es sieht alles so anders aus, als alles, was wir auf Island, auf Grönland, in Churchill oder in den letzten Wochen überhaupt gesehen haben. Endlich wieder in Europa! Ich werde gleich nostalgisch für Berlin sowie für die vielen Europareisen, die wir vor langer Zeit mit unserem Vater unternommen haben. London, Paris, Madrid ... alles tolle Erlebnisse, die aber mit diesem Edinburgh – hier und heute – nicht zu vergleichen sind.

Schon stehen wir wieder unten. Wir gehen an düsteren Wohn- und Geschäftshäusern vorbei, bis wir in die elegante Princes Street mit seinen edlen Läden und Restaurants einbiegen. Wir sind nur ein paar Schritte stadteinwärts gegangen, bevor ich halt mache.

„Geh du ohne mich weiter, Daniel", sage ich. „Ich will kurz die Gelegenheit ergreifen."

„Oh nein", sagt er, als er sieht, warum ich stehen geblieben bin.

Wir stehen an einem kleinen Laden, zwischen einem Fish and Chips-Shop und einem Antiquitätengeschäft eingezwängt, mit bunten Schildern in den Schaufenstern, die billige Telefontarife nach Pakistan, Hong Kong, Nigeria, Jamaika und anderen exotischen Lokalitäten anpreisen. Dazu hängt ein weiterer Schild im Fenster mit der einfachen Aufschrift ‚Internet'.

„Du kannst es nicht zehn Minuten lassen, ihm nicht zu schreiben", sagt Daniel weiter.

„Wovon redest du überhaupt?", sage ich. „Ich habe ihm seit Grönland nicht mehr geschrieben."

Daniel murmelt etwas zur Antwort und sagt, er würde langsam weitergehen und ins Schaufenster eines Technikladens schauen, ich sollte mich nur beeilen.

Ich trete ins Internetcafé ein. Da sitzen ein rundes Dutzend junge Männer aus dem Nahen Osten und Afrika an Rechnern, wo sie entweder im Internet surften oder E-Mails schreiben. Der Inhaber, ein übernächtigt wirkender Araber mit einem Fünftagebart und einem überquellenden Bauch, weist mich an einen Rechnerplatz in der Ecke.

Ich öffne mein Mail-Konto und suche nach neuen E-Mails. Und es sind nicht wenige: Zunächst eine kurze Nachricht von unserer Mutter, in der sie nach unserem Flug fragt und ein paar Einzelheiten über das Leben in Zimmermann's Bend erzählt. Es folgen zwei Kettenbriefe vom Scharfenberg-Gymnasium, die auf diese Weise die Mailboxes meiner Freundinnen verstopfen, und dann unzählige Spam-Mails von dubiosen Pharmafirmen. Ganz am Ende der Liste entdecke ich eine einzeilige Nachricht von Joseph:

Liebe Jenny, geht's euch gut? Welche Vögel hast du schon gesehen? Gruß, Joseph.

Ich kann nichts dafür – ich fluche, Gott sei Dank auf Deutsch, aber trotzdem drehen sich alle Köpfe im Internetcafé zu mir um. Ich erröte, schaue schnell wieder auf die Tastatur und schreibe: *Auf Island gab's jede Menge Pinguine, aber hier in Schottland gibt's nur Flamingos und die kennst du ja schon.* und drücke auf die Send-Taste.

Das Raffinierte an E-Mails ist, dass man mit sehr wenig Aufwand den größtmöglichen Schaden anrichten kann. Ich weiß, wie ihn das ärgern wird – die bloße Vorstellung von Pinguinen in der Arktis wird ihn rasend machen. Mir ist das aber reichlich egal. Ich schreibe eine knappe Mail an meine Mutter, um ihr zu sagen, dass wir sicher in Edinburgh gelandet sind. Nach nur zehn Minuten bin ich fertig. Gerade als ich gehen will, flattert eine neue Nachricht in mein Fach.

Liebe Jenny, da Dein Flug Verspätung haben wird, ändere ich meinen Flugplan um, damit ich über Mombasa fliege. Dann kann ich Dich am Flughafen abholen und wir haben drei ganze Tage zusammen. Alles Liebe, Joseph.

Wow! Ich nehme meine Umhängetasche hoch, danke dem Cafébesitzer und trete wieder auf die Straße, wo Daniel ungeduldig auf mich wartet.

„Gute Nachrichten?", fragt er ohne Begeisterung.

„Joseph holt mich in Mombasa ab", sage ich. „Und auch eine Kurznachricht, dass die Pinguinbevölkerung auf Island wächst. Sie sollen die neue Touristenattraktion werden."

„Du hast sie nicht mehr alle", sagt er.

Kann sein, aber es geht mir gut.

Der Himmel hat sich inzwischen schwarzblau gefärbt. Einige Sterne funkeln über uns und ich kann Orion, den Jäger, ausmachen, der unsere Nächte in Afrika auch immer begleitet. Schon aber weht eine frische Seebrise und leichte Wolken erscheinen am Himmel. Ich spüre, dass es bald wieder regnen wird, was allerdings in dieser Region der Erde bestimmt kein seltenes Ereignis ist. Einige Autos zischen die Straße rauf und runter, mehr als wir seit Seattle gesehen haben, aber die Bürgersteige scheinen fast ausgestorben zu sein.

Plötzlich höre ich eine weibliche Stimme sagen: „Komm, doch, das ist bisher die erste Gelegenheit, die wir gehabt haben, die Sache in Ruhe und ohne Zuhörer zu besprechen."

Zwei Gestalten huschen an uns vorbei. Die Frau ist Antonella, daran besteht kein Zweifel. Und neben ihr, in einer dunkelblauen Jacke und mit einem grauen Basecap von ‚Aisha Air' auf seinem Kopf, geht Ron Ellison.

„Das dürfen wir nicht", höre ich ihn sagen. „Wenn die anderen erfahren ..." Und schon sind sie weg.

„Was soll denn das bedeuten?", frage ich Daniel.

Er bleibt einen Augenblick stehen und denkt nach. Dann nickt er mir zu und greift nach meinem Arm.

„Komm. Schauen wir nach, wohin sie jetzt gehen."

Antonella und Ron laufen etwa fünfzig Meter vor uns her und unterhalten sich. Antonella fuchtelt mit den Händen. Streiten sie sich? Ein feuchter Wind schlägt mich ins Gesicht. Ich merke erst dann, dass die Sterne verschwunden sind und dass die Straßenlaternen und bescheidenen Leuchtreklamen Edinburghs voll erleuchtet sind. Ein paar Regentropfen fallen auf meine Schultern. Die Passanten – hauptsächlich gut angezogene ältere Herrschaften, die Schaufenster begutachten, sowie einige Dutzend Studenten auf Kneipentour – legen einen Schritt zu, als der Nieselregen anfängt.

Ron erhebt die Stimme, und einmal dreht sich Antonella gleich ganz weg.

„Die hecken etwas aus!", sagt Daniel. „Antonella war mir nie ganz geheuer, mit ihren Elfen und Opfern und ‚direkte Aktion'. Weißt du noch, wie sie gestern dauernd versucht hat, die Aufmerksamkeit auf die anderen zu lenken?"

„Bleiben wir einfach dran", sage ich.

Ich wische mir den Regen aus den Augen. Ich habe mein Basecap im Zimmer gelassen, meinen Regenschirm sowieso. Ich sehe gerade noch, wie die Beiden die Straße überqueren und auf der anderen Straßenseite in einem Pub verschwinden.

„Komm, wir dürfen sie nicht verlieren", sagt Daniel.

Er greift nach meinem Arm und wir laufen ebenfalls über die Straße. Obwohl wir schon lang genug in Ostafrika leben, wo, wie in Großbritannien Linksverkehr herrscht, hätten wir dennoch leicht unter die Räder eines heranfahrenden Lastwagens geraten können. Aber irgendwie schaffen wir es, im Zickzack zwischen den hupenden Autos die andere Straßenseite zu erreichen.

„Du willst hoffentlich nicht, dass wir da reingehen", sage ich zu Daniel. „Was ist, wenn sie uns sehen?"

„Wir müssen herausbekommen, was los ist", sagt Daniel. „Und was ‚die Anderen' nicht erfahren dürfen. Komm, wir machen's einfach."

Daniel öffnet die Tür und wir treten ein. Der Pub, eigentlich ein Restaurant, ist viel weitläufiger als ich erwartet habe, und scheint aus mehreren Räumen und Ebenen zu bestehen. Alte Fotos, Werkzeuge, Biergläser, ein Hirschgeweih und ein Dudelsack schmücken die Backsteinmauern. An einer langen Bar werden Bier und Whiskey ausgeschenkt, und an den Tischen sitzen Menschen einzeln, in Familien oder größeren Gruppen und essen. Leichte Popmusik spielt im Hintergrund, und die Stimmen der Gäste sorgen für ein angenehmes Raunen.

„Sie wünschen?", fragt eine Stimme neben meinem Ohr.

Ein gebrechlicher Kellner im Frack steht neben uns und schaut uns freundlich an.

„Ja, wissen Sie ...", stammelt Daniel.

Wir sehen gleichzeitig, wie Antonella und Ron an einem großen runden Tisch auf einer tieferen Ebene sitzen. „Wir

153

warten auf unsere Eltern", sagt er dann. „Können wir kurz hier in der Bar Platz nehmen?"

Daniel weist auf einen kleinen Tisch mit zwei Stühlen neben uns.

„Selbstverständlich", sagt der Kellner mit einer leichten Verbeugung.

Er greift nach beiden Lehnen und rückt die Stühle nach hinten, damit wir Platz nehmen können. Wir bestellen beide Coke und atmen auf, als er uns verlässt. Neben unserem Tisch verläuft eine Art Geländer aus dunkelbraunem Holz, auf dem einige Pflanzentöpfe stehen. So können wir zwischen den Blättern der Pflanzen auf die untere Ebene schauen, wo Antonella weiterhin in einem lebhaften Gespräch mit Ron vertieft ist.

„Was könnten die beiden da unten vorhaben?", fragt Daniel.

„Nichts Gutes", sage ich. „Bemerkst du die Spannung zwischen ihnen?"

Der Kellner bringt uns unsere Getränke. Nun sitzen wir wie zwei Spione hinter unseren Pflanzen, nippen an unseren Gläsern und beobachten das Schauspiel unter uns. Beide gestikulieren mit den Händen. Plötzlich nimmt Antonella ihre Umhängetasche hervor. Sie wühlt eine Weile darin herum und zieht einen etwa acht Zentimeter langen Gegenstand hervor. Sie hält ihn einen Augenblick hoch, bevor sie ihn demonstrativ Ron in die Hände legt. Er schaut es sich nur einen Augenblick an, bevor er ihn mit einer lässigen Bewegung in seine Jackentasche verschwinden lässt.

„Mein Gott, was ist das?", flüstere ich. „Gibt es Bomben in dem Format?"

Daniel nickt. „Sprengkapseln gibt's."

Ich schaue auf meine Uhr. Es ist kurz vor acht. „Wir verpassen unser Abendessen", sage ich.

„Wen kümmert das Abendessen?", sagt Daniel. „Sie wollen unser Flugzeug sprengen!"

Wir sehen einige Minuten lang weiter zu. Sie unterhalten sich weiter, aber sie scheinen sich zu entspannen, als ob die Übergabe des Gegenstands der Höhepunkt der Aktion gewesen wäre.

„Will fliegt morgen in der Flugschau", sagt Daniel. „Glaubst du, Ron macht es morgen?"

„Oh, Gott", sage ich. „Am besten warnen wir Will. Sofort!"

Ich will gerade aufstehen, aber bevor ich es kann, steht Antonella von ihrem Sitz auf. Sie sagt ein paar Worte zu Ron und bewegt sich in unsere Richtung! Ich weiß warum – als wir hereinkamen, merkte ich mir sofort das Hinweisschild für die Toiletten. Das ist eine alte Gewohnheit von mir. Sie überquert den unteren Raum und steht schon an der Treppe.

„Daniel, sie wird uns sehen!", zische ich.

Und in der Tat: Antonella kommt die Treppe herauf und geht an unserem Tisch vorbei, ohne uns zu sehen. Ich will gerade aufatmen, als ich plötzlich ihre Stimme im Ohr höre:

„Hey, ihr beiden, was macht ihr denn hier?"

Daniel räuspert sich. „Wir trinken hier schnell was, bevor es zum Essen geht", sagt er.

„Tatsächlich?", fragt Antonella. Ihre Stimme hat ihre gewohnte Freundlichkeit verloren. „Ich könnte fast denken, ihr wollt mich ausspionieren!"

„Aber niemals!", protestiere ich.

Antonella kommt näher und legt je eine Hand auf unsere beiden Stuhllehnen.

„Niemals ist leicht gesagt", sagt sie. „Aber jetzt werdet ihr mit mir kommen. Wir warten schon auf euch!"

12 Meine Knie verwandeln sich in Spaghetti, während ich die Stufen hinunter steige. Ron sitzt am Tisch und schaut grimmig in sein Bierglas. Aber als er seine Augen hebt, mich und Daniel sieht, lächelt er wie eh und je.

„Na, seid ihr Hammer oder Amboss?", fragt er.

„Hammer", antwortet Daniel – nicht gerade mit Überzeugung.

„Richtig", sagt Ron.

„Wir sind nur zufällig vorbeigekommen", versuche ich zu erklären.

„Zufällig?" Ron blickt auf seine Uhr. „Ich hoffe nicht. Ihr seid überfällig."

Bevor ich fragen kann, wie er das meint, höre ich Stimmen hinter mir. Ich drehe mich um und sehe Will, Aisha und John durch die Lokaltür treten. Sie kommen direkt auf uns zu und setzen sich an unseren Tisch. John versucht, Aisha die Jacke abzunehmen, aber sie kehrt ihm den Rücken zu und setzt sich an die andere Tischseite.

„Na, Ron, was gibt's denn hier zu essen?", fragt Will.

Daniel und ich sehen einander an. Er lacht zuerst. Nun ist mir alles klar – dieser Pub war doch unser Treffpunkt zum Abendessen!

Aber was war gerade zwischen Antonella und Ron los? Antonella setzt sich mir gegenüber und fixiert mich mit einem ironischen Blick. Inzwischen studieren die anderen die Speisekarte.

„Was kannst du in Schottland empfehlen, Will?", fragt John.

„Haggis!" Will klappt seine Speisekarte zu. „Schottlands Geschenk an die Menschheit."

„Was ist denn Haggis?", frage ich, um mich von Antonellas Blick zu lösen. „Irgendwie klingt das nicht sehr schön."

„Man nehme einen Schafsmagen", erklärt Will, „und fülle ihn mit Hafer, Innereien, Whiskey und viel Pfeffer, dann nähe man ihn zu ..."

„Stopp!", rufe ich. „Das wirst du nicht etwa essen, oder?"

„Wer, ich?" Will lehnt sich zurück, als der junge polnische Kellner mit seinem Papierblock vorbeikommt. „Ich habe mich gerade für die Spaghetti entschieden."

Spaghetti ist auch für mich okay. Als der Kellner wieder geht, merke ich, dass sich meine Jacke unter meinem Stuhl festgeklemmt hat und ich rücke den Stuhl zurecht. Plötzlich spüre ich etwas auf meinen rechten Fuß. Ich blicke zu Boden, und sehe, dass Rons Lederjacke auf die Holzdielen gefallen ist. Ich hebe sie auf und hänge sie wieder um seine Stuhllehne. Dabei stößt mein Schuh an etwas. Ich greife wieder nach unten und meine Finger schließen sich automatisch um etwas Hartes. Ich hebe es auf und schaue es mir verstohlen unter der Tischdecke an. Nanu – es ist das kleine schwarze Kästchen, den Antonella gerade Ron gegeben hat!

Nun entbrennt ein Kampf in mir. Eigentlich müsste ich das Kästchen sofort an Ron zurückgeben – oder am besten gleich wieder in seiner Tasche verschwinden lassen. Aber, na ja, schließlich müssen Daniel und ich erfahren, was hier vor sich geht! Ich stecke also das Kästchen in meine Jeanstasche. Dann atme ich einmal tief durch und stehe auf. Ich entschuldige mich und gehe in Richtung Toilette.

Der Weg ist gut ausgeschildert, aber als ich die Küchentür erreiche, weiß ich plötzlich nicht mehr weiter. Ein junger Mann in weiß steht da und unterhält sich mit einem anderen auf Polnisch.

„Entschuldigen Sie, können Sie mir den Weg zu den Toiletten zeigen?", frage ich den ersten, einen mittelgroßen Mann mit einem schwarzen Igelschnitt.

„Durch die Küche, dann die erste Tür rechts und die Treppe hinunter", sagt er radebrechend auf Englisch.

157

Ich danke ihm und schlüpfe durch die Küchentür. Ich spüre ihre Blicke auf meinem Rücken. Ich husche durch die dampfende, prasselnde Küche und verschwinde durch die besagte Tür. Dahinter gibt es aber nur einen langen, kalten Korridor mit kahlen Backsteinwänden. Einige Bier- und Limonadenkisten stehen dort aufgestapelt, aber etwas anderes ist nicht zu sehen. Ich laufe bis ans Ende, dann sehe ich, wie der Gang einen Knick nach rechts macht. Ich gehe um die Ecke – und bleibe abrupt stehen. Für einen Augenblick sehe ich einen langen Mann in einem grauen Regenmantel und einen Filzhut auf dem Kopf. Gerade als ich ihn zu Gesicht bekomme, dreht er sich um. Den Hut über seine Stirn ziehend, huscht er weiter um eine Ecke.

„Hey!", rufe ich. „Kenne ich Sie?"

Ich zögere nur einen Augenblick, bevor ich mich ebenfalls wieder in Bewegung setze. Aber als ich die Ecke umrunde, sehe ich ihn nicht mehr. Dieser Gang macht ein ‚T'. Ist er nach rechts oder nach links gegangen? Ich entscheide mich für links. Ich gehe ein paar Schritte. Plötzlich stehe ich vor einer dunklen Treppe. Ich drücke auf einen Lichtknopf und steige hinunter. Nun befinde ich mich in einem großen betonierten Keller. Hier stehen weitere Kisten und auch Stühle. Ich höre die Musik von der Gaststube und sehe eine andere, breitere Treppe, die direkt nach oben geht. Und da sehe ich die beiden Türschildchen der Damen- und Herrentoiletten. Ein klarer Fall – die beiden Mitarbeiter haben mich gerade auf eine Weltreise geschickt!

Und der Mann im Regenmantel? Den habe ich bestimmt nicht geträumt, oder?

Nun darf ich aber keine Zeit verlieren, denn die anderen werden mich bald vermissen. Ich gehe in die Damentoilette und stelle mich unter die Lampe am Waschbecken. Dann ziehe ich das schwarze Kästchen aus meiner Jeanstasche. Das Material ist hart und glatt. Werde ich überhaupt erkennen, was es ist? Hoffentlich ist es nichts Biologisches.

Eine Pistole werde ich schon erkennen, aber wenn es eine Sprengkapsel ist? Und wenn schon, was mache ich bloß damit?

Ich atme tief durch und nehme den Deckel ab. Drinnen liegt etwas, das in weißes Seidenpapier gewickelt ist. Ich ziehe das Papier zur Seite und sehe, dass ich ein etwa Zweieurostück großes silbernes Herz an einer Kette in der Hand halte. Darauf eingraviert stehen die Worte: ‚An Antonella – mein Herz bist du – Ron.'

‚Oh nein!', denke ich. Wie blöd kann man sein! Aber wer hätte geahnt, dass die beiden zusammen sind?

Und wenn schon? Was geht es mich an? Vielleicht bilde ich mir tatsächlich alles nur ein.

Neben dem Waschbecken ist ein Blechschild in der Wand eingeschraubt, wo in großen roten Buchstaben steht: ‚Mitarbeiter werden gebeten, ihre Hände zu waschen, bevor sie sich wieder an die Arbeit begeben'. Mensch, muss man das Ihnen wirklich sagen? frage ich mich. Aber nachdem ich das Kästchen wieder in meine Tasche verstaut habe, drehe ich beide Wasserhähne auf und wasche mir vorsichtshalber meine kleine Schandtat von den Händen.

Als ich zurück gehe, erhasche ich abermals von der Seite einen Blick auf eine graue Erscheinung, die gerade eine Ecke umrundet. Ist es wirklich der Verfolger? Im nächsten Augenblick höre ich, wie eine Tür ins Schloss fällt. Nun habe ich keine Zweifel mehr. Ich laufe hinterher und entdecke zwischen einem Stapel Backsteinen und einem Sack Zement eine Eisentür, auf der ein Schild steht mit der Aufschrift: ‚Baustelle. Betreten verboten!'

Aber seit wann lasse ich mich von Verbotsschildern abhalten? Ich drehe am Türgriff – ja, wie ich vermutet habe, ist die Tür nicht abgeschlossen. Ich öffne sie, schlüpfe hindurch und befinde mich in einem langen, niedrigen Korridor aus grauem Stein. Schon weiß ich: Ich bin nicht mehr im Restaurant. In der Edinburgh-Broschüre im

Informationspaket war von einer jahrhundertealten unterirdischen Stadt die Rede, von einem ganzen Netzwerk aus Gängen und Speichern, die die ganze Metropole unterkellern.

Irgendwo vor mir höre ich Schritte. Ich springe über das aufgerissene Pflaster, bis ich wieder festen Boden unter meinen Füßen spüre und eile den Schritten hinterher. Ich muss den Mann finden um herauszufinden, warum er seit Seattle hinter uns her ist. Wer hat die Antwort auf alles, wenn nicht er? Schon wird der Gang niedriger, und kälter. Die nackten Glühbirnen, die an der Decke befestigt sind, nehmen ab. Ich laufe an alten verrosteten Eisentüren vorbei. An einer Kreuzung verscheuche ich eine Ratte. Ich schaue kurz nach links, und sehe gerade noch eine Gestalt um die Ecke verschwinden. Scheinbar laufe ich schon wieder meinem Gespenst hinterher.

Vor mir höre ich ein Poltern auf steinernen Stufen. Schon stehe ich an einer Treppe, die steil nach unten führt. Wie komme ich überhaupt wieder raus? Wie lange bin ich überhaupt schon weg? Wenn ich mich irgendwo da unten verlaufe, komme ich bestimmt nie wieder nach oben!

Aber in diesem Augenblick bedeutet mir das alles recht wenig. Ich laufe die Treppe hinunter und lande in einem breiten, feuchten Gang, in dem ich kaum drei Schritte vor mir sehen kann. Absolute Stille, bis auf das Tropfen von der steinernen Decke. Hier stehen alte Kisten und Maschinenteile. Ich befinde mich wohl in einem alten unterirdischen Lagerplatz. Ich laufe geradeaus. An einer weiteren Kreuzung schaue ich zunächst nach vorne, dann nach links. Hier gibt es keine Beleuchtung mehr. Nur am Ende des linken Ganges sehe ich ganz hinten eine einsame Glühbirne schimmern. Ich gehe darauf zu. Ich erreiche die Lampe und sehe vor mir eine Treppe, die wieder steil nach oben führt. Na, hier unten kann ich nicht bleiben. Ich steige die Treppe hoch. Sie scheint kein Ende zu nehmen. Endlich komme ich oben an. Vor mir sehe ich eine weiß gestrichene Tür. Unter der Ritze sehe ich Licht. Ich höre Stimmen. Ich fasse ein Herz, drücke auf die Tür und befinde mich wieder in der Küche. Einige Köpfe mit weißen Kochhüten drehen sich nach mir um. Die beiden jungen Polen, die an riesigen Bratpfannen am Herd stehen, lächeln mir zu und nicken. Ich sage kein Wort, sondern laufe durch die Küche in die Gaststube. Es muss schon Mitternacht sein. Werden die anderen überhaupt auf mich gewartet haben?

Und nun? Sie sitzen alle am Tisch und gerade wird serviert.

„Ich dachte, du wärst in die Schüssel gefallen", sagt Daniel. „Deine Spaghetti sind schon da."

„Hast wohl einen kleinen Umweg gemacht", sagt Ron und grinst.

„So ungefähr." Ich nehme Platz und lasse das kleine Kästchen wieder in seiner Jackentasche verschwinden.

13

Schon früh um sechs verzehren wir im Speisesaal unser Frühstück aus Eiern, Schinken, gekochten Tomaten, Kartoffeln, Bohnen und Würstchen. Ich lasse die Hälfte auf dem Teller liegen, verschmähe auch den Riesentopf mit schottischem Haferschleim und begnüge mich mit einer großen Tasse heiße Schokolade. Mit Daniel habe ich meine Entdeckung vom Verhältnis zwischen Ron und Antonella und meine Verfolgungsjagd des Mannes im grauen Regenmantel nur kurz besprochen. Er glaubt wohl, ich habe es mir wieder nur eingebildet. Aber er kennt mich lang genug, um zu wissen, dass ich nicht spinne – wenigstens nicht die ganze Zeit.

Am meisten ärgert Daniel der Anblick meines Schlafzimmers. Am liebsten würde er mich hinausschmeißen und sofort die Zimmer tauschen, aber der Anblick meines aufgewühlten Bettes schreckt ihn ab. Eine weitere Nacht bei den Katzenbabys wird er schon verkraften.

Heute scheint die Sonne warm. Der Tag ist wolkenlos und frühherbstlich und wir verbringen den Tag auf dem Flughafen. Was für ein Gewimmel! Und die Aurora scheint der Star der Flugschau zu sein. John und Will werden gerade wieder fürs Lokalfernsehen interviewt. Daniel und ich begrüßen Gäste und bieten Führungen durch die Aurora an, deren Schrauben und Nähte ich schon wie meine eigene Handtasche kenne.

Erst abends um sechs sind wir fertig. Und dann präsentiert Antonella Daniel und mir eine Überraschung. Drei Karten für ein Konzert des Edinburgh-Festivals! Sie ist also nicht mehr böse auf uns. Wir sind ganz schön ausgelaugt, aber um acht sitzen wir tatsächlich auf der Alu-Tribüne am Vorplatz des Castles und schauen einer Musikgruppe aus Spanien zu. Die zackigen Akkorde der Gitarren und das Stampfen der Flamenco-Tänzer auf der Holzbühne stehen zwar im Widerspruch zu den grauen Mauern dieser alten schottischen Königsburg, aber irgendwie passt die Aufführung zu unserer Reise auf dem Rücken des Nordwinds. In den Klängen und Rhythmen höre ich den Ruf des Südens, der uns schon morgen ereilen wird.

Morgen in Rom sollen wir Antonellas furchtbare Eltern kennen lernen, erklärt sie uns während der Pause. Sie sind echte Monster, warnt sie. Wir dürfen uns über nichts wundern. Die hätten darauf bestanden und würden sogar für Transport sorgen.

„Es hat euch wohl überrascht, Ron und mich gestern zusammen zu sehen, nicht wahr?", fragt sie dann. Sie hebt ein Glas Apfelschorle an ihre Lippen und tut ganz unbekümmert. „Ja, es stimmt, wir waren eine Zeit lang zusammen, bis vor zwei Jahren, als er rüberging. Aber das war einmal. Denn der Krieg kann einen Menschen ganz schön, na ja, *ändern*, wisst ihr?"

Am nächsten Morgen begnüge ich mich mit Obst und Müsli zum Frühstück. Am Flughafen holen wir gerade Vorräte, als ein stämmiger Schotte mit Glatze und Overall erscheint und John eine Holzkiste überreicht.

„Ersatzteile", erklärt John. „Könnt ihr die bitte verstauen?"

Schon wieder, denke ich. Diese Kiste ist genauso groß und schwer wie die anderen und trägt keine Beschriftung. Gern würde ich sehen, was drinnen steckt, aber das Plastiksiegel auf dem Deckel hält mich ab.

Und schon sind wir wieder in der Luft, mit Kurs auf Rom! Heute folgen wir der Ostküste Schottlands und Englands. Rechts aus dem Fenster der grünbraune Flickenteppich von Yorkshire und Norfolk, links die blauen Weiten der Nordsee.

Die Nordsee! Ich rechne aus, dass wir nur vier bis fünf Stunden nach Südosten fliegen müssten und schon könnten wir in Berlin-Tegel landen und eine halbe Stunde darauf vor unserer alten Wohnung am Kurfürstendamm stehen – wo schon längst eine andere Familie wohnt.

Ich kann meine Augen gerade noch lange genug aufhalten, bis wir die breite Themsemündung passieren. Dann nicke ich ein, und als ich wieder aufwache, sehe ich unter mir den Strand von Dünkirchen. Nun sind wir richtig in Europa!

Ich verteile gerade belegte Brötchen und Kaffee im Cockpit, als ein Funkspruch eintrifft.

„Was will der Kontrolleur überhaupt?", fragt Ron. „Warum sollen wir tiefer fliegen?"

Will zuckt mit den Schultern. „Das wird er hoffentlich wissen", sagt er.

Ich setze mich auf den Navigatorsitz und tippe Will auf die Schulter.

„Wo sind wir überhaupt?"

„Reims", antwortet er. „Alte französische Königsstadt."

Ich schaue aus dem Fenster zu meiner Linken. Lauter Popcorn-Wolken, so weit das Auge reicht. Will bringt uns auf fünfhundert Meter herunter und schon kreisen wir um die mittelalterliche Stadt mit dem markanten Dom.

„Verstanden", sagt Will wieder ins Mikrophon.

Wir fliegen nun nach Norden, bis ich den kleinen Flughafen von Reims mit seiner einzigen Landebahn entdecke. Will bringt uns noch zwanzig, dreißig Meter tiefer und nun kreisen wir eng um den Flugplatz. Ich erhasche einen Blick vom Kontrollturm und vom Vorfeld, und sehe, wie einige Dutzend Menschen dort stehen und uns zuwinken.

„Sie wollten die Aurora sehen", ruft Will. „Stellt euch vor, sie haben uns herunter gelockt, um einen Blick von der Aurora zu bekommen. Ich werd' verrückt!"

Ron lacht nur. Nach einer weiteren Ehrenrunde steigen wir wieder hoch und setzen unsere Reise fort. Unser Ruf eilt uns voraus.

Die spätsommerliche Landschaft steigt höher, wird schroffer und unwegsamer. Eine Seenwelt eröffnet sich unter uns und in der Ferne sehe ich schon die Umrisse hoher Berge. Nun breite ich eine Europakarte auf einem der Tische aus und verfolge unsere Route. Aus dem linken Fenster sichte ich Bern. Es dauert nicht lange und schon reckt sich die Erde uns entgegen. Die weißen Gipfel der Schweizer Alpen umschließen uns. Bei unserer ständigen Flughöhe von zehntausend Fuß drehen und winden wir unseren Weg durch diese Giganten. In der Nachmittagssonne funkeln die Gipfel wie Silber.

Schon werden die Berge niedriger, sanfter, der Schnee verschwindet gänzlich und wir sind über Italien. Während Daniel und ich einen kleinen Abendimbiss servieren, sehe ich die gewaltige Kuppel des Mailänder Doms durch den Dunst hervortreten. Eine halbe Stunde darauf glitzern schon die blauen Fluten des Mittelmeers vor uns.

Bloß gut, dass im September die Tage noch so lang sind! Abends um sechs steht die italienische Küste noch in vollem Licht. Nun setze ich mich auf die linke Seite und verliere mich im Anblick der Städte, der Olivenhaine, der Weinberge und Alleen. Wie gern würde ich landen und aussteigen und das alles in mir aufnehmen.

Bis wir endlich in Rom landen, ist die Sonne schon weg und meine Energie auch. Als wir die Aurora gesichert haben, folge ich den anderen wie eine Schlafwandlerin zum Taxistand und döse den langen Weg in die Stadt.

14

Unser ‚Bed and Breakfast' befindet sich in einem klobigen Palazzo in einer Seitenstraße der Via del Corso. Daniel und ich müssen uns schon wieder ein Zimmer teilen, aber dieses ist dermaßen breit und hoch, dass wir fast zwei Zelte oder gar zwei Hütten darin aufbauen könnten. Der Fußboden ist aus eisigem Marmor und mit fadenscheinigen Perserteppichen ausgelegt. Schwere Eichenmöbel beäugen uns aus den Schatten. Die Decke ist gut sieben Meter hoch, mit vergoldetem Stuck umrahmt und mit verblichenen Fresken verziert. Die schweren, raumhohen Fensterläden bekommen wir nicht auf, sodass das Zimmer an diesem Morgen im Halbdunkel bleibt. Aber das ist wohl nicht weiter schlimm, denn die Morgensonne drückt so gewaltsam gegen die Lamellen, als wolle sie wie ein Raubtier durchbrechen und uns verschlingen.

Das Bad liegt am Ende eines düsteren Korridors. Es könnte genauso gut als Wohnzimmer dienen, denn so weitläufig ist es, aber inmitten lauter Marmors dusche ich mich tatsächlich in der engsten Duschkabine, die ich je erlebt habe. Ich muss sogar die Tür öffnen, um mich einmal umdrehen zu können.

Im Frühstücksraum ist eine lange Tafel gedeckt. Hier flutet die Sonne ungehindert über den Balkon und durch die offenen Fenster. Dutzende von Pflanzen bevölkern den Raum, dazu eine tickende Standuhr und lauter schwere Möbel aus einer anderen Zeit.

Die Crew ist offenbar schon längst Richtung Flughafen unterwegs. Daniel und ich nehmen also an einem Ende des Tisches Platz, inmitten kristallener Vasen voller frischer Blumen. Unsere freundliche junge Wirtin, Signora Zampi, erscheint, begrüßt uns mit einem warmen „Buongiorno" und redet unentwegt Italienisch auf uns ein. Dass wir kaum etwas versehen, stört sie und uns kein bisschen. Hauptsache, sie nimmt unsere Bestellung entgegen – *cioccolata* – und zeigt uns dabei das Frühstücksbüfett: Hörnchen mit Zuckerguss, drei Sorten Kuchen, diverse Kekse und Fruchttorten – alles mit Zuckerguss, versteht sich. Dazu süß aussehende Brötchen mit Butter, Marmelade und Nutella. Nichts, was weniger als fünfhundert Kalorien enthalten dürfte. Dennoch entdecke ich endlich eine Packung Müsli und einen Krug mit frischer Milch auf dem Büfett und ich bin zufrieden. Daniel scheint die Zuckerdiät wiederum nichts auszumachen. Er hat einen Stoffwechsel wie ein Triebwerk!

Eine halbe Stunde später sind wir auf den Straßen Roms unterwegs. Rom! Die ewige Stadt. Antonellas Touristenbroschüre mit dem Stadtplan leistet uns gute Dienste. Nach all den anderen Orten, die wir in der letzten Woche besucht haben, habe ich das Gefühl, dass wir nicht in einem neuen Land sondern schon wieder auf einem ganz neuen Planeten sind. Dreißig Grad sind es mindestens. Die Sonne erschlägt uns fast, und die Geräusche und Gerüche dieser Metropole halten meine Sinne auf Trab.

Wir laufen zum Forum und wandeln schon wie zwei alte Römer zwischen Tempelruinen. Wir besichtigen das Kolosseum, wo sich einst Tausende von Gladiatoren unter dem Gejohle der Meute gegenseitig abgeschlachtet haben.

Dann ab durch die moderne Stadt. Wir besichtigen die Laterankirche, essen ofenfrische *pannini* mit Parmesankäse und trinken Orangeade in einem Café in der Via Merulana. Alte Leute, junge Leute, alle Farben durcheinander. Und was die Farben angeht – es sieht so aus, als ob Italienerinnen ab einem bestimmten Alter alle orangefarbenen Haare haben. Wozu brauchen sie bloß orangefarbene Haare?

Wir laufen die Via del Corso wieder hoch bis zur Spanischen Treppe und setzen uns in die pralle Sonne. Vor lauter Wind und Wetter haben wir sie seit Grönland nicht mehr richtig zu sehen bekommen. Mein Gott, Grönland! Unglaublich, dass wir erst vor wenigen Tagen in der Arktis waren. Unsere ganze Reise erscheint mir jetzt wie ein Traum.

Junge italienische Männer mit geölten blauschwarzen Haaren sausen auf Vespas vorbei. Manche bleiben am Fuß der Treppe stehen und beäugen mich. Ich komme mir überhaupt sehr beobachtet vor. Steht wieder einer da mit blauem Basecap? Tatsächlich! Und er knipst ein Foto von uns. Daniel merkt es auch und ärgert sich. Ein schmächtiger Roma-Junge in Lumpen, der mir gerade bis zur Hüfte reicht, spielt zwei Noten, immer dieselben, auf einem Ziehharmonika und hält dann einen schmutzigen Pappbecher vor sich. Er kommt zu uns und ich gebe ihm einen Euro – nicht so sehr aus Mitleid, sondern weil mir der Anblick seines ungewaschenen Gesichts und seiner zerrissenen Sachen so traurig macht.

Eine junge Frau mit funkelnden braunen Augen geht auch von Mensch zu Mensch und nun steht sie vor uns. Das kann ja heiter werden, denke ich, aber sie will uns nichts verkaufen oder doch. Sie hält ein Exemplar der ‚Santa Bibbia' hoch und schnattert auf Italienisch über ‚Gesù' und ‚Maria' und ‚Dio'. Sie verkauft Gott!

Heute bitte nicht. Aber sie bringt uns auf Ideen. Am Fuß der Treppe finden wir einen Bus, der uns direkt zum

Petersdom fährt. Der berühmte Obelisk auf dem Petrusplatz, und der Prunk im Dom erschlagen uns geradezu, und dann gibt's noch die Pietà von Michelangelo und überhaupt Jesus in allen möglichen Leidensformen und Verrenkungen.

Wie soll ich das alles verstehen? Ich habe zwar in meiner Kindheit relativ wenig von der Bibel und der Kirche mitbekommen, dennoch habe ich schon immer einige Seiten an Jesu Persönlichkeit gut gefunden: dass er den Armen und Kranken geholfen hat, dass er mit ungeliebten Menschen verkehrte, dass er die Toleranz und Vergebung gepredigt hat. Wer könnte etwas dagegen haben? Dennoch weiß ich nicht, ob solche guten Taten, auf die Jesus sicherlich kein Monopol hatte, ausreichen, um ihn heilig oder gar zum ‚Sohn Gottes' zu machen. Denn andere Sachen, die er gelehrt hat, finde ich weniger sinnvoll. Zum Beispiel, dass man seine Feinde lieben sollte. Wozu lieben? Ich denke, es reicht schon aus, wenn wir Andersdenkende respektieren und sie so behandeln, wie wir selbst behandelt werden möchten.

Und einiges finde ich gar nicht gut, wie zum Beispiel die Sache mit dem Höllenfeuer, und dass er den Tempel verwüstet hat. Dass er die Leute überhaupt so zur Weißglut brachte, sodass sie tatsächlich keinen anderen Ausweg sahen, als ihn töten zu lassen, obwohl ein bisschen Diplomatie wohl schlauer und auf jeden Fall ‚christlicher' gewesen wäre, und dass er zum Schluss leibhaftig in den Himmel gefahren sein soll – als ob er solche Tricks wirklich nötig gehabt hätte.

Und sollte man wirklich alles an die Armen verschenken und nicht an morgen denken? Was soll das überhaupt? Dann könnte man die Banken und Schulen gleich abschaffen. Und obwohl wir vielleicht wissen, *was* Jesus gesagt, wissen wir gar nicht, *wie* er es gesagt hat. Schließlich macht der Ton die Musik, oder? Mir gefällt Jesus viel besser, wenn ich ihn mir nicht als Heiligen und Messias vorstelle, sondern als einen jungen, etwas verwirrten Idealisten, frisch von der Uni, der sicherlich Gutes wollte und der bestimmt viele Dinge anders gesehen und angestellt hätte, wenn ihm vergönnt worden wäre, ein längeres Leben zu führen. In anderen Worten, ein Mensch wie du und ich. Erst dann wird er mir überhaupt sympathisch.

Daniel und ich würden gern in die Sixtinische Kapelle gehen und Michelangelos Fresken bewundern. Es sind schließlich einige der berühmtesten Kunstwerke der Welt, und wann kommen wir wieder nach Rom? Wir machen uns aber wenig Hoffnung und staunen umso mehr, dass die Schlange davor doch nicht so lang ist. Wir stellen uns an und eine halbe Stunde später stehen wir unter der gewaltigen Decke. Adam und Eva, die Vertreibung aus dem Paradies, die Arche Noah. Dazu das gewaltige Jüngste Gericht, und überhaupt des bewegendste Bild von allen: die Schöpfung des Menschen, wo der weißbärtige Jahwe dem nackten Adam den Finger reicht und ihm dadurch den Funken des Lebens schenkt.

Pünktlich um 16 Uhr stehen wir am Grab Hadrians, als ein nagelneuer blauer BMW mit getönten Scheiben angerollt kommt.

„*Signorina e Signore Sandau?*", fragt ein schwarzhaariger Herr mit dunkler Sonnenbrille vom Fahrersitz aus. Er trägt einen blauen Nadelstreifenanzug mit einem schwarzen Schlips.

„Wer will es wissen?", frage ich auf Englisch. Ich kann nichts dafür – ich denke gleich an die Mafia, an Entführungen und Drohbriefe. „Wer sind Sie überhaupt?"

„Ich bin im Auftrag von Signorina D'Annunzio hier", sagt der Fahrer.

Na klar – wir haben doch die Einladung zu Antonellas Eltern glatt vergessen! Wir nicken und auf Knopfdruck gehen die beiden Hintertüren auf.

Wir steigen etwas missmutig ein und gleich geht die Fahrt los. Die Palazzi Roms sausen an uns vorüber und schon lichten sich die Häuser, als wir auf eine Ausfahrtstraße einbiegen, die uns auf direktem Weg aus der Stadt hinausführt.

Nun fahren wir, hoch, an Pinien und Olivenhainen vorbei und schlängeln uns zwischen Felsen und steinernen Bauernhäusern hindurch..

„Wo bringen Sie uns überhaupt hin?", frage ich.

Ich erhalte keine Antwort.

Nun wird Daniel unruhig. Er lehnt sich nach vorne und tappt den Fahrer auf die Schulter.

„Wenn Sie uns nicht sagen können, wohin Sie uns fahren, dann lassen Sie uns bitte raus!"

„Im Auftrag von Signorina D'Annunzio", wiederholt er.

Das hat er wohl auswendig gelernt.

Aber was tun? Es geht weiter. Die Hitze und der Dunst der Großstadt sind vergessen. Wir heben ab und betreten eine lichtere Welt. Nach zwanzig Minuten rollen wir in einen Pinienwald hinein, umrunden eine Haarnadelkurve, fahren weiter. Nun halten wir vor einem Eisengitter. Auf einem Holzschild stehen die Worte ‚Villa Infinità' in geschwungenen schwarzen Lettern. Zwei winzige Videokameras nehmen uns ins Visier. Der Fahrer spricht etwas in sein Handy und das Tor dreht sich in den Angeln. Wir passieren eine steinerne Pforte mit gemeißelten Greifvögeln darauf und durchqueren ein dichtes Waldstück. Wir erreichen eine Lichtung und plötzlich sehen wir eine ausladende Steinvilla vor uns. Nur ein Stockwerk hoch, aber weitläufig mit einem hahnenkamm-roten Ziegeldach obendrauf. Glänzend schwarze Fensterläden stechen von den Natursteinmauern ab. Der Wagen bleibt stehen und wir steigen aus. Ginsterduft umschwebt uns. Meine Schuhe knirschen auf dem Kiesel.

Die schwere Haustür geht auf und Antonella tritt über die Schwelle. Sie trägt ein rotes Kleid mit tiefem Ausschnitt, ist geschminkt und frisiert, und sieht aus wie eine junge Contessa.

„Ihr kommt gerade richtig", sagt sie. „Meine Eltern wollen gerade Kaffee kochen."

„Antonella, ich hätte nie gedacht, dass ihr so lebt!", sage ich.

Ich komme mir in meinen verstaubten Jeans und meinem verschwitzten T-Shirt wie eine Vogelscheuche vor.

Sie zuckt mit den Schultern. „Einen Hang zum Geldverdienen hat meine Familie schon immer gehabt. Na und? Es ist ein Trick wie jeder andere."

Daniel und ich treten ein. Hohe Decken, türkische Kelims auf den Holzdielen. Eine geschwungene Holztreppe führt zur oberen Etage. Alles klassisch, stilvoll, mit einem Hang zur Art Deco.

Antonella führt uns in eine Art Empfangszimmer. Dunkle Möbel, orangefarbene Wände, darauf alte Ölgemälde. Ein lebensgroßes Porträt über dem marmornen Kamin zeigt einen Herrn in einem altmodisch geschneiderten Anzug und einem kurzen schwarzen Bart neben einer eleganten Frau im weißen Kleid. Er trägt ein Flugzeugmodell in seinen Händen. Vor dem Paar stehen zwei Jungs, die ebenfalls Flugzeugmodelle in den Händen tragen.

„Das war mein Großvater", sagt Antonella und zeigt auf den Herrn. „Zu seiner Rechten steht mein Vater."

„Dein Großvater war Pilot?", fragt Daniel.

„Er war zeitlebens ein Test- und Sportpilot", sagt Antonella, „aber er war in erster Linie Flugzeugingenieur. Er hieß Antonio. Seht ihr, ich wurde nach ihm benannt. Meine Eltern wünschten sich nämlich einen Jungen."

Die Doppeltür geht auf und zwei elegante Menschen treten ein. Ihr Vater ist mittelgroß, schlank, hat eine Halbglatze, schwarze Haare, einen Spitzbart und lebhafte dunkle

Augen. Er küsst mir die Hand und spricht in einem perfekten Englisch auf mich ein. Er stellt sich als Ludovico D'Annunzio vor. Seine Frau Maria ist vielleicht zwei Zentimeter größer als er und trägt ein himmelblaues Kostüm.

„Wie schön, euch hier begrüßen zu können", sagt sie in ebenfalls perfektem Englisch. „Antonella hat uns schon sehr viel von euch erzählt."

Schon führen sie uns durchs Haus, durchs Esszimmer mit seinem langen Mahagonitisch und dem Kristallkronleuchter, dann einen langen Flur entlang, wo ich einen Blick auf eine riesenhafte Küche erhasche, mit unzähligen Kupfertöpfen an den Wänden. Eine Bedienstete in schwarzer Uniform beugt sich gerade über den Tisch und schneidet eine Erdbeertorte auf.

Wenig später stehen wir im Garten. Oliven- und Zitronenbäume präsentieren ihre Früchte, Zypressen ragen in den Himmel, Vögel zwitschern in dunkelgrünen Feigenbäumen. Es riecht nach Tannenzweigen und Rosen. Antonellas Eltern führen uns zur einer Art Laube aus Kiwipflanzen. Fette fusslige Früchte hängen herab.

Als wir an einem weißen Marmortisch Platz nehmen, der mit verschiedenen süßen Backwaren beladen ist, schaue ich kurz auf und entdecke eine wunderbare Aussicht vor mir: In der Ferne, in all seiner Pracht ausgebreitet, liegt die ewige Stadt Rom und brät in der Nachmittagssonne.

Die Bedienstete bringt zunächst die Erdbeertorte, dann erscheint sie wieder mit einem Tablett voller Tassen, Untertassen und verschiedenen Töpfen. Sie bereitet uns Cappuccinos und zieht sich wieder still zurück.

Ich genieße die Kühle, den Duft des frischen Laubs, den süßen, würzigen Geschmack des Kaffees. Hier in diesem römischen Garten habe ich kein Brummen mehr in den Ohren. Die Anstrengung der letzten Tage verpufft augenblicklich und ich fühle mich so, als ob ich mich jetzt zum ersten Mal seit langem wieder entspannen kann.

Ludovico richtet das Wort an Daniel und mich. „Und wie empfandet ihr eure Reise bisher?", fragt er. „So ein Flug ist nicht für jedermann."

Daniel gibt ihm Recht, lobt aber die DC-3 und Wills und Rons Fliegerkünste. Er ist wieder in seinem Element. Mir aber gefallen Antonellas Eltern so gut, dass ich ihnen gleich meine ganze Lebensgeschichte anvertrauen könnte. Warum hat sie bloß so schlecht über sie geredet?

Und dann fangen die beiden selbst an zu erzählen. Über seinen Vater, den berühmten Flugzeugingenieur, der in den Fünfziger Jahren Flugzeuge für Ambrosini entwarf. Dann über seine eigenen Erfahrungen in der Branche und wie er und seine Frau Maria, die selbst Computertechnikerin für Lufttunnelexperimente war, Ende der Sechziger Jahre nach Kalifornien zogen, wo sie beide jahrelang für die McDonnell Douglas Corporation in Santa Monica gearbeitet haben. Wie sie dann vor zehn Jahren zurückgekommen seien in die Villa über den Hügeln Roms, die einst sein Vater erbaut hatte und wo sie immer ihre Ferien verbracht hatten.

„Wir haben natürlich immer gehofft, dass Antonella – unser einziges Kind – diese Familientradition fortsetzen würde", sagt Maria. „Aber Kinder bestehen immer darauf, ihre eigenen Wege zu gehen, oder?"

„Offensichtlich", sage ich, und benutze einen Silberlöffel, um eine Wespe von meinem Tortenstück zu fegen.

Ich schaue zu Antonella, die während der ganzen Unterhaltung etwas abseits mit angezogenen Beinen dasitzt und an ihrem Kaffee schlürft – ‚wie ein schmollendes Kind', denke ich. Sie sieht plötzlich nicht mehr aus wie Ende zwanzig, sondern eher wie acht.

„Deswegen haben wir sehr früh mit ihr angefangen", sagt Ludovico. „Die ersten Flüge machten wir gemeinsam im Alter von vier Jahren, dann Flugunterricht, sobald sie

Fahrrad fahren konnte. Wir engagierten Privatlehrer für Physik und Aerodynamik, dann folgte der Pilotenschein mit siebzehn. Mit achtzehn konnte sie schon ein Triebwerk auseinandernehmen und wieder zusammenbauen – aber nur notgedrungen. Ich fürchte, der Funke ist nie übergesprungen."

Unter anderen Umständen wäre es sehr gemein von einem Vater, so vor fremden Leuten über seine Tochter zu sprechen, vor allem, wenn sie daneben sitzt und alles mithört. Nun aber, wie er es sagt und seinen Blick dabei über die Dächer Roms schweifen lässt, begreife ich, dass er es aus tiefer Trauer sagt. Sein Vater und er haben ihr Leben der Fliegerei gewidmet und nun haben sie niemanden mehr, weder Tochter noch Sohn, an den sie das Wissen und die Begeisterung weitergeben können.

Während Daniel mit den beiden ein Gespräch über die Flugtechnik anfängt, lese ich den Rest dieses Familiendramas von Antonellas Gesicht ab: Die endlosen Streitereien mit den Eltern, die Abscheu vor der Technik, der Horror vor der Umweltzerstörung, für die sie sich mit ihrer Fliegerei mitverantwortlich macht. Wie sie dann einfache Mechanikerin wird, um das Schlimmste von sich abzuwenden, und dennoch mit ‚direkter Aktion' spielt und immer auf New-Age-Wege abdriftet, um einen Ausweg aus diesem verhassten Familienschicksal zu suchen.

Nun verstehe ich nicht nur sie besser, sondern auch Daniel mit seinem Wunsch, Buschpilot zu werden. Das muss er machen!

Nach einer Stunde ist der Kaffee getrunken, der Kuchen verspeist. Die Sonne hängt schon schief im westlichen Himmel.

„Wir sollten uns langsam wieder auf den Weg machen", sage ich.

„Eines gibt's noch", sagt Antonella. „Den Teich."

15

"Ach, immer der Teich", sagt Maria. "Wir sollten ihn wirklich zuschütten lassen. Eines Tages fällt jemand rein, und wo stehen wir dann?"

"Er wird nicht zugeschüttet", sagt Antonella. "Kommt mit."

Daniel und ich erheben uns und folgen ihr auf einem schmalen Pfad, der sich zwischen Olivenbäumen schlängelt und von dort auf efeu-umkränzte Stufen führt. Antonella hat ihre Pumps gegen alte Turnschuhe getauscht. Die Treppe wird immer schmaler, bis sie sich in einen Trampelpfad zwischen Pinien und Zypressen verwandelt. Nach einer Viertelstunde geraten wir auf eine kleine Lichtung. Mittendrin, von jahrhundertealten Eichen überschattet, liegt ein kleiner runder Teich, gerade mal zehn Meter breit. Einige alte Steine zeigen am gegenüberliegenden Ufer, dass hier früher etwas gestanden hatte – aber ob die Gemäuer aus der Antike stammen oder viel jüngeren Datums sind, wage ich nicht zu schätzen.

"Das ist der Sibyllenteich", sagt Antonella. "Sie ist eine Quelle aus der Römerzeit. Sie dient seit mehr als zweitausend Jahren als Orakel."

"Woher weiss man das?", fragt Daniel.

Antonella zuckt mit den Schultern. "Jeder in der Gegend weiß es einfach. Die Menschen in diesen Bergen praktizieren seit alters her die *stregheria* – ihr wisst schon."

Sie geht zum Steinhaufen an einem Ende des Teichs und zieht ein Ruderboot aus grün gestrichenem Holz hervor.

"Ich komme immer hierher, wenn ich zu Besuch bin, um das Orakel zu befragen." Sie schiebt das Boot ins Wasser und hält es noch am Seil fest. "Springt hinein."

Wir gehorchen ihr. Schon gibt Antonella dem Boot einen Schubs mit dem Fuß und springt uns hinterher.

"Es ist ganz einfach", sagt sie und taucht ein Ruder ins smaragdfarbene Wasser. "Das Orakel zeigt euch das, was ihr am meisten begehrt, und das, was ihr am meisten fürchtet, und ob ihr ihm begegnen werdet. Und dann gestaltet man sein Leben entsprechend. Ihr braucht euch nur rückwärts übers Wasser zu lehnen, während die anderen euch festhalten. Ich mache es euch vor."

Sie kniet sich auf dem Boden hin, mit dem Rücken gegen den Bootsrand. Sie streckt ihre Arme vor sich aus und Daniel und ich halten sie fest. Dann lehnt sie sich nach hinten, bis ihre Haare ins Wasser fallen. Sie bleibt eine Minute in dieser Haltung, dann spüre ich, wie sie wieder nach Halt sucht. Wir ziehen sie hoch. Ein seliges Lächeln liegt auf ihren geschminkten Lippen.

„Und noch mal", sagt sie.

Wir lassen sie wieder hinunter. Diesmal hält sie es nur ein paar Sekunden aus. Als sie wieder im Boot sitzt, ist ihr Gesicht finster, sogar wütend.

„Wer will es jetzt probieren?", fragt sie.

Ich nicke. Glaube ich wirklich daran? Wenn nicht einmal der Petersdom mich restlos überzeugen konnte, dann wird dieser Sybillenteich es noch weniger können. Aber ich probiere alles einmal.

„Schön", sagt Antonella. „Daniel und ich werden dich zweimal nach hinten lehnen. Das erste Mal fragst du die Quelle still nach dem, was du am meisten begehrst, das zweite Mal nach dem, was du am meisten fürchtest. Du machst dann einfach die Augen auf und schaust ins Wasser."

Ich setze mich auf den Rand des Ruderboots. Eine Brise kommt auf. Das Wasser sieht schleimig und ... na ja, *alt* aus. Es stinkt nach Fäulnis. Die Eichenblätter über mir tänzeln, ich sehe die Finger des Windes auf dem Wasser zeichnen. Für einen Augenblick glaube ich, sie zeichnen Buchstaben und Wörter. Ich zittere.

„Tief einatmen", sagt Antonella. „Immer tief einatmen."

Ich nicke wieder und atme tief durch. Dann legen sie und Daniel ihre Hände um meine Schultern und den

Rücken und ich lasse mich nach hinten sinken. Ich lasse meinen Kopf hängen, bis meine Haarspitzen die Wasserfläche berühren. Meine Kopfhaut prickelt. Woran sollte ich denken? Ja, an das, was ich am meisten begehre. Mensch, was ist das nur für eine Frage? Ich weiß die Antwort nicht einmal selbst, und wie sollte dieser Teich das wissen? Dennoch öffne ich die Augen und starre einen Augenblick ins Wasser. Was sehe ich da? Schatten verdichten sich, Blasen steigen an die Oberfläche. Der Fäulnisgeruch umfängt mich, benebelt mich. Für einen Augenblick kommt es mir vor, als würde ein dunkles Gesicht vor mir stehen. Joseph? Aber nein, da ist kein Gesicht. Es sind geometrische Formen, Rechtecke, die wie Bücher aussehen. Ist es das? Eines Tages meine eigenen Bücher veröffentlicht zu sehen?

Schon ziehen sie mich wieder hoch.

„Was hast du gesehen?", fragt Daniel.

„Ich weiß es nicht", sage ich. „Es war zu kurz. Ich ..."

„Und nun noch mal durchatmen und wünschen, das, was du am meisten fürchtest, zu sehen."

Schon wieder geht's nach unten. Mein Gott, was befürchte ich am meisten? Ich meine ... Ich öffne die Augen. Das Wasser des Teichs schwimmt vor meinen Augen, mischt sich, dreht sich in einem Wirbel, in einem Strudel, sodass ich ... Nein! Nicht doch! ... Ich schreie auf. Antonella und Daniel müssen ihre ganze Kraft aufbringen, um mich festzuhalten, und um mich wieder hochzuziehen.

Endlich bin ich wieder im Boot. Mein Herz hämmert wie eine Dampfwalze.

„Weg hier!", schreie ich und greife nach dem Ruder. „Ich will nur noch weg!"

„Was hast du gesehen?", ruft Antonella. „Erzähl uns doch!"

„Nichts habe ich gesehen", sage ich. „Es war das Wasser – ich dachte, ich würde hineinfallen. Eine blöde Idee, Leute nach hinten übers Wasser zu hängen!"

Antonellas und Daniels Bitten lassen mich kalt. Wir erreichen das Ufer. Ich steige schon den dämmrigen Pfad nach unten. Daniel und Antonella müssen rennen, um mit mir Schritt zu halten. Als ich das Haus erreiche, greife ich sofort nach meiner Umhängetasche. Der Abschied von Ludovico und Maria ist herzlich, aber knapp. Ich sorge dafür.

Erst als wir wieder im Auto sitzen und nach unten Richtung Rom kurven, wagt Daniel wieder, den Mund aufzumachen.

„Was war da oben los?", fragt er. „Du hast bestimmt keine Angst vorm Wasser gehabt. Du bist doch sonst nicht so ängstlich."

„Lass mich in Ruhe!"

„Du hast etwas gesehen. Antonella hat doch Recht – der Teich ist tatsächlich ein Orakel."

„Blödsinn. Das Wasser ist trüb, man kann alles Mögliche drin sehen. Oder eben nicht."

„Und was hast du gesehen?"

Ich schweige einen Augenblick. Nicht, dass ich es ihm nicht sagen will. Ich will es mir selbst nicht eingestehen.

„Die Erde sah ich."

„Die Erde?", fragt Daniel. „Nur die Erde?"

Ich reibe mir die Augen. „Eine Erde, die wie eine Kanonenkugel auf mich zuraste."

16

Der Flughafenbus fährt pünktlich von der Haltestelle in der Via del Corso ab. Das sollte mich beruhigen, aber nach vielen Reiseerfahrungen müsste ich eigentlich längst wissen, dass, wenn es darauf ankommt, irgendwo anzukommen, nicht die Abfahrtszeiten sondern die Ankunftszeiten zählen. Und nun kommt es, wie ich befürchtet habe: Kaum haben wir die verstopfte Innenstadt hinter uns gelassen, stehen wir schon im Autobahnstau. Peinlich, denn die anderen sind schon zwei Stunden vorher losgefahren und Daniel und ich sind die Nachzügler. Schon wieder kommt mir eine meiner Lieblingsfantasien in den Sinn: Ein Flughafenbus mit einem riesigen Schneepflug vorneweg, der die anderen Autos wie lauter Schneewehen beiseite schiebt, dass die Flocken nur so tanzen.

Eine heulende Sirene bringt mich in diese Welt zurück. Ein Polizeiwagen und ein Krankenwagen mit Blaulicht ziehen auf dem Seitenstreifen an uns vorbei. Es ist zwar immer noch kein Schneepflug in Sicht, dennoch setzt sich die Verkehrskolumne schleppend wieder in Gang.

Es ist schon neun Uhr durch, als wir endlich am Flughafen ankommen. Wir greifen nach unseren Rucksäcken, laufen zum Terminal, schnuppern dabei im Vorbeirennen den süßlichen Duft einer Espresso-Bar, gehen durch die Sicherheitskontrolle – und stehen vor einem Streit.

Wen sehen wir dort vor der Aurora stehen und mit den Armen gestikulieren? Roloff und Irma! Sie tragen nun beide T-Shirts mit der Aufschrift „*Rond de wereld voor noppes.*"

„Seien Sie nicht so geizig!", sagt Roloff zu Will, der mit verschränkten Armen an der Bordtreppe steht. „Dies ist doch eine Passagiermaschine, oder? Dann ist sie dazu da, Passagiere mitzunehmen."

„Zahlende Passagiere", antwortet Will. „Auf amtlich angemeldeten und versicherten Passagierflügen. Das trifft in diesem Fall nicht zu."

Irma dreht sich zu mir. Ihr T-Shirt spannt sich über ihrem unförmigen Körper.

„Jenny, leg du mal ein gutes Wort für uns ein. Du weißt doch, wie wichtig diese Reise ist."

Weiß ich das?

„Ich glaube kaum ...", beginne ich.

„Aber denken Sie doch mal an die Umwelt!", ruft Irma. Sie dreht sich zu Will zurück. „Diese Maschine verbraucht Hunderte Liter Sprit. Man soll doch nicht in leeren Autos herumfahren, oder? Wie sinnvoll ist es denn, in leeren Flugzeugen herumzufliegen?"

Jetzt verschränken auch Irma und Roloff ihre Arme und stehen Will mit moralisch entrüsteten Gesichtern gegenüber. Ich beiße mir auf die Lippe, damit ich nicht loslache.

„Quatsch!", sagt Antonella, die sich gerade von der anderen Seite der Maschine her nähert. Sie wischt sich die ölverschmierten Hände an einem Lappen ab. Sie ist nun keine Contessa mehr, sondern wieder die frustrierte Flugingenieurin. „Es hat weder mit Geiz noch mit der Umwelt zu tun. Es ist schlichtweg verboten."

In diesem Augenblick steigt John die Stufen hinab.

„Will, wollen wir uns nicht auf den Weg machen? Wir werden doch in Kairo erwartet." Er blickt zu Irma und Roloff. „Nicht schon wieder!", stöhnt er. „Ich dachte, wir hätten die beiden schon längst abgehängt."

„Noch nicht, Mr. Kathangu", sagt Will. „Es tut mir ehrlich leid", sagt er zu den Holländern, „aber ich kann wirklich nichts für Sie tun. Wenn Sie nach Ägypten wollen, müssen Sie andere Wege suchen."

„Ja, das werden wir tun", sagt Roloff, und legt dabei die Betonung auf das ‚werden'. Als die beiden sich mit ihren Rucksäcken entfernen, schwebt das Wort weiter in der Luft wie eine Kriegserklärung.

Wie immer, gibt es auch dieses Mal viel zu tun, bevor wir abheben können. Daniel und ich holen einen Kasten Getränke und einen Karton mit frisch belegten Brötchen vom Depot. Als wir zurückkommen, ist Antonella gerade dabei, einen letzten Blick auf die Motoren zu werfen. Will sitzt im Cockpit und vertieft sich in die Routenplanung, während Ron das Betanken beaufsichtigt. Es folgt eine letzte Sicherheitsprüfung und dann sitzen wir alle in der Maschine und schnallen uns an.

Wir starten in einen wolkenlosen Himmel. Ich sitze wieder links und sehe vor mir ausgebreitet ganz Rom in seiner Pracht. Ich erkenne alles wieder – die Kuppel des Petrusdoms, das Forum, die Spanische Treppe, und dann eine Welle von dunkelgrünen Hügeln, in denen ich irgendwo die Villa von Antonellas Eltern und den Orakelteich vermute.

Ich hole mein Reisetagebuch hervor und schreibe die Ereignisse des vergangenen Tages auf. Daniel blättert in einer Flugzeitschrift, John vertieft sich wieder in seinen Ordnern, Antonella liest in einem dicken Buch über biologisch-dynamische Landwirtschaft, Aisha schmollt auf einem Sitz ganz hinten und tippt auf ihrem Laptop.

Unter uns gleiten nun Berge und Wälder vorbei. Meine Gedanken schwirren. Kaum sind wir in Europa angekommen, geht es schon weiter übers Mittelmeer, nach Afrika hinunter. Aber dieses Mal wird es ein ganz anderes Afrika sein. Ägypten – das Land der Pharaonen, des Sonnengottes, des Nils, der Pyramiden. Nach allem, was ich in den letzten Tagen erlebt habe, kann ich es mir nicht so richtig vorstellen. Dabei kommt mir ein Gedanke in den Sinn, der mich schon als Kind beschäftigte – bei Flügen, natürlich, aber auch bei langen Autoreisen mit unseren beiden Eltern: Gibt es die Orte, die wir ansteuern, wirklich, bevor wir ankommen? Ich meine, existieren Reykjavík oder Rom oder Kairo die ganze Zeit ohne uns, oder werden sie erst richtig echt, wenn wir dort ankommen?

Rom war für mich schon immer ein Begriff, aber es waren immer Klischees, wie zum Beispiel Gladiatorenkämpfe und der Papst und teure Modeklamotten. Aber wenn man da ankommt, werden diese Klischees plötzlich lebendig, sie werden flüssig, und die Filmkulisse füllt sich mit echten Menschen, mit Gedanken und Gefühlen, und ich erlebe selbst Dinge dort, und dadurch wird Rom zu einem Teil meiner eigenen Geschichte – und ich zu einem Teil *seiner* Geschichte. Romulus und Remus, Julius Caesar, Petrus, Garibaldi, Mussolini, Fellini, Jenny Sandau. Ich stelle mir irgendwo an einer schattigen Wegkreuzung eine ‚Piazza Jenny' vor, am besten mit einem marmornen Springbrunnen und einem Eiscafé mit dreißig Sorten Eis, denn nun bin ich ein Teil von dieser Stadt, auch wenn ich nur an einem einzigen Tag und an zwei Nächten dort zum Besuch war.

Dies alles und viele andere Gedankenspielereien trage ich auf den Seiten meines Reisetagebuches ein. Bald ist das dritte Heft voll und ich denke, ich hätte in Rom noch Nachschub kaufen sollen. Aber wir sind schon Zweidrittel des Weges geflogen und viel kann nicht mehr passieren, oder doch?

Aus dem Fenster sehe ich, wie wir gerade den letzten Zipfel Italiens überfliegen. Vor uns liegt das östliche Mittelmeer, Kreta, dann die Küste Nordafrikas. Ich spüre eine Hand auf meiner Schulter.

„Kannst du mir helfen?", fragt mich Aisha. „Die Toilettentür klemmt."

Mir fällt ein, dass Daniel und ich schon längst hätten Kaffee und Brötchen verteilen sollen. Ich nicke Aisha zu, dann schnalle ich mich ab und gehe nach hinten. Die Tür klemmt tatsächlich. Ich rüttle am Griff. Dann merke ich, dass das kleine rote ‚Besetzt'-Schildchen zu sehen ist. Besetzt? Ich schaue in die Passagierkabine zurück. Daniel, John und Antonella sitzen immer noch da, und wenn entweder Will oder Ron aufs Klo gegangen wären, dann hätte ich sie bestimmt im Vorbeigehen bemerkt.

Ich klopfe an, dann lege ich ein Ohr gegen die Tür. Nichts zu hören.

„Also, ich habe sie jedenfalls nicht abgeschlossen", sage ich und greife in meine Jeanstasche nach dem Bordschlüssel. Ich stecke ihn rein und drehe. Klick! Die Tür geht auf, öffnet sich nach innen und klemmt.

„Autsch!", ruft es.

Roloff und Irma bersten aus der Toilette hervor und landen auf den Fußboden wie zwei Kartoffelsäcke. Roloff reibt sich am Kopf, wo sich eine frische Beule schon breit macht.

„Pass nächstes Mal besser auf!", ruft er.

Klar, denke ich. Nächstes Mal werde ich schon besser aufpassen. Dann werde ich nämlich einen Hammer mitnehmen.

17

„Sie werden mir jetzt genau erklären, was Sie in diesem Flugzeug zu suchen haben."

Will steht den beiden Holländern im Heckteil der Maschine gegenüber und schaut ihnen abwechselnd in die Augen. Ich habe ihn noch nie so wütend gesehen.

„Wetten, er schmeißt sie gleich aus der Maschine?", flüstert mir Daniel zu.

„Das macht John vorher", flüstere ich zurück, denn John steht neben Will und atmet tief. Er ringt die Hände und ich könnte mir gut vorstellen, dass er jeden Augenblick den beiden an die Gurgel fahren könnte.

„Sie wollten uns nicht mitnehmen", erklärt Irma. „Und wenn Sie schon so abweisend sind, müssen wir eben zu anderen Mitteln greifen."

„Sie sind blinde Passagiere", antwortet Will. „Das ist ein Verstoß gegen die Bestimmungen der Luftfahrt. Sie sind auch illegal aus Europa ausgereist. Dass Sie sich auf einem internationalen Flug über meine Anweisungen hinwegsetzen, ist sowieso klar."

„Sie werden es bereuen", sagt John. Er sieht nun wirklich so aus, als ob er gleich losschlagen wird. „Ich setze Sie am nächsten Flughafen aus!"

„Prima!", antwortet Roloff. „Auf Kreta läuft gerade ein Jazz-Festival."

Will schweigt einen Augenblick, dann führt er John nach vorne und setzt sich mit ihm in die erste Sitzreihe. Antonella tuschelt mit Aisha. Roloff und Irma scheinen ganz unbesorgt zu sein. Schon stellen sie ihre Rucksäcke ab und besetzen zwei leere Plätze auf der linken Seite.

„Hey", sagt Roloff zu mir. „Gibt's was zum Essen in dieser Maschine? Wir haben nämlich nichts dabei."

„Na toll!", sage ich zu Daniel.

Wir schauen beide zu Will und John, die aber weiterhin verhandeln. Es sieht so aus, als ob Will John beruhigen will. Dass wir wegen dieser beiden den nächstbesten Flughafen ansteuern und den ganzen Sprit bei einer Zwischenlandung vergeuden werden, kann ich mir nicht vorstellen.

„Es ist sowieso Zeit für eine Erfrischung", sage ich, und wir gehen zur Bordküche und setzen die Kaffeemaschine in Gang.

Wenige Minuten später sitzen Roloff und Irma da, mampfen unsere Brötchen und blättern in ihren mitgebrachten holländischen Promi-Zeitschriften. Irma zieht ein graues Wollknäuel und Stricknadeln aus ihrem Rucksack und fängt an zu stricken. Ich bin gerade dabei, eine letzte Runde Kaffee einzuschenken, als Roloff mich zu sich winkt.

„Habt ihr auch ein Bier für mich?", fragt er, und schaut selber nach, als ich ihm sage, dass wir nur noch Cola im Kühlschrank haben.

Will und John sind schon vor einer ganzen Weile ins Cockpit verschwunden. Nun kommen sie wieder heraus und bauen sich vor den Holländern auf.

„Wir bringen Sie bis Kairo, wie Sie wollen", sagt Will. „Mr. Kathangu hat sich bereit erklärt, auf eine Anzeige zu verzichten. Wir erwarten aber, dass Sie sich während des Fluges vorschriftsmäßig verhalten und gleich nach unserer

Ankunft von hier verschwinden. Haben Sie überhaupt Einreisevisa für Ägypten?"

Roloff und Irma schauen sich kurz an, dann ziehen sie beide ihre Reisepässe aus der Tasche und klappen sie auf. Sie haben offenbar Extraseiten einbinden lassen, und jede einzelne ist mit Visa und Stempeln vollgedruckt. Ob auch Ägypten dabei ist, kann ich nicht ausmachen, aber ich sehe, dass die beiden wirklich für alles gerüstet sind.

Will seufzt und geht ins Cockpit. John rümpft die Nase und es sieht fast so aus, als ob er sie anspucken wird. Nun liest Roloff wieder in seiner Zeitschrift, aber Irma strahlt mich an und winkt mich zu sich.

„Danke", sagt sie und klimpert dabei mit Stricknadeln. „Ich wusste, du würdest ein gutes Wort für uns einlegen."

„Ich?", sage ich. „Aber, ich habe doch gar nicht ..."

Sie unterbricht mich. „Es ist alles andere als selbstverständlich, das weiß ich", sagt sie weiter.

Ich knie auf dem Vordersitz und schaue ihr ins Gesicht.

„Heute denken die meisten Menschen nur noch ans Geld. Keiner denkt mehr daran, zwei armen Reisenden aus der Patsche zu helfen."

„Seid ihr arme Reisende?", frage ich. „Ich meine, ich dachte, ihr wollt nur zu Jazz-Festivals reisen. Ihr seid nicht gerade Flüchtlinge oder so was."

„So ist es. Jazz-Festivals sind unsere Leidenschaft. Aber das geht alles ins Geld, weißt du? Man muss eben sparen, wo man kann."

„Wie seid ihr überhaupt nach Rom gekommen?"

„Der Bischof hat uns Flugtickets nach Amsterdam spendiert. Wir sagten ihm, dass Roloffs Großmutter krank ist. Das wirkt fast immer. Von dort nahmen wir den Zug. Total einfach – wir kennen nämlich ein paar Tricks."

„Aber müsst ihr gleich als blinde Passagiere reisen?"

„Du hast uns überhaupt auf die Idee mit dem Buch gebracht", sagt Irma. „Warum nicht sein Hobby zum Beruf machen? Und wenn unser Buch ein Bestseller wird, dann können wir den Rest unserer Tage von den Tantiemen leben!"

Toll, denke ich. Wenn ich dieses Buch jemals in der Buchhandlung sehe, dann klaue ich's, das steht jedenfalls fest! Aber ich muss zugeben, ihre Dreistigkeit beeindruckt mich irgendwie.

Nun fängt Irma an, von anderen ‚kostenlosen' Reisen, die sie beide unternommen haben, zu erzählen. Da ist die Rede von Versteckspielen auf einer Fähre nach Bali und von einer wilden Verfolgungsjagd mit einem Schaffner in Patagonien, sowie von fortgesetztem Schmarotzertum auf der Osterinsel, in Laos, in Namibia, auf Gran Canaria und ich weiß nicht, wo sonst noch alles.

Ich gehe zu meinem Sitz zurück und schlage eine Reisebroschüre über Ägypten auf. Ich kann mich aber nicht konzentrieren, denn Irma, die ein paar Sitzreihen hinter mir sitzt, hat längst ihr Handy aufgeklappt und führt nun ein endloses Gespräch auf Holländisch mit einem unsichtbaren Partner, der vermutlich am anderen Ende der Welt spricht und genauso laut und ärgerlich lacht und nuschelt. Ich gebe es auf und schaue nach Daniel. Er ist verschwunden, wie Antonella auch, und kann nur im Cockpit sein. Ich gehe ebenfalls nach vorn und schlüpfe durch die Cockpittür.

Der Wind rauscht, die Instrumente zittern. Daniel und Antonella stehen über Will und Ron gebeugt.

„Hey, was ist mit den beiden Holländern?", rufe ich über den Lärm.

„Wir haben jetzt etwas anderes im Kopf", sagt Antonella.

Sie sagt etwas zu Ron und er steht von seinem Sitz auf. Ich merke, dass seine Unterlippe zittert. Sein Gesicht ist kreidebleich und er wischt sich mit seinem rotkarierten Taschentuch den Schweiß von der Stirn, bevor er durch die Cockpittür verschwindet. Antonella nimmt seinen Platz ein, setzt sich die Kopfhörer auf und legt die linke Hand auf die Gas- und Gemischhebel.

„Was geht hier vor?", frage ich Daniel.

„Der rechte Motor ist überhitzt", erklärt Daniel. „Will und Antonella prüfen es jetzt."

„Ist das schlimm?", frage ich. „Ron sah wie der Tod persönlich aus."

„Werden wir gleich wissen", sagt Daniel.

Während Antonella behutsam die Hebel für den linken Motor bedient, schaue ich aus dem Seitenfenster. Der Motor brummt wie immer. Dahinter steigt gerade eine felsige, bergige Küste auf. Griechenland! Da wollte ich schon immer hin. Vielleicht bekomme ich auch heute die Chance, geht mir durch den Kopf. Aber nicht so, sage ich mir. Nicht so!

„Jenny", sagt Will zu mir, „kannst du bitte nach hinten gehen und John holen?"

Ich tue es. Ich gehe zu John und sage ihm, dass Will ihn sehen will. John schaut von seinem Ordner hoch und mustert mich mit einem skeptischen Blick, der einen Hauch von Sorge enthält. Ohne ein Wort zu sagen, wirft er den Ordner auf den Nebensitz, erhebt sich und, mit einem verächtlichen Blick nach hinten, verschwindet er ins Cockpit. Daniel kommt heraus und setzt sich zu mir.

„Ist es schlimm?", frage ich ihn.

„Soviel ich verstanden habe, hält sich die Abweichung im Rahmen des Normalen", sagt Daniel. „Will gibt John die Möglichkeit, in Athen oder Knossos zwischenzulanden, um den Motor zu überprüfen. Ich glaube aber kaum, dass sich John darauf einlassen wird. Du weißt doch, wie versessen er darauf ist, so schnell wie möglich in Mombasa anzukommen."

Ja, das ist mir auch schon die ganze Zeit aufgefallen. Sicherlich sind mit dieser Reise Kosten verbunden, aber irgendetwas an seiner Haltung beunruhigt mich. Ich könnte mir vorstellen, dass auch, wenn einer von uns tot umfallen würde, er trotzdem immer weiter fliegen wollen würde. Wer auch immer den Brief erstellt hat, er kann es bestimmt nicht sein.

„Wie gefährlich ist es?", frage ich.

„Mach dir keinen Kopf drüber", sagt Daniel. „Du weißt doch – wenn irgendwie Gefahr bestehen würde, wären wir schon längst in Griechenland gelandet. Will ist doch ein Profi."

Das stimmt. Aber derjenige, der uns an den Kragen will, ist es vielleicht auch.

John erscheint wieder. Er macht ein langes Gesicht und er scheint um ein paar graue Haare reicher geworden zu sein. Während er Platz nimmt, ertönt Wills Stimme durch den Lautsprecher: „Nur eine kurze Ankündigung, dass unser linker Motor einige Unregelmäßigkeiten aufweist. Nach gründlicher Überprüfung bin ich aber der Meinung, dass eine Notlandung in Athen nicht nötig ist. Wir kontrollieren die Situation weiter, und wenn bis Kreta eine weitere Verschlechterung der Lage eintritt, werden wir wohl dort Station machen müssen. Wenn nicht, halten wir bis Kairo durch. Wir werden allerdings unser Tempo drosseln müssen und unsere Ankunft wird sich verzögern. Soviel erst mal."

Ich hatte das Drosseln der Motoren schon gespürt. Ich schaue aus dem linken Fenster und sehe, wie wir uns jetzt an der griechischen Küste anschmiegen. Nach einer Weile kommt Antonella wieder heraus. Sie lächelt mir zu, dann gibt sie Ron einen Wink. Ich drehe mich um und schaue ihn an, wie er auf einem der mittleren Sitze hockt, immer noch bleich und Kaugummi kauend. Er schaut durch mich hindurch, dann erhebt er sich und kehrt ins Cockpit zurück.

Die Atmosphäre in der Kabine hat sich deutlich verändert. John sitzt nicht mehr in seinen Ordnern vertieft, sondern schaut oft hoch, kratzt sich am Kinn, guckt aus dem Fenster, als ob er auf etwas wartet. Aisha lächelt mich schadenfroh an, als ob sie nichts anderes von einem Projekt erwartet hätte, hinter dem John steht. Nur Roloff und Irma sitzen ganz ungestört hinten und blättern in ihren Zeitschriften. Gegen besseres Wissen fange ich an, die beiden tatsächlich zu bewundern. Vielleicht sind sie Schmarotzer, aber dennoch kommen sie überall durch. *Vielleicht kann ich sogar etwas von ihnen lernen,* schreibe ich in mein Reisetagebuch. *Aber nicht zu viel, bitte schön.*

Daniel und ich servieren das Mittagessen – kaltes Huhn und Blattsalat. Es reicht sogar für die beiden Holländer. Als ich wieder aus dem Fenster schaue, sehe ich unter uns eine trockene, bergige Landschaft, die ich als Kreta identifiziere. Ich vergleiche die Küstenlinie unter uns mit der Landkarte und mache nach einer Weile eine unförmige Stadt am Wasser aus, wo gerade ein riesiger Airbus vom Flughafen startet. Das müsste Knossos sein, dennoch höre ich keine Änderung am Brummen unserer Motoren. Ein Glück, denke ich. Und gleichzeitig: Schade, ich würde so gern da unten mal aussteigen. Ein anderes Mal vielleicht.

Irgendwie spüre ich schon die Nähe Afrikas, bevor ich es sehe. Um etwa 16 Uhr Mitteleuropäische Zeit tauchen die weißen Häuser Alexandrias am Horizont auf. Kaum sind wir darüber hinaus, sehen wir unter uns Hunderte von kleinen grünen Feldern an den Nebenarmen eines mächtigen Flusses. Der Nil!

Schon fliegen wir den Nil stromaufwärts. Er ist nun viele Kilometer breit, braun wie Schokolade und voller Boote. Auf beiden Ufern erstrecken sich grüne Felder und Siedlungen, die dann plötzlich von gleißendem gelbem Sand abgelöst werden. So dünn ist hier der Schleier zwischen Leben und Tod.

Gegen Abend erscheint vor uns etwas, das wie eine Wolke aussieht. Oder ein Sandsturm, denn am Himmel ist sonst keine Wolke zu sehen. Die Wolke verwandelt sich in eine Nebelbank, dann in eine riesige sandgelbe Wolldecke.

Dann sehe ich Hochhäuser und Minarette durch diese Dunstglocke hindurchschimmern, und ich weiß, dass wir die nächste Etappe unserer Reise erreicht haben: Kairo!

18
Ich winde mich im Schlaf. Ich träume von einer riesigen Kobra, die mich zu Boden ringt. Als ich aufwache und die grelle Wüstensonne in meine Augen beißt, sehe ich, dass ich mich lediglich in meinem Bettlaken verwickelt habe. Mich daraus zu befreien, ist einfach. Meine Gedanken zu ordnen, schwerer.

Gleich nach unserer Landung machen sich Will und Antonella sofort am linken Motor zu schaffen. Sie sagen wenig, aber der Ausdruck auf Wills Gesicht spricht für sich. Es war anscheinend doch knapp. Mich fröstelt beim Gedanken – ein komisches Gefühl bei fünfunddreißig Grad. Ich komme mir so vor wie ... wie eine Schneeflocke unter der Sonne Afrikas.

Roloff und Irma machen sich wortlos aus dem Staub. Ein Wort des Dankes an Will und John wäre angebracht gewesen, dachte ich mir, aber wer einen Weltbestseller schreibt, braucht offenbar auf solche Höflichkeiten nicht zu achten. Nur Irma wirft mir ein Lächeln über die Schulter zu, als sie die Treppe hinuntersteigt. Wahrscheinlich ist das ihr Dank dafür, dass ich mich so toll für sie eingesetzt habe!

Daniel und ich machen inzwischen die Maschine sauber. Auch wenn der Motor defekt ist, soll wenigstens die Kabine gepflegt aussehen, wenn die Aurora morgen vorgeführt wird.

Als wir fertig sind, drückt uns Will die Hand und wünscht uns eine gute Nacht und viel Spaß in Kairo. Er und Ron werden Zimmer im benachbarten Flughafenhotel nehmen, um am nächsten Morgen gleich vor Ort zu sein.

„Und nehmt euch in Acht vor den Bakshish-Boys", sagt er.

„Vor den Backstreet Boys?", frage ich. „Meinst du diese alte Boygruppe? Warum sollte ich mich ausgerechnet vor denen in Acht nehmen?"

Will lacht nur. „Nein, ich meine die Bakshish-Boys. Du wirst schon sehen."

Schon der Flughafen verrät mir, dass wir wieder in Afrika sind. Es ist zwar alles großzügig und modern, gleichzeitig aber wirkt vieles unfertig. Und ich bekomme einen Schreck, als ich auf der Frauentoilette eine Putzfrau entdecke, die offenbar nicht nur in der Toilette wohnt, sondern sogar auf einer schäbigen Matratze auf dem Fußboden schläft! Schon weiß ich: In diesem Land warten noch einige Überraschungen auf mich.

Knappe anderthalb Stunden später sitzen Daniel und ich zusammen mit Antonella und Aisha im Taxi, einem älteren, dunkelblau lackierten Mercedes, und rasen auf einem schier endlosen Viadukt dem Zentrum von Kairo entgegen. Die Sonne geht gerade unter und hinterlässt wieder die bräunliche Dunstglocke, die ich schon von oben gesehen habe.

Daniel sitzt vorne. Warum ich das erwähne? Mir fällt auf, wie der Taxifahrer die Tür aufhielt und Daniel dazu einlud, vorne einzusteigen, während ich ganz selbstverständlich mit den beiden anderen Frauen mit dem Hintersitz Vorlieb nehmen sollte. Eine Kleinigkeit, die mir aber sehr viel über dieses Land verrät.

Der Taxifahrer – ein kleiner, runder Mann mit kurz geschorenen schwarzen Haaren und einem schnürsenkeldünnen Schnurrbart, der sich als Mohammed vorstellt – redet unentwegt in Englisch auf uns ein. Er heißt uns mehrfach in Ägypten willkommen und preist die Sehenswürdigkeiten Kairos und Luxors. Bald geht er dazu über, auch seine privaten Fahrdienste anzupreisen, erwähnt Kameltouren und Pauschalreisen auf verschiedenen Nildampfern. Daniel ist mein Held in dieser Situation. Er wehrt alles ab, bleibt dabei unbestimmt aber höflich, lässt sich auf nichts ein. Gott sei Dank, denn in der kurzen Zeit, die Daniel und mir in dieser Stadt eingeräumt ist, will ich auf keinen Kamelen reiten oder auf Dampfern fahren, sondern so viel auf eigene Faust erleben, wie es nur geht.

Ich höre aber sowieso nicht mehr zu, sondern schaue mich um. Schade, dass der Straßenbelag so holprig ist, sonst würde ich mein Reisetagebuch aufschlagen und diese neue Welt einfangen und mir kein Detail davon entgehen lassen. Der Verkehr ist ein Witz und ein Albtraum zugleich. Noch nie habe ich so viele Autos auf einmal gesehen, die alle gleichzeitig fahren wollen. Die Straße sieht aus wie ein fahrender Parkplatz. Obwohl die weiße Straßenmarkierung jeweils drei Fahrbahnen ausweist, haben die Fahrer selbst fünf bis sechs daraus gemacht. Man könnte fast denken, sie fahren alle Skooter. Es sieht wahnsinnig gefährlich aus, dennoch bewegen wir uns alle mit mindestens hundert Stundenkilometern vorwärts und ich entdecke keine Unfälle. Ich glaube, im Physikunterricht nannte man so was ‚Chaostheorie', und es tut mir nun leid, dass ich damals nicht besser aufgepasst habe. Sonst würde ich verstehen, wie wir es geschafft haben, in so einer fahrenden Massenkolonne lebendig anzukommen.

Wir fliegen geradezu durch ein Meer von staubigen grauen Häusern mit flachen Dächern. Ich hätte vorher nie gedacht, dass über zwanzig Millionen Menschen in einem einzigen Ort zusammenleben können, aber nun glaube ich es. Die kastenartigen Hochhäuser lassen mich an Seattle oder andere amerikanische Großstädte denken. Hier und da ragen Minarette und auch einzelne Kirchtürme aus den Massenquartieren empor.

Bald verlassen wir wieder die Autobahn und fahren durch die Riesenstadt selbst. Schon verstehe ich, wie das hier geht: Kairo ist nicht eine Stadt, sondern viele. Wir fahren an den eleganten Jugendstilvillen vom Luxusviertel Heliopolis vorbei, dann wieder an elenden, engen Häusern, dann an modernen Geschäftsgebäuden und Banken. Der Bahnhof mit dem riesigen Standbild von Ramses II. flimmert in der Hitze an mir vorüber. Schließlich erreichen wir den weiten Nil und fahren über eine neue Betonbrücke, bis wir das Viertel Zamalik auf einer Nilinsel erreichen. Die Sonne geht schon hinter den modernen Häusern unter.

Das Taxi liefert uns am Hotel Anubis ab, einem weißen Betonbau aus dem letzten Jahrhundert. Ich hätte erwartet, dass es bei dieser Fülle an Angeboten und Geschäften Ärger mit der Rechnung geben würde, aber Antonella reicht dem Fahrer ein paar Pfundscheine und es gibt keine weitere Diskussion.

„Man muss den Preis vorher aushandeln", erklärt sie mir und Daniel. „Wenn ihr bis zur Ankunft wartet, ist es schon zu spät. Wenn es um Bakshish geht, ist mit den Ägyptern nicht zu spaßen."

„Bakshish?", frage ich. „Was ist das überhaupt?"

„Trinkgelder und Geschenke", sagt Antonella. „Tausende von Menschen leben davon. Aber warum sage ich's euch? Ihr werdet es bald genug erfahren."

Und dann fallen mir Wills Worte von gestern Abend ein. ‚Nehmt euch in Acht vor den Bakshish-Boys.' Nun bin ich gespannt.

Die Rezeption ist düster, mit schweren roten Samtvorhängen. Ein Fernseher läuft und zeigt Frauen in bunten Gewändern und goldenen Ohrringen, die trällern. Der Hotelier, ein langer Ägypter mit einem runden Bauch und einem fingerdicken schwarzen Schnurrbart, trägt einen langen grauweiß gestreiften Burnus. Er lächelt uns an und bittet uns alle, einen Haufen von Formularen auszufüllen.

„Nicht meinetwegen", sagt er. „Das verlangt die Regierung von uns."

Seine zierliche Tochter, die ich auf etwa vierzehn schätze, und die ein graues Kleid und ein schwarzes Kopftuch trägt, nimmt die Schlüssel und führt uns zu unseren Zimmern. Zwar freue ich mich auf das Essen, zu dem uns Antonella in einem benachbarten Restaurant einladen will, aber vor allem freue ich mich auf das schöne, weiche Bett.

„Allahu akhbar!"

Der Ruf des Muezzin von der Moschee gegenüber reißt mich aus meinen Träumen. Nun sitze ich auf meinem Bett und schreibe, dass die Buchstaben übereinander springen. Die Sonne flutet durch die Lamellen der Fensterläden. Das Zimmer ist hell und geschmackvoll eingerichtet, mit Bambusstühlen und einem einfachen Holztisch. Ich öffne die Fensterläden und trete auf meinen Balkon. Von ferne begrüßt mich das Raunen der Großstadt. Ich aber bade mich im Sonnenlicht und freue mich, wieder festen Boden unter meinen Füßen zu spüren.

Ich treffe Daniel, Antonella und Aisha im grün gestrichenen Frühstücksraum. Mustapha, der Hotelkoch, ein langer, schmaler Mann mit tintenschwarzer Haut trägt einen schneeweißen Kaftan. Er spricht kein Wort, sondern flitzt lautlos von Tisch zu Tisch und versorgt seine Gäste mit Kaffee, Tee, langen weißen Baguettebrötchen, Streichkäse und Orangenmarmelade.

„Konntest du schlafen?", frage ich Daniel.

Wir teilen uns einen Tisch unter einem kitschigen Gemälde von den Pyramiden.

„Zwischen meinen Albträumen schon", antwortet Daniel. „Ich hatte ein ganz schlechtes Gefühl bei unserem Flug gestern."

„Es ging mir auch so", sage ich. „Daniel, ich habe dir doch erzählt, was ich im Orakelteich gesehen habe. Gestern Nacht habe ich ununterbrochen davon geträumt. Ich kriege die Bilder nicht mehr aus dem Kopf."

„Mensch, Jenny, wir sind doch in Kairo! In Ägypten! Wenn es hier nicht genug ‚Bilder' gibt, um dich auf andere Ideen zu bringen, dann ist dir wirklich nicht zu helfen."

„Deswegen habe ich schon ein Programm für uns ausgedacht. Wart's mal ab!"

Der Koch schenkt mir gerade wieder Tee ein. Ich schaue in seine schwarzen Augen. Er lächelt, und strahlt eine Ruhe und Weisheit aus, was mich auf seltsame Weise beruhigt. Seine Augen selbst wirken wie zwei dunkle Orakelteiche auf mich. Nein, auf solche Gedanken will ich mich gar nicht einlassen. Ab jetzt will ich mich nur noch von der Logik leiten lassen, das steht fest!

Während Daniel und ich nur schweigend weiteressen und unseren eigenen Gedanken nachhängen, lausche ich dem Gespräch zwischen Antonella und Aisha am Nachbartisch.

„Was spielt dieser Mr. Kathangu eigentlich?", fragt Antonella. „Mit einem Motor in diesem Zustand, hätten wir niemals weiterfliegen dürfen."

„Warum haben Sie es ihm dann nicht gesagt?" Aisha bestreicht gerade ein Croissant mit Butter. „Sie sind doch die Flugingenieurin, und Mr. Chapman ist der Flugkapitän. Was Sie sagen, gilt."

„Oh, wir haben es gesagt, glauben Sie mir. Aber Kathangu ist ausgerastet und hat uns mit allen möglichen Dingen gedroht. Es lag alles gerade noch im Bereich des Normalen, dennoch habe ich den Rest des Flugs auf Rasierklingen gesessen."

„Sie wirkten gar nicht so", sagt Aisha.

„Dann sollte man mich für einen Oscar nominieren", antwortet Antonella. „Ich könnte schwören, er will, dass wir abstürzen, damit er das Versicherungsgeld einheimsen kann."

„Das Versicherungsgeld nützt ihm wenig, wenn er selbst an Bord ist."

„Eben. Also, wenn er von Bord geht, gehe ich auch von Bord. Dennoch weiß ich nicht, warum er unbedingt rechtzeitig in Kairo ankommen wollte. Und warum wir unbedingt zu den Flugschauen müssen. Es kann doch nicht nur Ehrgeiz sein."

„Oh doch", sagt Aisha. „Ehrgeiz ist sein Fluch." Und sie beißt in ihr Croissant.

Ich bin froh, als das Frühstück zu Ende ist. Höchste Zeit, an etwas anderes zu denken. Daniel und ich verlassen das Hotel und spazieren durch Zamalik. Jugendstilhäuser, Hotels, Büros – es könnte fast in Europa sein, denke ich. Das ändert sich, als wir an einer weiteren Bank vorbeigehen und den weiten Nil vor uns sehen.

„Guten Tag", sagt eine Stimme neben uns.

Wir drehen uns um und sehen einen schlanken jungen Mann in Jeans und einer weißen Jacke neben uns stehen.

„Sie wollen über den Nil?"

„Ja", antwortet Daniel. „Wir wollen gerade über die Brücke gehen."

„Die Brücke ist drüben", sagt der Mann und zeigt uns das riesige moderne Bauwerk.

„Danke", sage ich und will gerade gehen, als mich der Mann am Ellenbogen anfasst.

„Sie zahlen mir Bakshish?" Eher eine Feststellung als eine Frage.

„Bak ... ach so, Sie meinen ein Trinkgeld", sage ich. „Wofür eigentlich?"

„Na, ich habe Ihnen ja die Brücke gezeigt. Sonst wären Sie womöglich den ganzen Vormittag auf und ab gegangen."

„Ich glaube kaum ...", beginnt Daniel, aber der Mann macht einen dermaßen enttäuschten Eindruck, dass ich in meine Umhangtasche greife und ihm eine Pfundmünze schenke. Er bedankt sich und wandert zu den nächsten Touristen einige Schritte flussabwärts.

„Mensch, es ist unglaublich, wie frech manche Leute sein können", sage ich.

„Das sind also die berühmten Bakshish-Boys", sagt Daniel. „Willkommen in Ägypten!"

Nun laufen wir über die teuer erkaufte Nilbrücke, über die der Verkehr in einer einzigen Blechlawine rollt. Ich schreie auf, als eine Schrottkiste plötzlich neben mir anhält und buchstäblich vor meinen Augen in Flammen aufgeht. Der Fahrer springt mit einem kleinen Jungen hinaus und schaut fassungslos zu, wie das Gefährt von den Flammen erfasst wird, bevor er wieder durch die offene Tür hineinlangt und nach seinem Feuerlöscher greift. Andere Autofahrer halten an und helfen mit, das Feuer zu löschen.

Als Daniel und ich endlich das andere Nilufer erreichen, tauchen wir in ein ganz anderes Kairo ein. Der Lärm ist entsetzlich, die Autoabgase fräsen und ätzen sich in unsere Schleimhäute. Auf den Straßen werden lebende Tauben, Hühner und Kaninchen in Holzkäfigen verkauft.

Wir besorgen Wasserflaschen in einem Eckladen und begeben uns dann tiefer in das Gewimmel. Der Autolärm ist laut wie ein Stahlwerk, aber bald irren wir durch ruhigere Gassen. Pferdegespanne klappern an uns vorbei. Auf den Straßenmärkten türmen sich Tomaten und Orangen auf Holztischen. Ein Geruch von Kreuzkümmel und Safran schwebt in der Luft und aus den winzigen Metallwerkstätten fliegen Funken. Ich höre bald auf, die Moscheen zu zählen. Wir geraten immer wieder in Touristenbasare, wo uns Textilien, Messingtöpfe, Skarabäen und Papyrus-Bilder – immer wieder Papyrus-Bilder – angeboten werden. Unglaublich, was uns alles fehlt, welche Dienstleistung es noch gibt, die wir noch nie in Anspruch genommen haben! Und immer wieder die Bakshish-Jäger, die Trinkgelder von uns einfordern. Die Bakshish-Boys eben.

Nun geht es mir so, wie bei vielen meiner Reisen in Afrika. Ich möchte so gern eine coole Reisende sein, eine abgebrühte Weltbürgerin und Reisejournalistin, die sich überall unsichtbar machen kann, die überall auf diesem blauen Planeten zu Hause ist. Dabei betrachten mich die Menschen hier wie einen wandelnden Geldautomat und als potenzielle Teppichkäuferin. Und wenn ich sehe, wie die Leute hier tatsächlich leben, haben sie nicht einmal Unrecht. Vielleicht verstehen sie uns viel besser, als wir uns selbst.

Wir essen Kebab von einem Straßenverkäufer und machen eine Pause in der Sultan-Hassan-Moschee. Hier entspannen wir uns auf weichen Perserteppichen und lassen unseren Blick über die hohe Decke, die vielen Lampen und die vom Sonnenstaub gefleckte Luft gleiten. Hier ist Ruhe, Kühle, hier können unsere Gedanken ihren Frieden finden. Bis ein alter Mann zu uns kommt und anbietet, uns das Mausoleum vom Sultan Hassan zu zeigen – gegen ein entsprechendes Bakshish, versteht sich!

Nachmittags stehen wir vor den überlebensgroßen Pharaonenfiguren im Ägyptischen Museum. Was für Kunstwerke: Statuen, Grabmäler, der Tutanchamun-Schatz, die Mumien. Ich hatte mich schon die ganze Zeit auf diesen Besuch gefreut, aber nun stelle ich verwundert fest, dass ich diesem Ägypten, das hier dargestellt wird, wie einer alten Freundin begegne. Schließlich kenne ich das alles aus dem Ägyptischen Museum in Berlin, auch die Amarna-Sachen aus der Hauptstadt des Pharaonen Echnaton. Und das beste Stück von allem, die Büste seiner Königin Nofretete, steht doch in Berlin. Dennoch hätte ich den ganzen Nachmittag hier verbringen können, wenn Daniel mich nicht zum Weitergehen gedrängt hätte. Schließlich wollen wir heute noch zu den Pyramiden!

Wir verlassen das Museum und schlendern zum Taxistand. Ich höre ein scharfes ‚Klick' – und bleibe stehen.

19

Wenn ich eine Sache an den Ägyptern bewundere, dann ist es ihr gesundes Selbstbewusstsein. Daniel und ich sitzen in einem Taxi und fahren nordwärts in Richtung Giza und die Pyramiden.

„Unsere Bevölkerung wächst immer weiter", erklärt der Fahrer, ein jugendlich aussehender Mann mit glatt rasiertem Gesicht, in perfektem Deutsch. „Alle zwanzig Sekunden wird ein neuer Ägypter geboren."

„Ist der Bevölkerungszuwachs nicht ein Problem?", fragt Daniel, der vorne neben ihm sitzt.

„Ein Problem?", sagt der Mann. „Für wen denn? Ich selbst bin der jüngste von zwölf Kindern, und stecke immer meinen Eltern etwas Geld zu. Meine Frau und ich haben schon vier. In diesem Land bedeuten viele Kinder Altersvorsorge. Wer viele Kinder hat, hat keine Sorgen."

Ich höre nur halb zu. Ich denke immer noch über den blonden Mann nach, der am Straßenrand gegenüber vom Ägyptischen Museum stand und Daniel und mich mit einem Teleobjektiv fotografierte. Er trug einen dunkelblauen Anzug und eine Sonnenbrille. Vielleicht bilde ich es mir nur ein, aber ich denke auch, dass er einen Knopf im Ohr hatte – nein, nicht wie ein Teddybär sondern wie ein Spion. Ich zögerte nicht, sondern sprang in das Taxi und verbarg mein Gesicht.

Daniel will es aber nicht hören.

„Na und?", sagt er mir, nachdem ich ihm davon erzählt hatte. „Du hast einen europäisch aussehenden Geschäftsmann mit einem Fotoapparat gesehen. Ich denke kaum, dass er der erste ausländische Geschäftsmann ist, der ein Foto vom Ägyptischen Museum macht."

„Aber Daniel, das Foto war von uns, als wir in das Taxi gestiegen sind."

„Und das Taxi stand vorm Museum. Denk doch nach."

Ich denke nach, und weiß natürlich nicht mehr, wie das Taxi in Verbindung zum Museum stand. Die Angelegenheit lässt mich nicht los und ich nehme Kairo selbst kaum noch wahr.

Schade eigentlich, denn inzwischen haben wir die verstopfte Innenstadt längst hinter uns gelassen und fahren zwischen hohen Palmen auf einer vierspurigen Allee. Als wir an eine Kreuzung kommen, drosselt der Fahrer das Tempo und bleibt schließlich stehen.

„Die Ampel ist doch grün", sagt Daniel.

Der Fahrer lächelt ihn an. „Ich muss doch die Vorschriften befolgen", sagt er.

Kaum sind die Worte aus seinem Mund, als die rechte Hintertür aufgerissen wird und ein langer schmaler Mann, ganz Arme und Beine, hereinspringt und mir fast auf den Schoß landet. Ich bringe kein Wort heraus, während Daniel vorne nur noch ein „Was zum Teufel?" hervorstößt.

Ich sehe es schon kommen: ein Messer zwischen die Rippen oder eine Pistole an die Schläfe gehalten zu bekommen, Geldbörse und Reisepass weg, und was wird aus uns?

„Good afternoon!", ruft der Mann. „Sie fahren zu den Pyramiden? Sehr schön. Wenn Sie da sind, können Sie die Dienste einiger ausgezeichneter Kamele in Anspruch nehmen."

Daniel schaut zum Taxifahrer, der die Fahrt inzwischen wieder aufgenommen hat und die Schultern hebt, als ob er mit alledem gar nichts zu tun hätte.

„Nein, wir wollen keine Kamele!", sage ich und verschränke die Arme. „Wir wollen nur zu den Pyramiden und dann zurück zu unserem Hotel."

„Ohne Kamel sind die Pyramiden ganz uninteressant", erklärt uns der Mann. „In welchem Hotel wohnen Sie eigentlich? Ich kenne ein sehr schönes in Heliopolis, das bestimmt viel billiger ist. Und wenn wir nach Ihrem Kamelritt dorthin fahren, gibt es auch einen wunderschönen und spottbilligen Teppichladen, wo wir einkehren und eine Tasse Tee zusammen trinken werden."

Oh Gott! Will hatte mit seiner Warnung vor den Bakshish-Boys keineswegs übertrieben. Wir werden also offenbar nicht überfallen, unsere Nieren werden nicht herausoperiert und auf dem internationalen Organmarkt feilgeboten oder so etwas, dennoch brauchen Daniel und ich die restlichen Kilometer bis Giza, um unserem neuen Passagier klarzumachen, dass wir keinerlei Interesse an seinen Dienstleistungen haben.

Zwischendurch denke ich daran, einen Polizeiwagen zu alarmieren, da der Fahrer so tut, als ob er ganz allein an Bord wäre. Aber in diesem Land, wo an fast jeder Straßenkreuzung ein Sicherheitsmann mit Maschinengewehr Wache schiebt, sehe ich zum ersten Mal keine Polizei weit und breit. Erst als wir im Stadtzentrum stehen, lenkt der Mann ein und bittet uns tatsächlich um ein Bakshish für seine Bemühungen.

Was tun, frage ich mich. Und ich denke an Irma und Roloff. Sie würden nie ihre Brieftasche rausrücken! Ich setze Roloffs sauertöpfischen Gesichtsausdruck auf.

„Von uns bekommen Sie nichts!", sage ich ihm und starre ihm solange in die Augen, bis sein starres Lächeln wegbröckelt.

Er schaut weg, sagt etwas zum Fahrer auf Arabisch und steigt an der nächsten Ecke aus.

Wir fahren noch zwei Minuten durch die Stadt und stehen dann vor den Pyramiden! Nein, sie befinden sich nicht mitten in der Sahara, sondern gehören längst zum Ballungsgebiet von Großkairo. Daniel zahlt den Taxifahrer und wir kaufen unsere Eintrittskarten – und dazu natürlich auch eine Postkarte für Mr. Simms! Als wir dann endlich so richtig vor den Pyramiden stehen, weiß ich plötzlich nicht mehr, was ich von ihnen halten soll. Ja, sie sind riesig und massig und unbeschreiblich, die größten Bauwerke aller Zeiten und so weiter, aber liegt gerade da das Problem? Letztlich sind sie nur Steinhaufen. Man kann sich also nur noch über sie wundern.

Die Sonne brennt auf unsere Köpfe und wir schwitzen, während wir über die Schotterwege laufen, die Pyramiden und die Sphinx von allen möglichen Seiten betrachten und fotografieren. Dahinter erstrecken sich die gelben Dünen bis zum Horizont.

„Hello, hello!", sagt plötzlich eine Stimme neben uns. „Welcome to Egypt!"

Ein junger Mann steht neben mir, leicht außer Atem, als ob er gerannt wäre. Ich vermute einen Bakshish-Boy und gehe schon auf Abwehrposition.

„Thank-you", sage ich, immer noch höflich, „but we don't need a guide."

„Ah, Sie sind deutsch?", sagt er gleich.

Ist mein Akzent so schlecht?

„Das ist ja großartig. Ich studiere Deutsch an der Universität. Sie kennen Günter Grass? Martin Walser?"

Ich nicke und lächle, wende aber meine Augen weg zur Sphinx.

„Mein Name ist Ahmet. Sie haben nichts dagegen, wenn ich Ihnen etwas zeige?"

„Danke, aber wir brauchen wirklich keinen Führer", sagt Daniel. „Wir gehen sowieso gleich wieder."

„Oh, Sie denken wohl, ich will Bakshish von Ihnen", sagt Ahmet. „Wenn ich mich mit Ihnen auf Deutsch unterhalten kann, ist das schon Bakshish genug."

Da kann ich nicht widersprechen. Ich schaue mir Ahmet genauer an. Er ist groß und schlank, nur wenig älter als ich, mit kurzen schwarzen Haaren und einem breiten Lächeln auf seinem glatten, freundlichen Gesicht.

„Die Pyramiden sind über fünftausend Jahre alt und sind das einzige der antiken Sieben Weltwunder, das noch steht", erklärt er uns, ganz der gewiefte Fremdenführer.

Ich hoffe, dass er das mit dem Bakshish ernst meint. Wenn Daniel und ich wirklich einen Führer haben wollten, hätten wir mehr Geld umgetauscht.

„Die große Cheops-Pyramide, vor der wir stehen, ist das massivste Bauwerk der ganzen Welt. Bis zur Einweihung des Eiffelturms im Jahre 1889 war es auch das höchste Bauwerk. Napoleon hat ausgerechnet, dass man mit seinen Steinen eine drei Meter hohe Mauer um ganz Frankreich bauen könnte."

Und so geht's weiter. Er erzählt uns von den verschiedenen Theorien über die Bauweise, über die Kalkstein-Platten, die die Pyramiden früher abgedeckt haben, sowie von dem Schlussstein obendrauf, der aus Gold war und die Strahlen der Sonne bis tief in die Wüste hinein widerspiegelte. Dann erzählt er uns von den Mumien, den Schätzen der Pharaonen und altägyptischen Vorstellungen der Unsterblichkeit, bis unsere Gehirne buchstäblich nichts mehr aufnehmen können.

„Ahmet, Sie sollten Professor werden", sagt Daniel. „Nun werden wir aber in Kairo zum Abendessen erwartet. Danke und viel Glück mit deinem Studium!"

„Warte, warte", sagt Ahmet. „Bevor Sie gehen, möchte ich Ihnen etwas ganz Besonderes zeigen."

‚Oh nein!', denke ich. ‚Nun kommt also doch der Kamelritt oder der Teppichladen.'

„Nein, es ist nicht wie Sie denken", sagt er weiter. „Ich will Ihnen nur eines der Gräber zeigen. Sie werden es nie vergessen!"

Nein, ich will wirklich nicht. Ahmet ist sympathisch, er sieht sogar sehr gut aus, aber nun wird er doch ziemlich aufdringlich. Ich wünsche fast, er wäre tatsächlich ein Bakshish-Boy und würde sich nun gegen ein kleines Trinkgeld verziehen. Die Vorstellung, mit ihm in eine Grabkammer hinunterzusteigen, lässt mich kalt. Aber vielleicht ist es die Sonne, die immer noch recht hoch am Himmel steht und den Schweiß aus unseren Poren treibt. Wir willigen ein.

Ahmet lächelt und führt uns an der Khafre-Pyramide vorbei bis zu einem Sandhaufen, der bei näherem Betrachten eine Öffnung an der wüstenzugewandten Seite aufweist.

„Hier", sagt er. „Es ist das Grab vom Wesir. Es ist gerade erst entdeckt worden! Es wird Sie überraschen."

Ich schaue mir die steile Treppe an, die wie eine Brunnenschacht in die Tiefe verschwindet.

„Da sollen wir hinuntersteigen?", frage ich.

„Gehen Sie ruhig vor", sagt Ahmet. „Ich mache gleich das Licht an."

Er drückt auf einen Schalter und ich sehe tatsächlich ein fahles Glimmen tief unten.

„Nach Ihnen", sagt Ahmet.

Daniel spricht ein leises „Na, was soll's?", und fängt an, die Treppe hinunterzusteigen. Bestimmt hat er Angst, aber er will es nicht zeigen. Ich folge ihm und höre Ahmets Schritte hinter mir. Ich bedaure es sofort, dennoch kann ich es kaum erwarten, das Innere einer echten Grabkammer zu sehen. Die Stufen sind steil und glatt und ich klammere mich am dicken Hanfseil fest. Dennoch wundert mich, wie schnell wir uns bewegen, als ob wir tatsächlich wie drei Eimer in einen Brunnen hinuntergelassen werden. Wie tief ist es? Dreißig Meter? Fünfzig? Es fühlt sich an wie hundert.

Als wir endlich unten ankommen, brennen nackte Glühlampen an den raugehauenen Sandsteinwänden.

„Nach links", sagt Ahmet hinter mir. Wir laufen gut zwanzig Meter, aber der Gang nimmt kein Ende. Ich erinnere mich plötzlich an Edinburgh und überhaupt daran, dass ich enge, dunkle Orte ganz und gar nicht mag.

„Wie weit ist es noch?", fragt Daniel.

Ahmet antwortet nicht. Ich will mich gerade umdrehen, als das Licht ausgeht. Daniel flucht und ich stolpere fast über ihn. Mein Herz stockt.

„Ahmet?", rufe ich.

Plötzlich spüre ich die Millionen Tonnen Sand und Geröll, die über uns liegen. Wir tasten uns ein paar Schritte weiter vorwärts – und halten an, als die Luft plötzlich kühler wird und ich das Echo unserer Schritte höre.

Ein Zischen, ein Leuchten, und ich bin einen Augenblick geblendet. Dann sehe ich, wie ein brennendes Streichholz gegen den Docht einer Kerosinlampe gehalten wird. Die Flamme flackert auf und ich sehe vor uns einen hochgewachsenen Mann im grauen Anzug, mit einem schmalen grauen Gesicht und einer Glatze auf einem Klappstuhl sitzen.

„So", sagt er auf Englisch, als er die Lampe neben sich auf die Erde stellt. „Schön, dass Sie die Zeit für dieses Gespräch finden konnten. Ich denke, wir haben eine Menge zu besprechen."

20

„Sie schon wieder!", rufe ich.

„Es überrascht mich nicht, dass Sie mich wiedererkennen", sagt der Mann. „Meine Tarnung ist alles andere als perfekt, aber das habe ich auch nicht nötig." Er reicht zunächst Daniel, dann mir eine eisige Hand. „Sam Cooper, Central Intelligence Agency."

Er nickt zu zwei Klappstühlen hin.

"Sie sind von der CIA?" Ich nehme auf einem der Stühle Platz. „So eine Art Spion?"

„So eine Art ist richtig", sagt Cooper.

Er lächelt nicht, sondern sieht uns beiden abwechselnd in die Augen.

„Ich habe dieses Treffen organisiert, weil Sie beide an einem Interkontinentalflug teilnehmen, der uns zufällig interessiert."

„Sie waren also die ganze Zeit dabei?", fragt Daniel.

Cooper nickt. „Nicht an jeder Station, denn dafür haben wir genug Leute, die auf Menschen wie Sie aufpassen. Ich bin sozusagen Ihr heimlicher Fluglotse."

Ich denke dabei an die Männer mit den blauen Basecaps und Fotoapparaten.

„Am Morgen in Seattle", sage ich. „Sie standen doch am Hangar, im Regen."

„Ja, da habe ich im Flugzeug einen Transponder eingebaut", sagt Cooper. „Seit diesem Augenblick lassen wir die Maschine nicht aus den Augen. Und Sie beide haben wir auch im Blick gehabt."

Er nimmt einen kleinen schwarzen Kasten, etwa so groß wie ein dünnes gebundenes Buch vom sandigen Erdboden hoch und klappt ihn auf. Es ist ein Minilaptop. Er drückt auf die Starttaste und der Computer geht an.

„Vielleicht kommen Ihnen einige dieser Bilder bekannt vor?"

Er klickt auf eine Taste und hält den Computer unter unsere Nasen. Da sehe ich eine Nahaufnahme von mir am Flughafen von Seattle, im Nebel, wie wir die Aurora mit den Kisten beladen. Weitere Bilder huschen an mir vorüber. Ich sehe Daniel im Terminal von Churchill, dann Daniel und mich vor dem Lazy Bear Café, dann wieder an den Kanonen der Festung. Es folgen mehrere Fotos von uns in Nuuk, dann am Flughafen und an den heißen Thermen von Reykjavík. Ich mit offenem Mund im Pub mit einer Gabel voller Spaghetti vorm Mund, Edinburgh Castle hinter Daniels Profil, ich an der Spanischen Treppe, Daniel und ich vor Michelangelos ‚Jüngstem Gericht' in der Sixtinischen Kapelle. Dann ein Dutzend Fotos von uns in Kairo. Schließlich eine Nahaufnahme von mir vor dem Ägyptischen Museum, als ich gerade dabei bin, in ein Taxi einzusteigen.

„Sie waren vielleicht fleißig", sage ich.

„Warum sind alle Bilder nur von uns?", will Daniel wissen.

„Nur von Ihnen?" Cooper stellt den Rechner auf seinen Schoß und drückt auf einige Tasten. „Wir haben Sie alle beschattet. Eine lückenlose Dokumentation. Dabei ist uns einiges unklar. Wer sind diese Leute überhaupt?", fragt er und hält den Rechner wieder hoch. Auf dem Foto sitzen Irma und Roloff im Café in Nuuk.

„Das sind einfach zwei holländische Touristen, die wir unterwegs kennen gelernt haben", erkläre ich.

„Ach, tatsächlich? Sie sind in Ihrer Maschine nach Kairo geflogen. Warum? Dabei arbeitet dieser Roloff Billingbroek bei einer Amsterdamer Software-Firma, die auch mit der Rüstungstechnik zu tun hat. Dabei kennen Sie die beiden doch von früher, aus Tansania."

Ich springe hoch. „Wie können Sie das wissen?", rufe ich.

„Oh, wir wissen so manches über Sie", sagt Cooper. „Und zwar schon länger. Da waren doch diese Unannehmlichkeiten am Kilimanjaro, nicht wahr? Und so eine Art Missgeschick am Viktoriasee, wenn ich mich richtig erinnere. Überall, wo die beiden Sandaus auftauchen, gibt es Ärger."

„Das ist nicht gerade unsere Schuld." Ich setze mich wieder hin. „Der Ärger war nämlich schon lange da, bevor wir auftauchten."

„Das werden wir noch klären", sagt Cooper, er schaut auf den Bildschirm. „Jedenfalls haben wir recht solide Dossiers über Sie. Ich weiß zum Beispiel, dass Daniel hier vorgestern Abend eine E-Mail an eine bestimmte Celine Demarcy nach Frankreich schrieb."

Nun fährt Daniel hoch. „Wer gibt Ihnen das Recht, meine E-Mails abzufangen?"

„Und Jenny steht in sehr engem Kontakt zu einem gewissen Joseph Tajomba in Straßburg."

Wenn ich irgendetwas in den Händen hielte, dann würde ich es nun gegen seinen Kopf werfen.

„Das einzige, was uns noch unklar ist, ist ihre Rolle bei diesem Flug."

„Es handelt sich um eine Überführung, wie Sie bestimmt schon wissen", sage ich. „Ich sehe nicht ein, was das mit der CIA zu tun hat."

Ich könnte jetzt so richtig loslegen. Aber Daniel legt eine Hand auf meine Arm, als wolle er sagen: Behalte deinen kühlen Kopf. Und er hat Recht, denn in diesem Augenblick überlege ich, wofür diese Buchstaben CIA doch alles stehen können: Verhaftungen, schwarze Gefängnisse, geheime Transporte in fremde Länder, wo ohne Rücksicht auf Verfassung und Menschenrechte gefoltert wird. Ja, Daniel hat Recht. Ich muss aufpassen, was ich sage.

Cooper hört gar nicht zu. „Sie werden schon mit uns zusammenarbeiten. Ich erzähle Ihnen auch kein Geheimnis, wenn ich Ihnen sage, dass einige Beamte in meinem unmittelbaren Umfeld mit dem Gedanken spielen, euch anzuwerben, sobald Sie die Schule beendet haben. Wen Sie sich jetzt bewähren, werde ich ein gutes Wort für Sie einlegen."

Nein danke, denke ich.

„Aber zurück zum Flug der Aurora: Das ist eine ziemlich große Mannschaft für eine einfache Überführung, finden Sie nicht? Wen haben wir da? Zum Beispiel Will Chapman, der schon in manches krumme Geschäft in den USA und Afrika verwickelt war."

„Das dürfen Sie nicht von unserem Stiefvater behaupten, Sir", sagt Daniel. „Sie wissen selbst, dass er ehrlich ist."

„Und ein gewisser Ron Ellison, ein Luftwaffenpilot, der erst vor kurzem unehrenhaft und unter ziemlich tragischen Umständen aus dem Militär entlassen wurde. Dann haben wir Aisha Trace, eine Kanadierin, die unter äußerst strengen Auflagen in einem der geheimsten Verteidigungslabors in unserem Land beschäftigt ist und angeblich ihren Jahresurlaub in dieser alten Maschine verbringt und schon in drei Tagen wieder auf der Matte stehen muss. Dann eine gewisse Antonella D'Annunzio, die einzige Tochter eines italienischen Millionärs, die vor fünf Jahren eine sechswöchige Gefängnisstrafe wegen Ökoterrorismus abgesessen hat. Etwas üppig für eine alte DC-3, nicht wahr? Und schließlich ein John Kathangu, ein Geschäftsmann mit privaten Schulden in Höhe von fünf Millionen Dollar, dessen Finger in sehr vielen Töpfen stecken."

„Schlafen Sie nie, Mr. Cooper?", fragt Daniel.

„Und diese Reise beginnt ausgerechnet einen Tag, nachdem eine äußerst bedeutsame technische Anlage aus einem Hochsicherheitsdepots des Pentagon entwendet wurde. Von den zwei – sage und schreibe zwei – Cargomastern ganz zu schweigen. Cargomaster mit zwei sehr interessanten Akten, wenn ich es so sagen darf."

„Kein Mensch zwingt Sie dazu, Akten über uns zu führen", sage ich.

„Was ich nun von Ihnen wissen will", redet Cooper weiter, „ist, warum diese Maschine wirklich nach Mombasa überführt wird? Was soll zwischen hier und dort passieren?"

„Wenn wir es wüssten, würden wir es Ihnen sagen, Mr. Cooper." Daniel bleibt ganz ruhig. „Wir sehen aber keinerlei Anzeichen dafür, dass es sich um etwas anderes als um eine Überführung handelt."

„So, so."

Cooper tippt auf der Tastatur.

„Wenn das so ist, warum verwenden Sie beide Codewörter in ihren E-Mails? Hier ist immer wieder von ‚Schneeflocken' die Rede. Was bedeutet das?"

„Oh nein, Sie verstehen das falsch", sage ich, und in wenigen Worten erzähle ich ihm die Geschichte mit dem Drohbrief.

„Märchen", sagt Cooper, als ich fertig bin. „Kinderkram. Wollen Sie nun wirklich behaupten, Sie fliegen nur mit, um

Stewardess zu spielen und die Welt zu sehen? Sagen Sie mir die Wahrheit – Sie wissen doch, dass ich jede Information aus Ihnen herausbekommen kann und dass jede Lüge bestraft wird."

Ja, das wissen wir sehr gut.

„Es ist eine einfache Tatsache, Mr. Cooper", sage ich.

„Nun gut." Cooper seufzt und streicht sich über seine Glatze. „Sie stecken schon bis zum Hals drin. Ich werde Ihnen nur soviel dazu sagen, dass wir vermuten, der Transfer der Fracht wird morgen am Flughafen von Addis Abeba in Äthiopien stattfinden. Wir haben schon eine Mannschaft vor Ort. Unsere Leute werden die Transaktion beobachten und im richtigen Augenblick einschreiten. Ich warne Sie – es wird nicht unbedingt ohne Gewalt abgehen."

„Also, Sie wollen auch, dass wir den Flug abbrechen", sage ich. „Dass wir uns hier und jetzt zu Schneeflocken unter der Sonne Afrikas verwandeln und einfach verdunsten?"

„Ich sage Ihnen, was Sie tun werden", sagt Cooper. „Sie sind unternehmungslustige junge Menschen und könnten leicht auf dumme Gedanken kommen. Sie werden also bis zum Ziel mitfliegen und nichts unternehmen, um die Aktion zu verhindern. Hinterher werden Sie uns alles berichten, was sich zugetragen hat. Und Sie werden niemandem auch nur ein Wort von dieser Unterredung verraten. Haben Sie mich verstanden?"

„Ja", sage ich. „Ich denke schon."

Cooper steht auf, um das Gespräch zu beenden. „Das will ich hoffen. Denn Sie können sich nicht vor uns verstecken. Wir kennen keine Grenzen. Verstehen Sie? Gar keine."

21

Abends essen wir mit der ganzen Gruppe in einem Kellerrestaurant in der Altstadt. Die Tischkerzen werfen unruhige Schatten auf niedrige Gewölbe. Eine arabische Frauenstimme singt im Hintergrund. Die Bedienung ist ägyptisch, aber die Gäste sind alle Europäer und Japaner.

Wir löffeln matschigen Bohnenbrei, den die Menschen hier *foul* nennen, dazu Falafal-Bällchen und Fladenbrot zusammen mit süßen und scharfen Soßen in unzähligen kleinen Schälchen. Zum Dessert gibt es Reispudding und süßen Mokka, gefolgt von frischem Pfefferminztee. Ich ärgere mich, dass in diesem Land immer die Männer zuerst bedient werden. Nichts mit ‚Ladies first' in Ägypten.

So gut das Essen schmeckt, so spüre ich kaum Appetit. Und so wie Daniel mir gegenüber sitzt und mit seiner Gabel im *foul* herumstochert, sehe ich, dass es ihm genauso geht. Was sollen wir machen? Eigentlich müssten wir Will sofort berichten, dass ausgerechnet die CIA die ganze Zeit den Flug verfolgt und dass es an der nächsten Station krachen wird. Aber Coopers Warnung hallt weiterhin in meinen Ohren nach. Nein, wir dürfen tatsächlich nichts sagen.

Aber seit dem Gespräch mit Cooper geht mir noch etwas anderes durch den Kopf. Ob wir es zugeben wollen oder nicht, seit heute Nachmittag sind Daniel und ich Agenten der CIA. ‚Inoffizielle Mitarbeiter' nannte man das doch in der alten DDR. ‚IM Jenny'. Schrecklich!

Am nächsten Morgen packen wir unsere Sachen und treffen uns nach dem Frühstück vor dem Hotel, wo zwei Taxis auf uns warten. John, Aisha und Ron steigen in das erste, es ist ein alter weißer Mercedes, Daniel, ich, Will und Antonella steigen in einen Volvo ein. Es ist gerade sieben Uhr in der Früh. Der Verkehr ist schon ätzend, aber, wie der freundliche Taxifahrer uns erklärt, er wird noch heftiger werden.

„Bei uns in Kairo gibt es keine Stoßzeiten", witzelt er. „Es gibt Stoßtage, Stoßjahre."

Bald haben wir die Nilbrücke überquert und fahren auf dem Viadukt. Der Fahrer lässt sich nicht von den Blechlawinen beeindrucken. Mal fährt er auf einem der beiden Seitenstreifen, mal wechselt er im vollen Tempo fünf Fahrbahnen auf einmal und fährt auf der gegenüberliegenden. Wir haben das andere Taxi schon längst abgehängt und brausen mit hundert Sachen dem Flughafen entgegen.

Wir nähern uns offenbar einer Baustelle, denn die Autos fahren alle eine Spur langsamer. Als der Fahrer dann wieder Gas gibt, sehe ich gerade aus meinem Augenwinkel, wie ein weißer Lieferwagen mit hoher Geschwindigkeit von links an uns heranrast.

Was jetzt geschieht, passiert wie im Traum. Der Lieferwagen nähert sich immer schneller. Unser Fahrer sieht ihn auch, dennoch kann er nicht seitwärts ausweichen, sondern beschleunigt noch mehr. Ich drehe mich um und sehe, wie der Lieferwagen gerade versucht, uns zu überholen.

Und plötzlich geht alles sehr schnell: Als er endlich mit uns gleich zieht, sodass wir beide mit gut 120 Stundenkilometern wie zwei Rennwagen das Viadukt hinunterbrausen, verlangsamt er plötzlich sein Tempo. Vor uns fährt jetzt ein Tankwagen von einer Mineralöl-Gesellschaft. Der Fahrer bremst, um den Crash mit dem Tankwagen zu vermeiden, aber in dem Augenblick gibt der Lieferwagen wieder Gas und schwenkt nach rechts aus. Er kracht gegen uns einmal, zweimal und drängt uns von der Fahrbahn auf die Leitplanke zu, bevor er in eine Verkehrslücke verschwindet.

Was jetzt folgt, geschieht in Zeitlupe. Mein Fenster zerspringt, die Scherben fliegen in meine Haare, verteilen sich auf meinen Schoß, auf meine Hände. Der Fahrer macht eine Vollbremsung, dennoch fährt er gegen einen liegen gebliebenen Toyota. Der Vorderteil des Taxis wird wie ein Stück Alufolie zerknüllt. Die Windschutzscheibe platzt und die vorderen Airbags öffnen sich mit einem Knall. Daniel, Antonella und ich werden gegen die Vordersitze geschleudert. Keine Airbags für uns, aber Gott sei Dank sind wir wenigstens angeschnallt. Und auf einmal ist alles vorbei.

Ich reiße meine Tür auf und greife nach Daniel und Antonella. Wir klettern hinaus, aber ich kriege die linke Vordertür nicht auf. Wir rennen zur anderen Seite, wo das Auto schief gegen die Leitplanke lehnt. Daniel öffnet die Tür und holt Will raus. Ich sehe Blut, dann Wills lange Gestalt, die leblos auf der Straße zusammenbricht.

Antonella und ich greifen ihm unter die Arme, ziehen ihn beiseite, während Daniel ins Auto springt und den Fahrer ins Freie zerrt. Wieder Blut, wieder eine leblose Gestalt auf der Fahrbahn. Wir fassen alle an und, so vorsichtig wir können, ziehen die beiden weit weg vom Auto. Benzin tropft auf den Straßenbelag.

Inzwischen haben andere Autos angehalten, ihre Fahrer eilen uns zur Hilfe. Ein ägyptischer Geschäftsmann steht an der offenen Tür seines blauen BMW und spricht in sein Handy. Doch so aufgewühlt ich auch bin, weiß ich schon: Hilfe ist unterwegs.

Das Auto geht nicht in Flammen auf. Das ist kein Action-Film, es ist ein ganz gewöhnlicher, hässlicher Verkehrsunfall. Er spielt nicht auf der Leinwand eines klimatisierten Kinos, sondern hier auf dem Schotterbelag des Kairoer Viadukts, in der Hitze, in Echtzeit.

Antonella und ich kümmern uns um die beiden Verunglückten. Da meine Mutter Ärztin ist, habe ich erste Hilfe von klein auf gelernt und Antonella weiß auch bestens Bescheid. Will atmet, wälzt sich auf dem Boden. Blutstropfen sammeln sich in seinem rechten Mundwinkel. Ich lagere ihn gerade so bequem wie möglich, als er die Augen aufschlägt und mich anschaut.

„Sind die anderen okay?", flüstert er nur.

Als ich nicke, lächelt er kurz und macht die Augen wieder zu.

Und was ist mit dem Fahrer? Der Lieferwagen hatte doch die ganze vordere Hälfte des Taxis zermalmt und ihn gleich mit. Er hat Glasscherben im Gesicht, atmet flach, ist bleich wie ein Stück Käse. Er schlägt die Augen nicht auf, sondern blutet weiter an Kopf und am Arm.

Ein Ägypter in einem blauen Business-Anzug erscheint neben mir und öffnet seine schwarze Tasche. Schon hat er sein Stethoskop an den Ohren und er fühlt den Puls des Mannes.

„Es wird alles in Ordnung kommen", sagt er auf Englisch. „Kümmern Sie sich erst mal um sich selbst. Gleich ist Hilfe da."

Wie eine Antwort darauf höre ich schon über dem Höllenlärm der Straße das Heulen einer Sirene. Ich setze mich auf den Boden und sehe zu Daniel und Antonella.

„Glück gehabt", will ich fast sagen, aber als ich wieder zu Will und dem Fahrer blicke, ersterben die Wörter auf meinen Lippen.

22

Mein Eindruck von Kairo wird wohl immer von Staub, Lärm, Hitze und Menschenmassen geprägt sein, aber hier im Hassabo-Krankenhaus ist davon nichts zu spüren. Dieser Flügel des Gebäudes ist wohl gerade renoviert worden, denn hier gibt es, soweit ich blicke, nur weiße Wände, weiß gekleidete Ärzte und Krankenpfleger, weiße Betten – und bleiche Menschen. Zu diesen gehört Will, der mit einem eingegipsten Arm aufrecht in seinem Bett sitzt. Aber die Farbe kehrt schon wieder in sein Gesicht zurück, als er Daniel und mich ins Krankenzimmer kommen sieht.

„Mein Schutzengel hatte schon immer einen Vollzeitjob", sagt er und streift mit der Hand über die Pflaster in seinem Gesicht. „Leider konnte er dem armen Fahrer nicht viel helfen."

„Ihn hat's wohl schlimm erwischt", sagt Daniel.

„Er ist wieder bei Bewusstsein", sagt Will. „Ein gebrochenes Bein und jede Menge geprellte Rippen. Er wird wieder sein Taxi fahren können, aber er wird sich erst mal auf einen längeren Krankenurlaub einstellen müssen. Für seine Familie könnte das hart werden."

Auf seinem Nachtisch steht ein riesenhafter Strauß aus roten und weißen Tulpen.

„Von Mr. Kathangu", erklärt er verlegen. „Er ist außer sich vor Sorge."

„Und wie geht es dir überhaupt, Will?", frage ich.

„Das wollen wir gerade sehen", sagt eine Stimme hinter mir. Dr. Khalil tritt ein. Er ist hochgewachsen, mit kurzen dunklen Haaren und freundlichen schwarzen Augen. Er legt sein Stethoskop auf Wills Brust und hört sein Herz ab.

Zwar ist das Krankenhaus klimatisiert, aber mir ist trotzdem heiß, und nach dem starken Kaffee, den ich im Warteraum getrunken habe, während Wills Arm versorgt wurde, bin ich völlig ausgedörrt. Ich entschuldige mich und verziehe mich in den Korridor, wo ich mich auf die Suche nach Trinkwasser begebe.

Es ist die Stimme, die mich erstarren lässt. Amerikanische Worte, leise ausgesprochen. Ich drehe mich um und sehe Cooper an einer Schwesternstation stehen. Grauer Anzug, kahler Kopf. Ihm macht die Hitze offenbar nichts aus. Ich weiche zurück und verschwinde in einen Türeingang, aber ich sehe noch, wie Cooper mich anlächelt und zuzwinkert. Was soll das jetzt? Ich finde einen Wasserspender neben dem Fahrstuhl und kehre mit meinem Pappbecher in Wills Zimmer zurück.

Dr. Khalil ist gerade fertig mit seiner Untersuchung.

„Sie haben tatsächlich großes Glück gehabt, Mr. Chapman", sagt er. „Nur eine Platzwunde, nichts weiter. Ich würde Sie gern über Nacht behalten, wegen des Schocks, aber morgen früh können Sie gerne nach Hause."

„Solange ich bis zum Tagesanbruch am Flughafen sein kann, bin ich damit zufrieden", sagt Will.

„Aber du willst doch nicht gleich weiterfliegen!", rufe ich. „Nach dem Unfall?"

„Was soll ich noch in Kairo? Ich mache mir nur Sorgen wegen Ron. Er wird den Flug alleine bewältigen müssen. Ich werde im Cockpit wenig nützlich sein."

„Ich könnte der Kopilot sein", sagt Daniel.

„Gerne, aber du bist nicht für eine Maschine dieser Klasse zugelassen."

„Und überhaupt", sagt Daniel weiter. „Ich habe dir schon gesagt, dass ich gern in deinen Flugdienst einsteigen möchte …"

„Ein Thema, dass wir am besten mit deiner Mutter besprechen, wenn das hier alles überstanden ist." Will kratzt sich im Genick. „Ja, ich fliege! Hier herumsitzen kann ich jedenfalls nicht."

„Das ist die richtige Einstellung!", sagt Dr. Khalil. „Also, ich wünsche Ihnen noch eine gute Weiterreise und hoffe, dass wir uns eines Tages in Kairo wiedersehen. Aber nicht hier, bitte schön!"

Als er die Tür hinter sich schließt, werfe ich einen Blick auf Daniel und setze mich an Wills Bett. Plötzlich ist mir Cooper egal – ich muss es loswerden.

„Will, wir müssen dir etwas sagen."

Daniel schaut mich besorgt an, unterbricht mich aber nicht.

„Da ist ein Mann im Korridor. Er ist deinetwegen da. Und ich habe ihn nicht zum ersten Mal gesehen."

„Lass mich raten. Hat er eine Glatze? Trägt er einen grauen Anzug?"

„Du, kennst ihn also auch?"

Will nickt. „Er ist mir schon in Edinburgh aufgefallen. Abends im Lokal. Dann habe ich ihn heute bei der Einlieferung gesehen. Ich dachte einen Augenblick, er sei ein Todesengel, der gekommen war, um mich heimzuholen, aber das war wohl nur der Schock." Er lächelt. „Also, ich denke, ihr solltet mir erzählen, was ihr über ihn wisst."

Ich erzähle ihm, wie ich Cooper schon beim Abflug in Seattle und später auch in Edinburgh gesehen hatte und von dem Gespräch bei den Pyramiden. Will nickt. Auch als ich ihm beschreibe, wie Daniel und ich widerwillig zu Handlangern der CIA geworden sind, zeigt er sich unbeeindruckt.

„Und er sagt, dass er die Maschine in Addis Abeba beschlagnahmen will", sage ich zum Schluss. „Will, wir dürfen es nicht soweit kommen lassen. Du bist doch der Flugkapitän. Stoppe den Flug! Sag der Polizei Bescheid und sie kann sich um das Weitere kümmern. Schließlich war dieser Unfall keiner. Wer weiß, was in Addis Abeba auf uns wartet?"

„Jenny hat Recht", sagt Daniel. „Wir spielen alle eine Rolle in einem Drama, das uns nichts angeht."

„Ich verstehe, ihr habt wohl noch euren Drohbrief vor Augen. Und mit gutem Recht. Ich habe euch nicht erzählt, dass der rechte Motor, der uns über dem Mittelmeer so viele Probleme verursacht hat, in Rom sabotiert wurde. Überhitzung, sagt Ms. D'Annunzio. Ich ließ aber eine Treibstoffprobe analysieren und es kam heraus, dass das Flugbenzin mit einer geringen Menge von Hydrazin gemischt wurde. Das geht ganz einfach. Eine klassische Sabotagemethode."

„Aber du kannst Antonella nicht verdächtigen!", werfe ich ein.

„Sie hat eine gewisse Vergangenheit. Direkte Aktion nennt man so etwas. Außerdem ist sie eindeutig instabil – es ist schon zu Szenen zwischen uns gekommen. Sie schimpft dauernd auf die Luftfahrt und die Technik im Allgemeinen, fliegt aber trotzdem mit, und dann passiert so etwas."

„Wenn sie tatsächlich die Aurora sabotieren wollte, um irgendeine Aktion gegen die Luftfahrt zu machen, dann hätte sie dir bestimmt zu einer Notlandung geraten", sagt Daniel. „Oder hältst du sie etwa für eine Selbstmordattentäterin?"

Will antwortet erst nicht. „Auf jeden Fall macht eine Fortsetzung dieses Fluges wenig Sinn."

Ich fühle, wie sich ein schweres Gewicht von meinen Schulten löst. Klar – wir können bestimmt schon heute Nachmittag einen Flieger nach Daressalam besteigen und morgen schon zu Hause sein. Bei Mama. Und überhaupt bei Joseph ... Denn die Zeit rinnt uns durch die Finger. Bald wird dieser Flug nur noch aus einigen Einträgen in meinem Reisetagebuch und mehreren widersprüchlichen Erinnerungen bestehen. Soll John selbst sehen, wir er seine alte Kiste nach Mombasa geliefert bekommt.

Will nickt weiter. „Sicherlich würden wir uns alle viel Ärger ersparen, wenn wir jetzt das Handtuch werfen", sagt er. „Aber ..." Er richtet sich im Bett auf.

„Aber wir sind nicht hier, um uns Ärger zu ersparen, sondern um einen Flug durchzuführen. Nicht dass ich keine Angst vor Mr. Cooper habe, wenn ich ihm in die Suppe spucke. Aber ich denke, wir sollten diese Geschichte bis zum Ende führen."

„Und der Unfall?", rufe ich.

„Der keiner war", sagt Will. „Aber dass dieser Cooper dahinter steckt, glaube ich nicht. Warum sollte er euch anwerben und dann gleich um die Ecke bringen? Schließlich will er euch behalten. So einfach ist das nicht. Also, ich würde mich sehr wundern, wenn diese Geschichte nicht auf einem riesengroßen Missverständnis beruht. Wir sollten alles seinen Gang nehmen lassen. Ich werde Mr. Kathangu davon unterrichten, wenn er nachher wieder kommt, und vorschlagen, dass wir morgen früh abfliegen. Dass dieses

Gespräch, sowie alles, was ihr über Mr. Cooper wisst, unter uns bleibt, versteht sich von selbst, oder?"

„Natürlich", sage ich. „Aber ..."

„Und wenn ich ‚wir fliegen' sage, meine ich natürlich mich selbst und die anderen Crewmitglieder. Ihr seid natürlich davon ausgenommen und werdet die erste Linienmaschine besteigen. Dann seid ihr lange vor mir zu Hause und könnt eurer Mutter schon Bericht erstatten."

Nein, so habe ich das nicht gemeint. Daniel auch nicht. Würde Beryl Markham so kurz vorm Ziel aufgeben?

„Aber Will, du hast doch die ganze Zeit gesagt, dass wir zur Crew gehören", sagt Daniel.

„Das tut ihr doch", antwortet Will. „Aber keiner wird auch nur ein Wort sagen, wenn ich euch sofort aus eurem Vertrag entlasse."

„Das wird nicht nötig sein", sage ich.

Daniel strahlt, aber ich habe es nicht ihm zuliebe gesagt. Schließlich will ich selbst wissen, wie diese Geschichte ausgeht.

23

Das Hotel Anubis und unseren Hotelkoch Mustapha zu verlassen, kommt mir inzwischen fast so vor, als würde ich mich von alten Freunden verabschieden. Die Millionenstadt Kairo ist mir in den letzten Tagen ebenfalls ans Herz gewachsen, trotz allem, was uns während unseres kurzen Aufenthalts widerfahren ist. Der Abschied fällt mir umso schwerer, da ich nicht einmal ahnen kann, was uns am Ende dieses Tages erwartet.

Aber viel von der Stadt sehen wir heute Morgen nicht mehr. Es ist noch dunkel, als Daniel, Antonella, Aisha und ich wieder in ein Taxi steigen und unser Schicksal wieder in die Hände der Verkehrsgötter legen. Dieses Mal sagen wir alle kein Wort, sondern fahren durch fast leere Straßen und biegen auf die ebenso leere Stadtautobahn. Ich erkenne noch die Unfallstelle an der riesigen Delle in der Leitplanke und den Glassplittern auf der Fahrbahn, die in unserem Scheinwerferlicht wie Eiskristalle leuchten. Wenige Minuten später sind wir am Flughafen angekommen und schultern unsere Rucksäcke.

Auf dem Weg zur Passkontrolle sehe ich an der Wand einen Sammelkasten zum Schutz der ägyptischen Umwelt. Daneben stehen zwei Reinigungskräfte, kleine Männer mit kurz gehaltenen schwarzen Schnurrbärten, die sich unterhalten. Ich fasse in meine Jeanstasche und klimpere mit meinen letzten ägyptischen Münzen. ‚Warum nicht?', frage ich mich. Schließlich will ich keine Münzsammlung anlegen und die ägyptische Umwelt braucht soviel Hilfe, wie sie kriegen kann. Aber gerade als ich die Münzen in den Kasten werfen will, streckt mir einer der Männer seine rechte Hand entgegen und fängt meine Spende ab.

„Das kann ich übernehmen", sagt er mit so entschiedener Stimme, als sollte ich ihm für diese Dienstleistung danken.

Und so verabschiede ich mich von den Bakshish-Boys.

Die Aurora glitzert in den ersten roten Strahlen der aufgehenden Sonne und macht ihrem Namen alle Ehre. Sie ist mir in den letzten anderthalb Wochen trotz allem, was passiert ist, richtig ans Herz gewachsen. Kaum zu glauben, dass die Reise vielleicht schon in wenigen Stunden vorbei sein wird!

Daniel und ich verstauen unsere Rucksäcke und begeben uns gleich zum Catering, um den Proviant für den heutigen Flug abzuholen.

„Warum hat man uns so viel gegeben?", frage ich Daniel, als wir die beiden schweren Pappkartons zum Flugzeug schleppen. „Es ist fast, als ob ..."

Wir bleiben stehen. Direkt vor uns nehmen gerade Irma und Roloff ihre schweren Rucksäcke ab und steigen in die Aurora.

„Hey!", sage ich zu Ron, der gerade einen Blick auf den linken Motor wirft. „Was haben die beiden hier zu suchen?"

„Sie sind unsere Passagiere. Mr. Kathangu hat sich weich klopfen lassen. Offenbar war ihr Versprechen, Aisha Air in ihrem Buchprojekt zu erwähnen, unwiderstehlich."

Mein Gott, denke ich, was wird aus den beiden werden, wenn die Sache in Addis Abeba in die Luft geht? Was wird aus uns allen?

Als wir dann an Bord gehen und den Proviant in der Bordküche verstauen, merke ich, dass sich noch mehr geändert hat. Aus dem Cockpit höre ich eine fremde Stimme. Einen Augenblick später kommen Will, Ron und John in die Kabine. Ihnen folgt ein spindeldürrer Mann in einer kakifarbenen Pilotenuniform. Er hinkt hinterher und steht dann breitbeinig da.

„Jenny, Daniel, darf ich euch Mr. Thorvald vorstellen?", sagt John. „Er wird für den letzten Teil der Reise unser Kopilot sein.

„Thorvald?", sage ich. „Sie meinen etwa ..."

„Genau, ich war doch als Cargomaster vorgesehen", sagt Thorvald. „Bis ein kleiner Unfall unsere Pläne durcheinander brachte." Er reibt sich das rechte Knie. „Aber keine Sorge, ich werde niemandem seinen Job wegnehmen."

Das ist nun wirklich meine allerletzte Sorge. Ich gebe Thorvald die Hand. Er zwinkert mir zu und schüttelt sie.

„Schön, wieder so einen alten Vogel zu fliegen", sagt er. „Ihr seid die beiden Flugbegleiter?"

„Ja Sir", sagt Daniel und gibt ihm ebenfalls die Hand.

„Sie haben also Erfahrung mit einer DC-3?"

„Ich habe sie früher im Kongo geflogen", antwortet Thorvald. „Ich brenne geradezu darauf, wieder so einen alten Gooney Bird unter die Finger zu kriegen."

Warum fühle ich mich plötzlich unsicher, jetzt wo Will nicht mehr am Steuerknüppel sein wird? Aber zum Nachdenken ist keine Zeit mehr. Wir kontrollieren die Kabine, während Antonella draußen einen letzten Blick auf die Motoren wirft, und Ron und Mr. Thorvald eine Vorflugkontrolle durchführen. Will sieht halbtot aus, mit seinem eingegipsten Arm und dem zugepflasterten Gesicht, aber er lächelt Daniel und mir zu und geht wieder ins Cockpit.

Ich wende mich an Roloff und Wilma, die es sich wieder in der letzten Sitzreihe bequem machen.

„Ihr wollt also nach Mombasa?", frage ich sie. „Ich dachte, nach Kapstadt."

„In Mombasa ist auch ein Jazzfestival", sagt Roloff. „Dann wird ein neuer Jazzclub in Daressalam eröffnet. Da möchten wir auch hin."

Ich muss lächeln. Sie glauben offenbar, dass John ihre Jazzleidenschaft endlos weiter mit finanzieren wird. Aber als ich an Coopers geplante Aktion in Addis Abeba denke, verschwindet mein Lächeln sofort. Ihr werdet den Flug bereuen, denke ich. Wie wir alle.

Ich setze mich an die rechte Seite und schaue aus dem Fenster, während wir auf die Rollbahn biegen und zum Start ansetzen. Nach fast zwei Wochen in dieser Maschine höre ich das Heulen der Motoren kaum noch. Aber meine Gedanken sind sowieso ganz woanders, als wir uns in die Luft erheben und nun im rosigen Morgenlicht dem Lauf des Nils nach Süden folgen. Was wird heute Abend passieren?

Ich denke an die vielen Actionfilme, die ich gesehen habe. Ich stelle mir Scharfschützen vor, vielleicht auch einen Panzerwagen, eine Schießerei und einen Feuerball! Nein, Quatsch, so weit wird es gar nicht kommen. Sicherlich wird uns Cooper mit einigen äthiopischen Polizisten beim Ausstieg empfangen. Oder vielleicht wird er warten, bis wir durch die Passkontrolle kommen, bevor er dazu übergeht, die Maschine zu durchsuchen. Aber wonach wird er überhaupt suchen?

So oder so hat das alles nichts mit uns zu tun. Die Frage ist nur, wie wir von dort nach Mombasa kommen, zu Joseph. Aber dafür wird schließlich Will sorgen.

Also kein Grund zur Aufregung. Ich schaue aus dem Fenster. Der breite Nil fließt träge unter uns dahin. Das dunkelgrüne Band an jedem Ufer hört schon wenige Kilometer später auf und weicht dem gelben Sand der Sahara. Ein komisches Land, denke ich, das nur aus einem dünnen Streifen Grün besteht, der vor Leben nur so wimmelt, und ansonsten fast eine einzige Todeszone darstellt. Wie verletzlich und kostbar doch das menschliche Leben ist. Fast wie eine Schneeflocke unter der Sonne Afrikas.

Will kommt wieder aus dem Cockpit. Er sieht wirklich mitgenommen aus. Es sind bestimmt die Schmerzmittel. Er begibt sich auf einen Sitz auf der linken Seite, kippt ihn nach hinten und schließt die Augen.

Mir ist aber nicht nach Schlafen zumute. Ich starre die ganze Zeit aus dem Fenster, knipse Fotos und schreibe in meinem Reisetagebuch. Ich lese sogar eine Stunde im Biobuch. Als dann mittags Luxor mit seinen Tempeln und dem Tal der Könige unter uns auftauchen und gleich wieder hinter uns verschwinden, hole ich Daniel, der links sitzt und ebenfalls aus dem Fenster schaut, und wir kümmern uns um das Mittagessen. Brathähnchen und Kartoffelsalat, mit einem Tofuauflauf für Antonella.

Wir fliegen immer weiter. Obwohl wir schon gut tausend Kilometer hinter uns gelassen haben, ändert sich der Blick aus dem Fenster nur geringfügig. Der Fluss, grüne Felder und Palmengärten, Städte und Dörfer, dahinter dann gleißender Sand, absolute Leere. Ein riesiger See öffnet sich unter uns – das künstliche Reservoir des Nasser-Sees. Bald sind wir über dem Sudan. Mich schauert beim Gedanken daran. Nicht nur wegen der Gewalt, die seit Jahren Schlagzeilen macht: Darfur, Bürgerkrieg, Flüchtlinge, Epidemien, Massaker. Es ist wieder die Leere. So viel Land, so wenig Lebenschancen.

Ich hole das Reisepaket aus meinem Rucksack und schaue lieber auf die Materialien über Äthiopien. Was für ein Land! Es ist offenbar das alte Königreich Saba aus der Bibel. Die Äthiopier glauben tatsächlich, dass ihr Reich von der Königin von Saba und König Salomon gegründet wurde. Eine Wiege des Christentums seit dem vierten Jahrhundert. Ich staune auch, dass Äthiopien das einzige Land in Afrika war, dass sich gegen den europäischen Kolonialismus gewehrt hat, bis schließlich Mussolinis Truppen das Land in den dreißiger Jahren mit Flugzeugen und Giftgas überfallen und vereinnahmt haben. Und schließlich Kaiser Haile Salasse, ‚der Löwe von Juda,' die Inspiration für die Rastafari-Bewegung. Reggae-Musik, Bob Marley – nicht schlecht! Und ohnehin ist Äthiopien das Ursprungsland des Kaffees. Also, ich kann es kaum erwarten. Ich schaue mir den Stadtplan von Addis Abeba – ‚Neue Blume' – an und denke mir schon eine Besichtigungsroute aus.

Jetzt ist es vierzehn Uhr. Ich schaue aus dem Fenster und sehe unter uns eine unförmige graue Stadt. Der Nil teilt sich hier – wir müssen über Khartum sein, der Hauptstadt vom Sudan. Ich stehe auf und will gleich zur Kaffeemaschine. John schaut auf und winkt mich zu sich. Er lächelt freundlich.

„Jenny, kommst du einen Augenblick her? Geh bitte Mr. Ellison holen. Ich möchte nämlich mit ihm sprechen."

Nanu? Wenn er Ron will, braucht er nur selbst zehn Schritte zu gehen. Aber schließlich ist er der Boss. Ich öffne die Cockpittür und trete ein. Ron sitzt auf dem Pilotensitz und unterhält sich mit Mr. Thorvald per Kopfhörer. Ich berühre ihn an der Schulter.

„Was, schon wieder Kaffeepause?", fragt er.

„Mr. Kathangu möchte Sie sprechen", sage ich.

„Tja, wird schon nichts Schlimmes sein", sagt Ron. Er wendet sich an Thorvald „Sie übernehmen?"

Thorvald nickt und Ron legt seine Kopfhörer beiseite, schnallt sich ab und steht auf. Er folgt mir steifbeinig in die Kabine zurück. John steht auf, als er uns sieht.

„Ausgezeichnet, ausgezeichnet", sagt er und nickt mit dem Kopf.

Er verlagert sein Gewicht von einem Fuß auf den anderen. Ich habe ihn noch nie so aktiv gesehen.

„Und nun, Mr. Ellison, würden Sie so freundlich sein, einen Augenblick mit Jenny nach hinten zu gehen? Ich will Ihnen beiden etwas zeigen."

Ron nickt und geht den Gang nach hinten. Ich folge ihm.

Und dann höre ich ein Klicken. Ich drehe mich um, und sehe John mit dem Rücken zur geschlossenen Cockpittür stehen. Zuerst denke ich, er hält eine kleine Taschenlampe in der Hand. Warum eine Taschenlampe? Was denn sonst?

Es ist aber keine Taschenlampe.

John hält eine Automatik-Waffe vor sich und zielt damit direkt auf meinen Kopf.

„Was, jetzt schon?", fragt Ron.

Ich weiß es – nun wird mich Ron beschützen, er wird die Waffe aus Johns Hand reißen. Er unternimmt aber gar nichts.

Will springt von seinem Sitz auf.

„John, was zum Teufel spielen Sie da?", ruft er.

Erst jetzt schauen auch die Anderen auf.

Ich spüre nur, wie mein Herz gegen meine Rippen schlägt, wie ein Raubtier im Käfig.

„Solange Sie sich alle benehmen, passiert Ihnen gar nichts", sagt John.

Ganz ruhig. Kalt. Bestimmt. Er richtet die Waffe weiterhin auf mich. Dann ballt er seine linke Hand zu einer Faust und hämmert damit zweimal gegen die Cockpittür. Die Aurora kippt sofort auf die Seite und legt sich in eine scharfe Linkskurve. Ich muss mich an den Sitzlehnen festhalten, um nicht umzufallen.

„John, was soll das überhaupt?", kreischt Aishas Stimme.

„Eine kleine Flugplanänderung", antwortet John. „Nichts weiter."

24

John setzt sich auf den vorderen linken Sitz, der nach hinten schaut, ohne den Lauf seiner Automatik von mir zu nehmen.

„ Nun komm mal her, Jenny", sagt er leise.

Ich schaue zu Daniel, und er nickt mir zu. Ich gehe nach vorne. Nun greift er nach meinem Arm und zieht mich auf seinen Schoss herunter. Ich rieche seinen scharfen Mundgeruch. Er drückt die Pistolenmündung an meine rechte Schläfe, sodass ich meinen Puls darunter spüren kann.

Von hier kann ich in die Gesichter der anderen sehen. Will steht immer noch wütend an seinem Sitz. Aisha ist geradezu versteinert. Antonella ist bleich geworden. Ich sehe, wie ihre Unterlippe zittert. Irma und Roloff schauen eher neugierig auf das Geschehen, legen ihre Zeitschriften aber noch nicht aus der Hand. Daniel versucht mir etwas zuzuflüstern. Nur Ron steht im Gang und lässt die Arme hängen. Er wirkt weder ängstlich noch wütend, sondern einfach resigniert.

„Macht doch was!", rufe ich, und komme mir sofort wie eine Vollidiotin vor.

Sollen sie sich wirklich zusammentun und alle auf John stürmen? Die Mündung der Pistole bohrt sich an meine Schläfe.

„Kathangu, lassen Sie Jenny sofort los und hören Sie auf mit diesem Unsinn!", ruft Will.

„Dafür ist es zu spät, Mr. Chapman", sagt John kühl. „Sie regen sich unnütz auf. Wäre Ihre bedauernswerte Verletzung gestern nur ein kleines bisschen ernsthafter gewesen, hätten wir uns dieses Zwischenspiel sparen können. Glauben Sie mir – ich wollte niemandem schaden, sondern Sie lediglich dazu bringen, Ihre Teilnahme am Flug abzubrechen. Ihre Durchhaltekraft, und vor allem die Ihrer beiden Stiefkinder, habe ich allerdings maßlos unterschätzt. Dennoch - dieser *Unsinn* wird schnell vorbei sein und es wird keinem von Ihnen auch nur ein Härchen gekrümmt werden. Vorausgesetzt, Sie zeigen sich kooperationsbereit."

Ich bin kooperationsbereit. Oh Gott, bin ich kooperationsbereit! Für einen Augenblick denke ich daran, den Piloten zu alarmieren, aber wozu? Natürlich steckt Thorvald mit John unter einer Decke. Er hat sogar die Motoren hochgejagt und wir fliegen jetzt mit voller Geschwindigkeit nach Osten, der Sonne entgegen. Eine klassische Flugzeugentführung, wie im Kino.

Aisha zieht ihr Handy aus der Tasche und tippt auf den Touchscreen.

„Das wirst du bitte lassen, Aisha", sagt John. „Mr. Ellison, Sie kümmern sich darum?"

Ron blickt wie ein geprügelter Hund. Er nimmt eine Spucktüte und sammelt unsere Handys ein, auch meins, und reicht den Beutel dann an John weiter, der ihn unter dem Tisch fallen lässt.

„Danke. Schließlich muss man nicht wirklich überall erreichbar sein."

„Ich glaube, Sie schulden uns eine Erklärung", sagt Antonella.

„Ja, das tue ich", antwortet John und nickt. „Ich wollte Ihren Flug wirklich nicht stören, aber es geht mir inzwischen um viel mehr als um diese alte Maschine. Es wird eine kleine Transaktion geben, einen ganz normalen Geschäftsabschluss. Sobald er getätigt ist, sind Sie alle frei und können Ihre Reise nach Belieben fortsetzen – wohin Sie wollen. Bis dahin müssen Sie leider meine Gäste bleiben. Vor allem Jenny hier", sagt er und lächelt mir zu.

Ich sage Euch, ich könnte ihm die Augen auskratzen.

„Was ist denn so wichtig, dass Sie uns alle in Gefahr bringen?", fragt Will.

„Nun, es soll kein Geheimnis mehr bleiben", antwortet John. „Es geht um eine technische Anlage, die meine Freundin, Ms. Trace hier, entwickelt hat. Diese Anlage wird mir jetzt einen angenehmen Lebensabend ermöglichen, und zwar viel schneller, als 'Aisha Air' das je ermöglicht hätte. Mir und Ms. Trace auch, wenn sie sich willig zeigt."

Aisha brüllt los, und wirft John Ausdrücke an den Kopf, die ich noch nie gehört habe.

„Sie waren das also", sage ich.

„Ich?", fragt John und drückt mich fester an sich. „Was soll ich gewesen sein?"

„Der Brief. Sie haben ihn verfasst. Sie wollten uns auf dem Flug nicht dabei haben."

John scheint einen Augenblick nachzudenken.

„Ach ja, euer Drohbrief! Ich hätte ihn gern geschrieben. Es tut mir leid, aber damit habe ich wirklich nichts zu tun. Ich war zwar zunächst etwas unschlüssig, als Mr. Chapman die Idee äußerte, euch mitzunehmen, aber je mehr unbeteiligte Personen dabei waren, je eher wir in die Presse und ins Fernsehen kamen, umso harmloser und unbedenklicher würde unsere Reise wirken. Und so war es auch."

„Entschuldigen Sie." Roloff hebt einen Arm, wie ein gelangweilter Schüler in einer Schulklasse. „Wann landen wir in Addis Abeba? Wir müssen noch Karten für das Jazzfestival kaufen."

„Wie Sie alle längst festgestellt haben müssten, fliegen wir nicht mehr nach Äthiopien", sagt John. „Unser neues

Flugziel heißt Asmara in Eritrea. Wir werden in knapp drei Stunden dort landen. Bis dahin schlage ich vor, Sie machen es sich so bequem wie möglich und sorgen dafür, dass Sie nicht auf dumme Gedanken kommen und versuchen, die Helden zu spielen. Sie können sicher sein, dass diese Waffe geladen ist und ich weiß, wie man damit umgeht."

„Das wird Ihnen nicht gelingen", sagt Will. „Sobald die äthiopischen Flugbehörden die Entführung feststellen, wird man Kampfflugzeuge starten und Sie zum Landen zwingen. Eritrea würde Sie sowieso kaum mit offenen Armen empfangen."

„Das sehen Sie falsch, Mr. Chapman", sagt John. „Ich habe unmittelbar vor dem Start einen neuen Flugplan angemeldet. Schließlich bin ich der Besitzer und darf mein eigenes Flugzeug dorthin fliegen lassen, wo ich hin will. Insofern ist dieser Flug ganz und gar legal. Es wird keine Suchaktion geben, geschweige denn einen Rettungseinsatz. Nur Ihr gegenwärtiger Status ist ein vorübergehendes Ärgernis."

„Sie spinnen!", sagt Antonella.

„Gut möglich", antwortet John. „Aber ich bin derjenige, der eine Waffe hat und nicht Sie. Nun, kann ich mir Ihrer Kooperation sicher sein, bis wir Asmara erreicht haben?"

Die anderen nicken. Nur Ron steht weiterhin müde und verlegen im Gang.

„Und du, Jenny, habe ich auch dein Wort, dass du und dein Bruder euch benehmen werdet?"

Was bleibt mir noch übrig?

„Gut, dann können wir auf diese furchtbare Verrenkung verzichten", sagt er, und mit einer kurzen Bewegung schiebt er mich so plötzlich von sich, dass ich auf den Fußboden geschleudert werde.

„Ich werde weiterhin ein Auge auf Sie halten müssen", sagt John weiter. „Ansonsten wünsche ich Ihnen allen einen angenehmen Weiterflug und einen interessanten Aufenthalt in Asmara."

John bleibt sitzen. Er sieht seltsam erleichtert aus und lächelt sogar in die Runde, hält aber seine Waffe weiterhin auf seinem Schoß bereit, als würde er den ersten, der eine falsche Bewegung macht, gleich über den Haufen schießen. Ich stehe vorsichtig auf und bewege mich nach hinten zu Daniel. John lächelt mir zu, macht aber keine Bewegung.

„Was machen wir jetzt?", flüstere ich meinem Bruder zu. „Wir können uns doch nicht einfach so entführen lassen!"

Daniel nickt. „Aber auch wenn wir alle gleichzeitig losstürmen, würde mindestens einer von uns eine Kugel abkriegen."

„Du meinst, wir sollen alles einfach über uns ergehen lassen?", frage ich.

„Mich interessiert etwas anderes", sagt Daniel. „Schau dir Ron an. Was spielt er für eine Rolle? Er steht immer noch wie ein Dorfdepp da."

Stimmt, er sieht genauso verlegen aus wie vorhin. Nun setzt er sich auf einen freien Platz und legt sein Gesicht in die Hände.

„Ich wette, er steckt auch dahinter!", sage ich. „Daniel, was geht hier überhaupt vor?"

Ich schaue nach hinten zu Will, der mir zunickt. Ich greife Daniel an der Schulter und wir setzen uns zu Will.

„Geht's dir gut?", fragt mich Will.

„Mittelprächtig", antworte ich. „Aber was soll das alles, Will?"

„Es sieht ganz so aus, als ob John dem alten Cooper eins auswischen will. Das hat er wohl schon kalkuliert, als er diese Anlage gestohlen und in dieser Maschine versteckt hat. Er wird bestimmt einen guten Preis erzielen. Daher die Flugplanänderung, die in der Tat legal ist. Insofern ist das zwar Freiheitsberaubung, aber keine richtige Entführung.

Was er sonst noch vorhat, wird wohl alles andere als erlaubt sein."

„Was können wir machen, Will?", fragt Daniel.

„Auch wenn wir etwas zu dritt gegen ihn unternehmen könnten, hätten wir weiterhin diesen Thorvald da vorne. Gut, sagen wir, wir hätten auch ihn überwältigt. Ich bin keineswegs in der Lage, diesen Gooney Bird zu fliegen, und ihr beiden auch nicht. Und was Ron reitet, weiß keiner."

„Aber Antonella ist doch Pilotin", sagt Daniel. „Bestimmt kann sie die Aurora fliegen."

„Fliegen schon, aber auch landen? Sicher ist sie eine ausgezeichnete Pilotin, aber eine DC-3 sicher landen, das will gelernt werden. Aber das sind alles nur Hirngespinste, solange John seine Pistole auf uns gerichtet hält. Vielleicht fällt uns noch etwas ein."

„Entschuldigung." Roloff dreht sich zu uns um. „Mr. Chapman, wir machen uns tatsächlich große Sorgen um unsere Festivaltickets", sagt er. „Wenn wir zu spät kommen, fällt die gesamte Veranstaltung für uns ins Wasser, und in Asmara ist uns kein Jazzfestival bekannt."

Will zögert einen Augenblick, als ob er erst mal feststellen will, ob Roloff einen Witz macht oder es tatsächlich ernst meint. Er entscheidet sich offenbar für die zweite Variante, denn er lächelt und murmelt ein paar Worte des Bedauerns.

Ich setze mich wieder hin. Nun könnte ich auch loslachen. Wie glücklich die Beiden sind, so in ihrer eigenen Welt. Was würde ich nicht dafür geben, jetzt auf dem Weg zu einem Jazzfestival zu sein, auch wenn ich nicht so besonders auf Jazz stehe. Oder: Was würde ich jetzt dafür geben, wie geplant in Addis Abeba zu landen und wieder Cooper – ausgerechnet diesem schmierigen Spion Cooper – über den Weg zu laufen! Wie ich mich jetzt nach diesem Menschen sehne! Klar werde ich für seine CIA arbeiten. Dann wären wir wenigstens in Sicherheit.

Am liebsten würde ich in Josephs Arme laufen. Das kann ich jetzt wahrscheinlich ganz vergessen.

Aber wo fliegen wir jetzt überhaupt hin? Nach Eritrea! Das sagt mir aber nichts. Und Asmara? Das sagt mir noch weniger. Ich entfalte die Landkarte Ostafrikas und entdecke die Stadt im Nordteil der Republik Eritrea, nordöstlich von Äthiopien, im Hochland nicht weit von der Küste des Roten Meeres. Am Horn von Afrika, wo die Piraten wüten ... Auch wenn wir sicher landen, und uns dort nichts geschieht, wie kommen wir von da jemals wieder unversehrt weg?

Eigentlich sollte ich jetzt anfangen, loszuheulen, ganz zusammenbrechen. Schließlich habe ich Grund genug dazu. Aber irgendwie bleibe ich völlig cool. Liegt es daran, dass ich seit Tagen genau so eine Szene erwarte? Ich denke, Beryl Markham hat es am besten ausgedrückt: *Ich habe nur das Gefühl, dass all dies sich schon früher abgespielt hat – und das hat es auch. Es hat sich schon hundertmal in meiner Fantasie, in meinen Träumen abgespielt, sodass ich nicht wirklich von Entsetzen erfüllt bin. Es handelt sich gleichsam um eine vertraute Szene, um eine vertraute Geschichte, die durch allzu häufiges Erzählen viel von ihrer Spannung eingebüßt hat.*

Genau so ist es. Allerdings – das waren Beryls Gedanken, kurz bevor ihr Flugzeug abstürzte. Ich stehe wieder auf.

Antonella und Aisha unterhalten sich in der letzten Sitzreihe. Aisha sieht aus, als ob sie unter Schock stünde. Sie hält ihre Augen fest geschlossen und ballt die Fäuste. Antonella redet auf sie ein.

„Hatten Sie schon eine Ahnung, dass er so etwas macht?", fragt sie.

Aisha schüttelt den Kopf. Ich sehe Tränen in ihren Augen.

„Er war immer so eigensinnig", sagt sie. „Jetzt ist er zu weit gegangen. Warum habe ich die Warnzeichen nicht gesehen?"

„Dieser Flug stand vom Anfang an unter einem bösen Stern", sagt Antonella. „Die Luftfahrt ist sowieso widernatürlich. Wir hätten niemals mit dieser Kiste Seattle verlassen sollen."

„Sagt mal." Ich knie auf den Sitz vor ihnen und schaue sie an. „Was können wir bloß unternehmen?"

„Ihn gewähren lassen", sagt Antonella. „Du hast selbst seine Waffe gespürt, oder?"

„Aber John ist kein Terrorist", sagt Aisha. „Er braucht nur Geiseln, damit ihn keiner bei seinem Vorhaben stört. Er will niemanden umbringen."

„Wie kannst du ihn nur verteidigen?", frage ich. „Schließlich saßen Antonella und ich mit im Auto, als er versucht hat, uns umbringen zu lassen."

„Niemals", sagt Aisha. „Das war nur sein Ehrgeiz. Er hat aber noch niemandem etwas zu Leide getan. In seinem Herzen will er nur Gutes. Ich glaube, er macht das ohnehin für mich."

Das muss erst mal verdaut werden. „Was schlägst du vor?", frage ich.

„Ihn anzugreifen hat keinen Sinn", sagt Aisha. „John kann man nur auf die sanfte Tour beruhigen. Bloß keine schnellen Bewegungen."

„Sag mal, Antonella", sage ich. „Wenn es darauf ankommen würde, könntest du diese Maschine fliegen und landen?"

„Auf jeden Fall", sagt Antonella. „Mit etwas Hilfe von Mr. Chapman. Aber ich traue es mir zu."

„Wunderbar." Und nun habe ich eine Idee. „Wie wäre es, wenn wir Mr. Kathangu … einschläfern würden?"

Aisha schaut zu mir hoch. „Wie denn?"

„Tja, ihm etwas in seinen Kaffee mischen", sage ich kühl.

„Das ist überhaupt die Idee", lächelt Aisha.

„Wir bräuchten nur ein Schlafmittel", sinniert Antonella.

„Damit kann ich dienen", sagt Aisha. „Ohne meine Tabletten hätte ich in den letzten Wochen kein Auge zugemacht."

Aisha öffnet ihre Umhängetasche unterm Tisch und holt eine Packung Tabletten heraus.

„Löse fünf Stück davon in einer Tasse heißen Kaffees auf", sagt sie und legt mir die Packung unauffällig in die Hand. „er wird uns keine Schwierigkeiten mehr machen."

Ich lasse die Packung in meiner Jeanstasche verschwinden und gehe zu Daniel herüber.

„Ich habe die Lösung", flüstere ich und zeige ihm die Tabletten. „Sobald er schläft, entwenden wir ihm die Waffe und benutzen sie, um den Piloten zu überwältigen. Dann übernimmt Antonella die Kontrolle und wir fliegen nach Addis Abeba."

Daniel nickt. „Wenn wir das machen, dann müssen wir Ron auch gleich mit einschläfern. Wer weiß, wie er reagieren wird."

Daran hatte ich nicht gedacht.

„Okay, dann beide", sage ich bestimmt.

Ich stehe auf und mache mir, so wie immer, an der Kaffeemaschine zu schaffen. In wenigen Minuten spritzt frischer Kaffee teelöffelweise in die Kanne und füllt die abgestandene Luft der Kabine mit frischem Duft. Ich werfe einen Blick über die Schulter und sehe, wie John verträumt in die Luft schaut und seine Pistole sorglos auf seinem Schoß liegen hat. So übernächtigt, wie er jetzt aussieht, denke ich, wird er sowieso gleich einschlafen. Sicherlich deswegen lässt er mich unbehelligt den Kaffee kochen.

Ich nehme ein silbernes Tablett aus dem Schrank und stelle zunächst vier Porzellantassen mit Untertellern darauf. Ich passe auf, dass ich unbeobachtet bin, dann nehme ich zehn Schlaftabletten aus der Packung und werfe jeweils fünf Stück in zwei der Tassen. Ich schenke dann heißen Kaffee ein und rühre die beiden Tassen, die ich strategisch auf einer Seite des Tabletts platziert habe, mit einem Plastiklöffel um.

Ich nehme das Tablett und gehe nach vorne. Ich reiche eine der präparierten Tassen an Ron und er nimmt sie mit einem schwachen Lächeln entgegen. Dann gehe ich nach zu John. Er lächelt mir zu.

„Braves Mädchen!", sagt er. „Das kann ich jetzt sehr gut gebrauchen." Er nimmt die Tasse und hält sie an seine Lippen.

Gerade jetzt klopft es dreimal gegen die Cockpittür. Wenig später werden die Motoren heruntergefahren und ich spüre, dass wir schon an Höhe verlieren.

„Keine Zeit für Kaffee", sagt John, und reicht mir die Tasse zurück. „Alles bereit machen zur Landung.

Und überhaupt", ruft er in die Runde. „Willkommen in Asmara!"

25

Gummi trifft auf Beton. Wir sind angekommen – und befinden uns doch im Nirgendwo. Die Aurora humpelt eine geschlagene halbe Stunde hin und her auf Waschbrett-Rollbahnen. Aus dem Fenster sehe ich Staubwolken und Wellblech. Kann Thorvald sich nicht entscheiden, wo er hin will? Ich weiß es nicht. Und nun spüre ich wieder ein Kribbeln. Aber die Angst kommt nicht von der Gefahr, sondern von der Ungewissheit.. Wissen ist Macht – ja, den Spruch habe ich oft gehört. Und wer unwissend bleibt, hat Angst, ist gefügig, kann nicht planen, sich nicht wehren. John braucht man das nicht zu erklären. Er sitzt weiterhin auf seinem Sitz und hält die Pistole bereit.

Endlich bleibt die Maschine neben einem grauen Wellblechhangar stehen und die Motoren hören auf zu laufen. Ich warte jeden Augenblick darauf, dass die Außentür geöffnet wird, damit wir endlich frische Luft bekommen, denn ich ersticke in den Abgasen.

Aber wieder passiert nichts. Die Luft erhitzt sich von Minute zu Minute. Über dreißig Grad sind es mindestens. Johns Stirn glänzt und er greift mehrfach nach seinem weißen Taschentuch, ohne uns einen Moment aus den Augen zu lassen.

Ein Knacken und Knarren reißt mich aus meiner Trägheit. Die Cockpittür klappt auf und Thorvald tritt in die Kabine.

„Ich glaube, sie sind draußen soweit", sagt er. „Ich kann Sie gerne ablösen."

John nickt erleichtert und reicht Thorvald die Waffe. Dann steht er auf und geht auf die Außentür zu. Dort hält er einen Augenblick inne, holt tief Luft, bevor er nach dem Griff fasst und die Tür mit einer Bewegung aufreißt.

Frische Luft strömt in die Kabine. Ich fülle meine Lungen, während John die Treppe hinuntersteigt und verschwindet. Ich würde ihm gern hinterher springen, aber Thorvald steht im Türrahmen und zielt mit der Waffe mal auf den einen, mal auf den anderen von uns.

Will wendet sich an Ron. „Was hast du mit dieser Geschichte zu tun?"

„Er hat mich erpresst" Ron senkt den Kopf. „Es war die Sache mit Al-Musayyib. Es ist ihm gelungen, die Akten in seine Hände zu bekommen – Akten, die sonst keiner gesehen hat. Er weiß vom Kriegsgericht und was ich wirklich in Al-Musayyib angerichtet habe. Seitdem habe ich nicht mehr fliegen können. Und nun ist mir klar, warum er mich für diesen Flug haben wollte. Er sagte mir heute morgen, dass er etwas vorhätte und wenn ich ihm während des Fluges irgendwelche Schwierigkeiten machen würde, würde er damit an die Öffentlichkeit gehen. Man hätte mir meine Pilotenzulassung entzogen. Ich wäre nie wieder geflogen. Das durfte nicht passieren."

„Dieses Schwein", sagt Aisha.

„Dass wir alle dabei in eine Flugzeugentführung verwickelt werden konnten, hat Sie dabei nicht gestört?", bohre ich nach.

„Er hat mir versprochen, dass Ihnen allen kein Haar gekrümmt wird", sagt Ron. „Er hat mir sein Wort gegeben."

„Wer ist nun der Hammer?", fragt Will „Und wer ist der Amboss?"

Das ist also der Preis, von dem Ron gesprochen hat. Und ausgerechnet wir sollen ihn jetzt zahlen.

Die Außentür knallt zu und die Maschine macht einen Ruck. Draußen höre ich das Tuckern eines Dieselmotors, als die Aurora sich im Schneckentempo in Bewegung setzt, dieses Mal rückwärts. Wir werden abgeschleppt.

„Ganz ruhig", sagt Thorvald.

Er scheint unsere Angst zu spüren. Bilde ich es mir nur ein oder sehe ich in seinen Augen auch Zweifel, Unsicherheit und zum ersten Mal sowas wie Angst?

Durch das Fenster sehe ich geparkte Kleinflugzeuge, darunter eine ausrangierte russische Transportmaschine in grauer Farbe mit Kränzen von Rostflecken um die Fensterluken.

Plötzlich wird die Maschine von Dunkelheit umhüllt. Aus dem Fenster sehe ich, wie wir einen haushohen Torrahmen passieren und in die kühle Höhle eines riesigen Flughangars geschleppt werden. Wir stoppen. Ich höre ein metallisches Scheppern, dasselbe Geräusch, das man von einem Eisenbahnwaggon hört, wenn er entkoppelt wird. Nun tuckert der Traktor an uns vorbei und wieder hinaus. Mit einem gewaltigen Schwung wird die Hangartür wieder zugeschoben.

Die Außentür wird wieder geöffnet.

„Alle aussteigen!", ruft eine harte Stimme auf Englisch.

Will, der der Tür am nächsten sitzt, zuckt mit den Achseln. Dann steht er auf und geht durch die Tür. Die beiden

Holländer folgen ihm, dann Aisha, Antonella und zum Schluss Daniel und ich.

Der Hangar ist groß, kühl und muffig. Vor uns steht eine Reihe von gut zwanzig Soldaten in Tarnuniformen. Ihre Maschinengewehre sind auf uns gerichtet. In den Ecken des Hangars sowie an der riesigen Schiebetür stehen paarweise weitere Soldaten. Ihre Haut ist pechschwarz und glänzend, ihre Haare weich und lockig. In der Mitte der Soldaten vor uns steht ein Offizier in grauer Uniform. Ich sehe kein Gewehr in seiner Hand, was mir plötzlich ein Gefühl von Erleichterung gibt, bis ich dann die Dienstpistole an seinem blanken schwarzen Gürtel sehe. John steht neben ihm.

Der Offizier sagt etwas zu John, der nun selbst zur Maschine geht und durch die offene Tür ruft: „Okay, Thorvald, jetzt können Sie auch kommen."

Thorvald erscheint, die Automatik immer noch in der Hand, und weicht zurück, als er die uniformierten Männer vor sich sieht.

„Legen Sie die Waffe auf die Erde", ruft ihm der Offizier auf Englisch zu. Thorvald zögert, bis John auf ihn einredet.

„Nur eine Formalität", sagt er.

Thorvald zögert. Schließlich nickt er, steigt auf den Betonfußboden hinunter und legt die Pistole nieder.

Ein Soldat springt nach vorne und schnappt sich die Waffe. Der Offizier dreht sich um und geht auf Will zu.

„Mr. Chapman, nehme ich an?", sagt er.

Er reicht Will nicht die Hand.

„Ich bin Oberst Tekeste von der eritreischen Nationalarmee. Sie sind alle festgenommen. Es ist Ihnen sicherlich bewusst, dass Sie sich auf unerlaubte Weise in dieses Land gebracht haben und sich nun illegal hier aufhalten. Das können wir nicht zulassen."

„Das ist eine seltsame Art, Gäste willkommen zu heißen", sagt Will. „Meine Crew und ich sind hierher entführt worden und nun stehen wir unbewaffnet Ihrer halben

Armee gegenüber. Ich verlange, dass Sie uns sofort Zugang zu unseren Botschaftern gewähren und für unsere schnellste Weiterreise sorgen."

Oberst Tekeste lächelt. Obwohl er Afrikaner ist, hat er eine lange, schmale Nase und Gesichtszüge wie ein Europäer.

„So lange Sie sich in meiner Obhut befinden, werde *ich* die Forderungen stellen, Mr. Flugkapitän!"

Ich habe es gleich gewusst. Der Oberst hat bestimmt irgendein Geschäft mit John ausgetüftelt und nun sind wir seine Geiseln. Er ruft etwas in seiner Sprache und die Soldaten senken ihre Waffen.

„Mr. Kathangu, Mr. Thorvald, wir haben einiges zu besprechen", sagt er, und damit entfernt er sich mit einigen der Soldaten, John und Thorvald im Schlepptau.

Die anderen Soldaten bleiben stehen und starren uns wortlos an.

„Was werden sie mit uns machen?", flüstere ich Will zu.

„Das liegt in den Händen von diesem Oberst Tekeste", raunt Will.

Wir bleiben eine weitere Viertelstunde stehen. Nach einer Weile setze ich mich auf den Boden des Hangars. Er ist zwar dreckig, aber das ist mir inzwischen egal. Und nun fange ich an Gedanken zu spinnen. Sie können uns nicht einfach gegen die Wand stellen und erschießen, oder? Aber wenn schon – wer würde das jemals erfahren? Es würde nur heißen, dass wir irgendwo in den Bergen Äthiopiens verschollen sind.

Ich schaue zu den anderen. Ron steht abseits. Will starrt ihn an und kratzt sich im Genick. Aisha und Antonella unterhalten sich leise. Irma und Roloff sitzen zusammen. Irma sieht bleich im Gesicht aus. Vor Angst, oder geht's ihr wirklich nicht gut?

Endlich geht am anderen Ende des Hangars eine Tür auf. Einer der Soldaten, ein schlaksiger Unteroffizier mit einer kohlenschwarzen Sonnenbrille im Gesicht und einem roten Tuch um seinen Kopf, marschiert auf uns zu.

„Gehen Sie zum Flugzeug und holen Sie Ihr Gepäck", befiehlt er. „Machen Sie schnell."

Wir brauchen nicht zweimal dazu aufgefordert werden. Wir tun eilends, was er verlangt. Zwei Soldaten begleiten uns und schleppen Decken und einige Beutel mit Aisha-Air-Geschenken aus dem Frachtkäfig hinterm Cockpit. Als ich wieder auf dem Boden des Hangars stehe, meinen Rucksack auf den Schultern und meine Reisetasche in der Hand, sehe ich, dass die Soldaten ihre Maschinengewehre in Bereitschaft halten.

„Kommen Sie jetzt!", sagt der Unteroffizier.

Unsere kleine Kolonne setzt sich in Bewegung, begleitet von Soldaten. Irma ist ganz bleich geworden. Roloff nimmt auch ihren Rucksack und legt seinen Arm um ihre Schultern. Wir durchqueren den Hangar und gehen durch die offene Tür in eine Art Korridor aus Wellblech. Ein milder Wind bläst durch die Ritzen. Nach vielleicht dreißig Metern fordert uns der Unteroffizier auf, anzuhalten. Er öffnet jetzt eine weitere Tür und fordert uns auf, einzutreten.

Wir befinden uns wieder in einer Art Hangar oder Werkstatt. Jedenfalls sind die Wände wieder aus Wellblech und das Dach ist gut zwanzig Meter hoch. In diesem Raum stehen aber keine Flugzeuge. Stattdessen liegen acht Matratzen mit den grauroten Decken und Kopfkissen von 'Aisha Air' in regelmäßigen Abständen auf dem Fußboden ausgelegt. Dazu mehrere einfache Gartenstühle aus weißem Plastik sowie ein langer Klapptisch aus Holz. Am anderen Ende des Raumes sehe ich, wie zwei Soldaten gerade eine tragbare Toilettenkabine aufstellen. Fünf Matratzen, denke ich. Das ist eine für jeden von uns. Offenbar werden sich John und Thorvald nicht zu uns gesellen.

Ohne ein Wort wendet sich der Unteroffizier von uns ab, gefolgt von seinen Soldaten.

„Wie lang werden Sie uns hier festhalten?", ruft ihm Will hinterher, aber er erhält keine Antwort.

Schon klappt die Tür zu. Nur ein einziger Soldat bleibt zurück, ein junger, bartloser Mann, der sich auf einen Plastikstuhl setzt und sein Maschinengewehr gegen die Wand hinter sich lehnt.

Hier werden wir also die Nacht verbringen. Der Hangar ist zugig und stinkt nach Motorenöl. Dennoch ist es hier besser als ich erwartet habe. Und was habe ich erwartet? Eine dunkle, feuchte, rattenüberrannte Zelle, ein Erschießungskommando bei Sonnenaufgang? Übertreibe ich? Nein, denn wer schon mal eine Waffe an seiner Schläfe gespürt hat, der kommt schnell auf solche Gedanken.

Auf dem Tisch stehen Wasserflaschen und Plastikbecher. Ich fülle einen Becher und leere ihn in einem Zug. Die Anderen setzen sich auf die Stühle oder legen sich auf die Matratzen. Daniel geht auf den Soldaten zu und ich schließe mich an.

„Was passiert jetzt?", fragt Daniel ihn.

Der Soldat schüttelt nur den Kopf.

„*No English*", erwiedert er.

Wir suchen uns je eine Matratze aus und setzen uns hin. Die Luft ist schwül, aber der Betonfußboden kalt und klamm. Meine Schuhe drücken und ich ziehe sie aus. Ich hole ein Paar Aisha-Air-Pantoffeln von einem Haufen neben dem Tisch und ziehe sie über meine Socken.

Eine Stunde vergeht, dann eine zweite. Niemand sagt ein Wort.

Irma sitzt auf einer Matratze, bleich und zitternd, während Roloff hinter ihr kniet und ihr die Schultern massiert. Plötzlich erhebt sie sich und rennt zur Toilettenkabine, wo sie sich hörbar übergibt. Oh Mann, denke ich, wenn jetzt auch noch eine Magengrippe um sich greift, kann das wirklich heiter werden.

Nein, ich habe keine Grippe – mir knurrt aber der Magen. Schließlich haben wir seit dem Nasser-See in Ägypten nichts mehr zu essen bekommen. Ägypten! Wie lange her das. Wie friedlich und sicher war unsere Reise bisher gewesen, trotz unserer Mini-Entführung in die Grabkammer und dem Autounfall. Sie waren wenigstens schnell zu Ende, aber jetzt? Ja, jetzt könnte Joseph erscheinen und uns alle retten. Joseph? Sehen wir uns jemals wieder? Unsere Verabredung in Mombasa sollte ich am besten ganz vergessen, um nicht völlig durchzudrehen.

Die Tür geht auf und zwei Soldaten erscheinen. Sie sind in Begleitung von zwei schwarzen Frauen in langen weißen Baumwollkleidern und Kopftüchern. Sie schieben einen Trolley in den Raum. Die Räder quietschen. Die Frauen würdigen uns keines Blickes, als ob die Bedienung von Geiseln in einem alten Hangar zu ihrer alltäglichen Arbeit gehören würde. Als sie den Tisch erreichen, stellen sie acht Tabletts auf die Fläche, dazu zwei große Kannen aus Aluminium. Dann lassen sie den Trolley stehen und verschwinden genauso schweigsam, wie sie gekommen sind.

Ich gehe an den Tisch und nehme eins der Tabletts in die Hand. Es ist aus Plastik und mit Alufolie bedeckt. Und dann weiß ich, was es ist. Flugzeugessen! Ich reiße die Folie ab und finde eine kleine Portion Hähnchen mit Gemüse und Reis, einen winzigen Salat, ein Brötchen mit Butter und Cheddarkäse, einen kleinen Becher mit Wasser, dazu ein Stück Obstkuchen und ein Täfelchen Schokolade. Die anderen haben sich auch schon um den Tisch gruppiert und begutachten ihre eigenen Tabletts.

„Mensch, es ist nicht einmal warm!", ruft Daniel.

„Das geht wirklich nicht", sagt Roloff zu Irma, die nun auf der Matratze liegt und sich unter einer grauen Aisha-Air-Decke wälzt. „Ich werde das reklamieren."

Antonella gibt ihr Huhn an Daniel und begnügt sich mit dem Reis und Gemüse. Mir ist es egal, wie kalt oder heiß das

Essen ist. Ich bin am Verhungern. Ich ziehe einen Stuhl heran und setze mich an den Tisch. Antonella füllt warmen Kräutertee in die Plastikbecher und wir genießen ein karges und wortloses Mahl.

Weitere Stunden vergehen. Die Lichtstrahlen, die vorhin durch die Ritze unter dem Dach eingedrungen waren, sind längst verschwunden. Draußen höre ich einen gelegentlichen Start oder eine Landung, ansonsten nur hier und da eine menschliche Stimme in einer fremden Sprache und den Dauerchor der Zikaden. Wir lesen alle, bis auf Irma, die unter einer Wolldecke döst, und Aisha, die stumm auf ihrer Matratze sitzt. Es sieht fast so aus, als ob sie meditiert, aber ich schätze, sie setzt alle ihre Energie ein, um nicht vor Wut zu platzen.

Nach und nach machen wir uns zum Schlafen fertig. Die Soldaten haben neben der Toilette einen Waschstand aufgestellt, mit frischem Wasser und einer Waschschüssel. Als ich dran bin, schrubbe ich den Staub und den Ärger von meinem Gesicht und fühle mich schon viel besser. Es gibt keine Trennwände im Hangar, aber es gelingt mir ohne Weiteres, mich unter meiner Decke umzuziehen, und schon stehe ich im Pyjama da. Ich lege mich auf die Matratze und wickle mich in der Decke ein.

Unser Wächter wird abgelöst und der neue macht alle Lampen im Hangar aus, bis auf eine einzelne am anderen Ende des Raums. Ich mache die Augen zu und falle sofort in einen traumlosen Schlaf.

Ein Klirren und Knirschen weckt mich auf. Sonnenlicht strahlt durch eine offene Tür. Die Lichter gehen an. Ich setze mich auf der Matratze auf und schaue direkt ins Gesicht eines glatzköpfigen Mannes in einem grauen Anzug und mit einem grimmigen Ausdruck auf dem schmallippigen Gesicht.

26

Unser Retter ist da. Und keine Sekunde zu früh!
„Sieh mal einer an!" Cooper steht breitbeinig mitten im Raum und blickt großspurig in die Runde. „Das nennt man also in diesem gottverlassenen Land Gastfreundschaft."

Will sitzt schon aufrecht im Bett und schaut Cooper misstrauisch an.

„Ich heiße Cooper, Mr. Chapman. Von der CIA. Ich habe Sie und Ihre Crew schon eine ganze Weile im Auge."

Will verrät uns nicht. Als ob das jetzt etwas ausmachen würde.

„Es war mir nicht bekannt, dass die CIA hier in Eritrea Polizeiaktionen durchführen darf."

„Eine Polizeiaktion ist das hier nicht, Mr. Chapman", sagt Cooper. „Ich bin in meiner Eigenschaft als Privatmann hier. Sozusagen als Beobachter. Ich musste die ganze Nacht darum kämpfen, überhaupt zu Ihnen gelassen zu werden."

„Wir können also gehen?", frage ich. Ich fange an, meine Klamotten zu sammeln.

„Ich glaube, Sie verstehen mich immer noch nicht", sagt Cooper. „Für Ihr Schicksal interessiert sich meine Regierung überhaupt nicht, und ich mich umso weniger. Wir wollen lediglich unser Eigentum wiederbekommen."

„Sie hatten versprochen, uns zu helfen!", rufe ich.

Bevor Cooper antworten kann, geht die Tür auf. Oberst Tekeste tritt geräuschvoll ein, wieder gefolgt von rund zwanzig bewaffneten Soldaten.

„Ihre Zeit ist um, Mr. Cooper", sagt er. „Ich lasse unseren Gästen das Frühstück servieren, dann können wir zu der eigentlichen Verhandlung übergehen."

Cooper nickt und zieht sich durch die Tür zurück. Auf einen Wink von Oberst Tekeste hin kommen wieder die Frauen von gestern lautlos mit ihrem Wägelchen und servieren uns weiße, kuchenartige Brötchen und Kaffee. Die Brötchen duften köstlich und ich merke, wie ich nach dem dürftigen und kalten Flugzeugessen von gestern Abend wieder Hunger habe.

Tekeste ist eine Dreiviertelstunde später wieder da. Bis dahin haben wir alle gefrühstückt und uns auch gewaschen. Ich schaue mich im kleinen Spiegel, der am Waschtisch angebracht ist. Ich schaudere, als ich mein Gesicht erblicke. Ich sehe alt aus. Wir sehen alle alt aus. Es ist die Angst und – noch viel stärker – die Unsicherheit, die uns die Lebenskraft raubt.

Er braucht nur zu nicken und schon bewegen wir uns alle auf die Tür zu.

„Ihr Gepäck werden Sie nicht brauchen", sagt er. Etwas in seiner Stimme lässt mich schaudern.

Irma sitzt auf ihrer Matratze und kann nicht aufstehen.

„Oberst Tekeste, ich verlange, dass Sie dieser Frau medizinische Hilfe zukommen lassen", fordert Will.

Tekeste schweigt. Dann lässt er Irma behutsam abführen und spricht ein paar Worte in sein Handy.

Wir gehen ohne Irma wieder den langen Korridor entlang bis wir plötzlich in dem Hangar von gestern Nachmittag stehen. Die Aurora steht da wie ein Vogel im Käfig. Nun ist die ganze Fracht entladen. Kisten stapeln sich. Sogar der Inhalt der Bordküche steht auf einem langen Klapptisch.

Tekeste winkt uns wieder nach vorn, dann lässt er uns etwa zehn Meter vor der Maschine stehen. Cooper steht etwas abseits und ich sehe, dass er tatsächlich ganz allein gekommen ist. Er sieht aus wie ein grauer Schatten unter diesen starken, bewaffneten schwarzen Gestalten.

Tekeste sagt etwas zu einem seiner Soldaten. Der geht dann zur großen Schiebetür und drückt auf einen Knopf. Es ertönt ein Kreischen und Getöse, als die große Tür sich in Bewegung setzt. Die Strahlen der Sonne füllen die dunkle Halle. Aber nach wenigen Metern drückt der Soldat wieder auf den Knopf und das Kreischen hört auf. Vier Soldaten treten herein. Sie treiben zwei Männer vor sich her. Als meine Augen sich an das grelle Licht gewöhnen, stelle ich fest, dass es sich um John und Thorvald handelt.

Sie tragen beide Handschellen.

„Ich habe Sie alle hergebeten, um diese Angelegenheit zu einem zügigen Abschluss zu bringen."

Tekeste schreitet zu einem Kartentisch, der strategisch vor der Aurora aufgebaut ist, und setzt sich auf einen Gartenstuhl hin. Nun sehe ich, was hier vor sich geht. Es ist ein Gericht, und Tekeste ist der Richter.

„Können Sie uns endlich sagen, was das alles soll?", fragt Will. „Wir sind hierher entführt worden und werden gegen unseren Willen und ohne Zugang zu unseren Botschaften unter Militärbewachung festgehalten. Ich glaube, Sie schuldigen uns eine Erklärung."

„Die Erklärung werden Sie sich selbst zusammenreimen müssen", antwortet Tekeste. „Wir suchen alle nach Antworten. Fest steht, dass Mr. John Kathangu gestern eine Verabredung mit meinem Kollegen Oberst Nagesh von der eritreischen Armee hatte. Leider konnte dieser Termin nicht wahrgenommen werden, da Oberst Nagesh seit gestern wegen Korruptionsverdacht unter Arrest steht."

Ich schaue zu John. Als diese Wörter erklingen, sieht es fast so aus, als ob alle Luft aus ihm entweicht. Ich merke, dass er überhaupt übel aussieht. Ich glaube kaum, dass er in dieser Nacht eine weiche Matratze bekommen hat. Er hat bestimmt kein Auge zugetan. Was man mit ihm angestellt hat, möchte ich lieber nicht wissen. Thorvald sieht noch dürrer als sonst aus. Er ist unrasiert und hat ein blaues Auge. Er starrt auf John. Wenn seine Hände nicht gefesselt wären, dann würde er bestimmt sofort auf ihn losgehen.

„Umso mehr Grund, die beiden Männer mir zu überlassen", sagt Cooper. „Diese Angelegenheit ist für die eritreische Regierung nicht mehr von Bedeutung."

„Da irren Sie sich, Mr. Cooper", sagt Tekeste. „Wir befinden uns alle auf eritreischem Boden und hier haben wir die Gebietshoheit, nicht Sie. Dabei kann ich mir gut vorstellen, dass Sie mit ihren Methoden viel schneller an Ihr Ziel kommen würden, als meine Wenigkeit."

Er mustert uns alle einzeln.

„Wie ich inzwischen sowohl von Oberst Nagesh als auch von Mr. Kathangu erfahren habe, handelt es sich bei diesem historischen interkontinentalen Flug um eine Schmuggelaktion ersten Ranges. Mr. Kathangu hat den geheimen Prototyp eines hochwertigen Navigationssystems von der US-Regierung entwendet und an Bord der DC-3-Maschine Aurora hierher nach Asmara schmuggeln wollen. Er wollte das System an Oberst Nagesh verkaufen, eine höhere Geldsumme kassieren und sich anschließend per Privatjet nach Dubai absetzen."

„So ein Idiot!", schimpft Aisha.

„Dafür brauchte er Komplizen, und das, meine Damen und Herren, sind Sie."

Tekeste lächelt uns an.

„Offenbar hat jeder seine Rolle gespielt, um diesen Flug so harmlos wie möglich erscheinen zu lassen."

„Aber das haben wir nicht wissen können!", rufe ich.

Tekeste hebt eine Hand. „Diese Frage überlasse ich lieber den Gerichten unserer Republik."

Daniel stöhnt neben mir. Ich spüre selbst, wie der Boden unter meinen Füßen nachgibt. Tekeste hat offenbar noch lange nicht vor, uns gehen zu lassen.

„Wo ist denn dieses Navigationssystem, das uns allen soviel Unglück gebracht hat?", fragt Will.

„Um das zu erfahren, sind wir hier zusammengekommen", sagt Tekeste. „Ich fange also mit den jungen Crewmitgliedern an. Schließlich sind Sie beide die Cargomaster des Fluges."

„Wir wissen wahrhaftig nichts davon", beteuert Daniel. „Die Fracht ist versiegelt. Wir haben uns lediglich um die Ladung gekümmert."

„Drei Kisten sind versiegelt", sagt Tekeste. „Ich schlage vor, wir fangen damit an."

„Worauf warten Sie noch?", ruft Cooper.

Er greift nach einem Brecheisen, das auf einem der Tische liegt, und geht auf die aufgestapelte Fracht zu. Die Soldaten heben alle ihre Gewehre, aber Tekeste winkt ab. Cooper steckt die Brechstange unter den Deckel der ersten Kiste und löst die Nägel., die sie befestigen. Als alle raus sind, wirft er den Deckel zu Boden und greift mit beiden Händen in ein Gewühl aus dünnen Papierstreifen und wirft es um sich.

„Was zum Teuf...!", ruft er.

Ich höre ein Klirren – und Cooper zieht eine Flasche heraus. Und dann noch eine.

„Whiskey?", ruft er.

Tekeste steht auf. Die Soldaten kommen neugierig näher und schauen Cooper genau zu, als er wie ein Wahnsinniger drei Dutzend Flaschen Bourbon Whiskey, eine nach der anderen, aus der Kiste zieht und auf den Tisch stellt. Als die Kiste endlich leer ist, stößt er sie mit seinem Fuß beiseite und macht sich an der nächsten Kiste zu schaffen. Sie enthält ... kanadischen Whiskey. Drei Dutzend Flaschen. Ein Soldat lacht. Binnen Sekunden lacht die ganze Einheit aus vollem Hals. Inzwischen hat Cooper auch die dritte Kiste geleert: Scotch Whiskey. Der Tisch sieht aus wie der Tresen eines Schnapsladens.

Sogar Tekeste lächelt. Er lehnt sich zurück auf seinem Klappstuhl und mustert Cooper mit einem amüsierten Blick.

„Das war also die Geheimfracht. Kein Wunder – Oberst Nagesh ist ein Kenner auf diesem Gebiet. Mr. Kathangu hat tatsächlich das beste Schmiermittel gewählt, um Nagesh' Räder in Bewegung zu bringen."

Cooper hebt die Brechstange wieder auf und wirft sie so weit er kann von sich, bevor er zurücktritt und sich gegen die Hangarwand lehnt.

„Das reicht jetzt an Unterhaltung."

Tekeste steht auf und die Soldaten nehmen wieder Haltung an. Jetzt, wo es im Hangar wieder still ist, merke ich zum ersten Mal ein Klappern, das vom Flugzeug zu kommen scheint.

„Ich will das Navigationssystem. Als nächsten Schritt werde ich also diese wunderschöne Maschine Stück für Stück auseinandernehmen und den Schrott auf dem Wochenmarkt als Entschädigung für meine Mühe verkaufen lassen. Ist es aber nicht sinnvoller, wenn Sie mir einfach sagen, wo Sie das System versteckt halten, Mr. Kathangu?"

John sieht gleichgültig vor sich hin, als hätte er die Frage gar nicht gehört.

Ein untersetzter schwarzer Mann in blauer Arbeitskleidung erscheint an der Tür der Aurora und spricht etwas in seiner Sprache. Tekeste nickt.

„Da meine Männer bisher nichts gefunden haben, will ich, dass die Crew paarweise die Maschine mit meinen Experten begeht. Vielleicht fällt Ihnen etwas auf, was uns bisher entgangen ist."

Er sieht auf Daniel und mich.

„Sie gehen zuerst", sagt er. „Schließlich sind Sie die Cargomaster. Eigentlich tragen sie die Verantwortung."

‚Danke', denke ich. Ich sage lieber nichts, sondern werfe einen Blick auf Daniel. Gemeinsam gehen wir auf die Aurora zu und steigen ein. Der Mann im blauen Arbeitsanzug mustert uns genau.

„Halten Sie Ausschau nach allem, was Ihnen auffällt", sagt er.

Aber wie bloß, frage ich mich. Wir fliegen schon seit fast zwei Wochen in diesem Flugzeug und kennen inzwischen jeden Quadratzentimeter. Dennoch sieht die Maschine tatsächlich anders aus. Aus der Passagierkabine ist alles entfernt worden, bis auf die Sitze, und ich merke sofort, dass die Männer auch diese gründlich untersucht haben. Der Teppich liegt schief, sodass ich klar sehen kann, dass sie auch die Hohlräume unter dem Fußboden untersucht haben. Der Frachtraum ist leer, sogar die Klobürste aus der Toilette ist verschwunden. Die Feuerlöscher fehlen und das Küchenschränkchen ist leer gefegt. Als nächstes wird man bestimmt die Ledersitze aufschlitzen. Ich will dem Mann sagen, dass es hoffnungslos ist, merke aber, dass er eine richtige Antwort von mir erwartet. Daniel und ich gehen also drei- oder viermal auf und ab und schütteln schließlich den Kopf.

Der Mann bittet uns dann höflich nach vorne ins Cockpit. Was sollen wir hier suchen? Hier haben die Männer gründliche Arbeit geleistet. Einer sitzt immer noch auf dem Pilotensitz und schraubt auf dem Fußboden herum. Nein, hier ist wirklich nichts. Warum sollten ausgerechnet wir etwas finden können?

Daniel lässt seine Hand über das Instrumentenbrett gleiten.

„Hier ist doch alles original", sagt er. „Da ist kein Platz für so ein System."

Er lässt seine Hand auf dem GPS-Gerät liegen.

Das GPS-Gerät, denke ich. Das ist tatsächlich das einzige Stück moderner Technik an Bord. Dabei sieht es genauso aus, wie das GPS in Wills Cessna.

„Also, wenn ich so ein System verstecken wollte, dann würde ich es nicht an der unauffälligsten, sondern an der auffälligsten Stelle anbringen, damit keiner es merkt", sage ich. „Zum Beispiel in diesem GPS-Gehäuse. Das ist natürlich Quatsch, da es ja so klein ist."

Der Techniker schaut auf. Ich höre ein Räuspern hinter mir und drehe mich um. Tekeste steht an der Tür. Er nickt dem Techniker zu, der einen daumengroßen Schraubenzieher aus seiner Brusttasche zieht und das GPS-Gerät in wenigen Sekunden abmontiert.

Als wir aus der Maschine steigen, hält Tekeste das Kästchen hoch in der Luft. Als John es sieht, schreit er auf und sinkt auf die Knie.

„Na, warum nicht gleich so?", sagt Tekeste.

27

Alle im Hangar schweigen, während der Oberst das Gerät weiter hoch hält, wie eine Trophäe, und es dann einem Techniker gibt, der es gleich in Empfang nimmt um es auseinander zu schrauben.

„Ein genialer Streich", sagt Tekeste. „Alle Achtung. Sie wären fast durchgekommen. Leider durfte ich das nicht zulassen."

„Können wir nun endlich gehen?", frage ich Tekeste. „Sie haben doch das, was Sie wollten."

Er achtet nicht auf mich, sondern schaut weiter auf seinen Techniker. Der hält schon eine Lupe in der Hand und begutachtet das Gerät von allen Seiten, während ein anderer Techniker die schon abgeschraubten Teile mit einer Pinzette gegen das Licht hält.

Plötzlich legt der Techniker seine Lupe auf den Tisch und sagt etwas in seiner Sprache. Die Soldaten raunen. Einige von ihnen kratzen sich am Kopf. Tekeste tritt an den Tisch heran und hebt das Gehäuse vom Navigationsgerät hoch.

„Sie sind sicher?", fragt er auf Englisch.

„Absolut!", erklärt der Techniker und hebt die Hände. „Das ist kein geheimes Navigationssystem. Es handelt sich lediglich um das NX-101, das schon seit sechs Monaten auf dem Markt ist."

John, der während dieser ganzen Zeit wie ein begossener Pudel gestanden hatte, hebt den Kopf.

„Nein!", ruft er. „Ich habe es doch selbst eingebaut!"

„Tatsächlich?", fragt Tekeste. Er geht auf John zu und lächelt ihn an. „Und wenn Sie das getan haben, wo ist es jetzt?"

„Ich sage die ganze Zeit, Sie sollen ihn mir überlassen", mischt sich Cooper ein.

Tekeste schüttelt den Kopf, so als wollte er Coopers Stimme abschütteln.

„Sie wissen, was wir Ihnen antun können", sagt er zu John. „Ich wollte auf solche Methoden verzichten, aber langsam lassen Sie mir keine andere Wahl. Wollen Sie es mir nicht endlich sagen?"

„Ich kann es Ihnen sagen!" Aisha steht auf und geht auf Tekeste und John zu. „Nachdem wir in Nuuk gelandet waren und ich das Gerät genauer untersuchte, habe ich sofort festgestellt, dass Mr. Kathangu das NX-101 gegen den gestohlenen Prototyp aus dem Depot in Virginia ausgetauscht hat. Der Prototyp war für militärische Zwecke gebaut, aber man kann ihn auch als normalen Bordcomputer programmieren. Das hätten Mr. Chapman und Mr. Ellison nicht wissen können, aber ich merkte es sofort. Und ich wollte nicht zulassen, dass er das Gerät außer Landes schafft."

John starrt sie an. Tekeste lächelt wieder. Er amüsiert sich offenbar über diese neue Wendung.

„Dann haben Sie das Gerät bei sich versteckt?"

Aisha schüttelt den Kopf. „Ich habe doch gesagt, dass ich nicht zulassen wollte, dass das Gerät außer Landes geschafft wird. Dass überhaupt wieder etwas damit passiert. Die Baupläne habe ich schon vor meiner Abreise vernichtet. Das Gerät selbst habe ich gleich nach unserer Ankunft in Nuuk zerstört."

„Inwiefern *zerstört?*", fragt Tekeste.

„Ich führte ein NX-101 bei mir im Gepäck", erklärt Aisha. „Ich habe es gegen den Prototyp ausgetauscht. Das

Original habe ich dann in meinem Gepäck versteckt, und im Hotelzimmer im Sjømandshjem auseinandergenommen und jedes Einzelteil mit dem Hammer zertrümmert und alles in den Godthåb-Golf geworfen. Mit Ausnahme von dem Hauptprozessor, den ich abends in den Kamin warf." Sie wirft einen Blick zu Antonella. „Ich weiß, dass das nicht sonderlich umweltfreundlich von mir war, aber ich dachte, die Erde würde es mir dieses eine Mal verzeihen."

Die Soldaten raunen wieder. Wer Englisch kann, dolmetscht Aishas Worte für die anderen. Unsere Crew schaut stumm und besorgt. Nur Will lächelt übers ganze Gesicht. Ich sehe, er muss hart dagegen ankämpfen, nicht gleich loszulachen.

„Warum?", fragt John. Er macht einen Schritt auf Aisha zu und klappert mit den Handschellen. „Warum hast du es zerstört? Aisha, der Verkauf dieses Gerätes hätte uns ein neues Leben zusammen beschert. Wie konntest du so unser Glück zerstören?"

„Du weißt doch, wofür dieses System gedacht war", antwortet Aisha. Sie stemmt ihre Hände auf ihre Hüften. „Für Kampfflugzeuge, für Raketen, womöglich für Weltraumwaffen. Mir war schon eine Schlüsselrolle in einer neuen Welle des Rüstungswahns zugewiesen und der Prototyp war nur der Anfang. Das ist mir seit einiger Zeit zuwider. Ich habe anderes vor, neue Projekte, die nur noch dem Leben dienen. Der Rüstungswahn wird weitergehen, keine Frage. Aber ab jetzt ohne mich."

„Wie edel", sagt Tekeste. „Genauso edel, wie es aussichtslos ist. Kriege wurden schon immer geführt, und sie werden immer weiter geführt werden. Da kann ein Einzelner wenig bewirken. Sie am allerwenigsten."

„Ich habe es nicht nur deswegen getan", sagt Aisha. Sie flüstert fast. Eine Träne läuft über Ihr Gesicht.

„Warum denn sonst?", fragt John.

„Weil ..." Aisha zieht ein Taschentuch aus ihrer Jeanstasche und wischt sich die Nase ab. „Weil ich gerade eine solche Situation gefürchtet habe", sagt sie. „Ich wollte nicht, dass du in noch größere Schwierigkeiten gerätst, als du jetzt schon bist."

Alle schweigen. Und nun kullern die Tränen über Aishas Gesicht.

Tekeste dreht sich ab und geht einige Schritte auf die Aurora zu. Dann wendet er sich um und schaut uns allen an..

„Das ist nun eine ganz neue Situation", sagt er und spielt mit seinem Schnurrbart.

„Ich fürchte, Sie werden Ihr Navigationsgerät nun nicht mehr bekommen", sagt Will.

„Mein Gerät ist es gar nicht", sagt Tekeste.

Er schaut wieder auf John und Aisha, dann geht er eine Weile auf und ab. Endlich scheint er einen Entschluss gefasst zu haben.

„Nun, wo das Gerät nicht mehr existiert, frage ich mich, was ich mit Ihnen tun soll", sagt er.

„Sie werden ihn mir überlassen", sagt Cooper. „Und vor allem auch diese Ms. Trace, die sich entgegen den Verpflichtungen, die sie mit meiner Regierung eingegangen ist, im Ausland absetzen will. Ich warte derzeit auf Instruktionen von meiner Regierung. Ich glaube nicht, dass Sie sich dagegen wehren wollen."

Tekeste schaut zu Cooper. Der Ärger in seinem Gesicht verwandelt sich in Wut.

„Wie oft muss ich Ihnen noch erklären, Mr. Cooper, dass Sie in diesem Land über keinerlei Macht verfügen? Was Ihre Regierung zu meinen Gefangenen zu sagen hat, interessiert mich recht wenig."

Er dreht sich wieder um und geht auf John zu.

„Mr. Kathangu, bald wird diese Situation nicht mehr unter meiner Kontrolle sein. Ich gebe Ihnen drei Möglichkeiten. Erstens, Sie können hier bei uns in Eritrea in Schutzhaft bleiben und als Zeuge in einem späteren Prozess gegen Oberst Nagesh aussagen. Zweitens, ich kann Sie Mr. Cooper ausliefern. Er wird dann nach seinem eigenen Gutdünken mit Ihnen verfahren."

John schaut zu Cooper hinüber.

„Oder ..." Und nun lächelt Tekeste. „Oder Sie halten sich an Ihrem ursprünglichen Plan. Der Privatjet, den Sie schon gechartert haben, steht nämlich seit gestern Abend hier am Flugplatz bereit, um Sie dorthin zu bringen, wo immer Sie hin wollen. Da Sie das Gerät in den USA entwendet haben und nicht hier, und Sie im Besitz eines gültigen Visums sind, habe ich keinen Grund, Sie hier zu behalten. Insofern sind Sie von mir aus frei."

„Ich glaube, es gibt eine vierte Möglichkeit", sagt Aisha.

„Und die wäre?", fragt Tekeste.

„Dass ich mit dir gehe", sagt Aisha zu John. „Dass wir gemeinsam meine Ultraleichtflugzeuge bauen und auf alles andere verzichten. Irgendjemand muss auf dich aufpassen, unvernünftig wie du bist." Sie geht auf ihn zu und legt ihm die Arme um die Schultern.

Tekeste schaut die beiden einen Augenblick verdutzt an. Dann nickt er einfach und sagt, „Ich lasse Ihr Gepäck holen."

Aisha wirft uns ein letztes Lächeln zu, bevor sie und John für immer durch die Hangartür verschwinden.

Die Soldaten stehen weiterhin vor uns, ihre Maschinengewehre im Anschlag.

„Abführen!", ruft Tenkeste.

Ich will gerade etwas zu Will sagen, als Irma hereinkommt, mit einer weiß gekleideten Krankenschwester auf den Fersen.

„Roloff!", ruft sie. *„Ik ben zwanger!"*

28 Ich schnalle mich auf dem Flugingenieursitz im Cockpit an. Schließlich wird das vorerst mein letzter Flug in einer DC-3 sein und ich möchte den Start mit allen Sinnen erleben. Ich stelle fest, dass ich die Aurora vermissen werde, trotz allem, was uns auf diesem Flug widerfahren ist.

John und Aisha verschwanden, Cooper war von einer Minute auf die andere auch nicht mehr da, und was aus Thorvald geworden ist, hat keiner mehr gefragt. Es blieben nur ich, Will, Antonella, die beiden Holländer und Ron, der schon lange kein Wort mehr gesprochen hatte. Wir wurden wieder in unseren Hangar gebracht und ohne Erklärung dort festgehalten. Will nahm es nicht tragisch.

„Tekeste hat es so hingebogen, dass John und Aisha niemals hier waren. Wir dagegen sind ein diplomatisches Problem. Von der Aurora ganz zu schweigen."

Klar – wir hatten keine Einreisevisen und die Aurora hatte offenbar keinen Besitzer mehr. Keine leichte Aufgabe für Tekeste. Das alles störte aber Irma und Roloff wenig. Sie waren ganz aus dem Häuschen wegen ihres Kindes.

„Das melde ich sofort im Betrieb an!", rief Roloff.

„Wieso ausgerechnet im Betrieb?", fragte ich.

„Weil uns beiden laut Vertrag Babyjahre zustehen. Wenn wir die Jahre nacheinander legen, dann haben wir beide zwei Jahre frei!"

„Und es gibt so viele kinderfreundliche Reiseziele", ergänzte Irma. „Wie wäre es, wenn wir zur Entbindung nach Japan fliegen?"

„Peru", sagte Roloff. „Ich will nach Peru."

Es dauerte bis sechzehn Uhr, bis Tekeste wieder erschien, dieses Mal ohne seine Soldaten.

„Es war ein Kampf, aber meine Regierung lässt Sie morgen frei. Sie können Ihre Reise dann fortsetzen."

„Und was ist mit der Aurora?", fragte Will. „Wir können sie nicht einfach hier stehen lassen."

„In der Tat können Sie das nicht", sagte Tekeste. „Da meine Regierung keinen Anspruch auf das Flugzeug erhebt, schlage ich vor, dass Sie morgen bei Tagesanbruch mit der Maschine in Richtung Mombasa starten. Die Gesellschaft 'Aisha Air' besteht weiter. Insofern ist das Schicksal der Aurora eine Angelegenheit für Mr. Kathangus Geschäftspartner. Hier im Hangar brauchen Sie jedenfalls nicht zu bleiben. Ich bitte Sie vielmals um Verzeihung für die Umstände. Sie sind ab sofort meine Gäste."

Ein blauer VW-Transporter steht schon draußen für uns bereit. Wir nehmen unser Gepäck und stiegen ein. Der Fahrer bringt uns zunächst zum wuchtigen Intercontinental Hotel am Rande des Flughafens, wo jeder von uns ein Luxuszimmer mit Bad und allem Drum und Dran auf Staatskosten bekommt. Ich dusche endlich ausgiebig und wechsele meine Klamotten. Eine Stunde später stehen wir alle wieder draußen, wo der Transporter erneut auf uns wartet. Nun bekommen wir eine Stadtrundfahrt durch die Stadt Asmara, deren moderne Architektur aus der Zeit des italienischen Kolonialismus in den Zwanziger und Dreißiger Jahren mich sehr überrascht. Es ist nicht Afrika, aber auch nicht Europa, sondern schon wieder ein neuer Planet. Bei Sonnenuntergang werden wir ins Stadtzentrum zu einem eleganten Restaurant in Art-Deko-Stil gefahren, wo uns Oberst Tekeste und seine Frau Saba zu einem eritreischen Festessen einladen.

Oberst Tekeste unterhält sich gerade mit Will und auch mit Ron, der wortkarg am gegenüberliegenden Tisch sitzt.

Irma hatte offenbar ihren Appetit wieder entdeckt und isst nun für zwei.

Saba wendet sich an mich. „Und Sie wollen wirklich alles aufschreiben, was Sie erlebt haben?"

Sie trägt ein langes weißes Kleid. Ihre lockigen schwarzen Haare hängen offen um ihre Schultern und sie mustert mich mit einem freundlichen und interessierten Lächeln.

„Eigentlich reicht es mir schon völlig aus, dass alles zu erleben – und zu überleben", antworte ich.

Ich mache mich gerade über einen Teller mit würzigem Tsebhi Zegni – Rindereintopf – auf einer frischen Taita her, eine Art Eierkuchen, den man gleich mit isst.

„Aber zuerst will ich nur noch nach Hause."

Saba legte ihren Kopf zur Seite. „Es wartet wohl jemand auf Sie?"

„Mein Freund Joseph", erkläre ich. „Er holt mich morgen am Flughafen ab. Er ist Tansanier. Wissen Sie, ich habe erst mal genug vom Nordwind. Ich freue mich auf den Süden."

Saba lacht. Dann fängt sie an zu summen, bevor sie ein kleines Lied anstimmt. Die Melodie ist wohlklingend und die Worte sind geheimnisvoll, wie aus einer fernen Welt.

„Was haben Sie da gesungen?", frage ich, als sie fertig ist.

„Es ist ein sehr altes Liebeslied", erklärt sie. Und sie rezitiert auf Englisch aus dem Hohen Lied Salomos:

Erwache, du Nordwind, und komm, du Südwind!
Durchhauche meinen Garten, dass seine Düfte zerfließen!
Mein Geliebter komme in seinen Garten und genieße seine köstlichen Früchte! ...

Ich höre die Worte, denke an Joseph und fühle, wie ich rot werde. Saba lacht und nimmt meine Hände in ihre.

***

Und nun geht die Sonne gerade über den fernen Hügeln auf. Die Motoren laufen auf Hochtouren. Antonella sitzt auf dem Pilotensitz und Ron – bleich und übernächtigt – als Kopilot neben ihr. Durch die Kopfhörer höre ich Asmara Tower die Starterlaubnis durchgeben. Antonella schiebt die Gashebel ganz nach vorn und löst die Bremse. Die Aurora rollt vorwärts, beschleunigt und erhebt sich ein letztes Mal in den roten Morgenhimmel.

Daniel und ich haben noch nicht aufgeräumt und die Kabine sieht ziemlich mitgenommen aus. Und wir alle genauso! Vor allem Will, der hinten sitzt und vor sich hin döst. Unser Zeitplan ist sowieso im Eimer. Höchste Zeit, dass wir irgendwo ankommen.

Ich nehme eine Landkarte zur Hand. Unser letzter Flug wird auch unser kürzester sein. Sie führt uns über Addis Abeba und die Berge Äthiopiens, dann über Kenia bis zur Insel Mombasa und zum Indischen Ozean. In knapp vier Stunden sind wir da.

Ich schlage mein Tagebuch auf. Ich bin gerade dabei, die Gerichte vom gestrigen Abendessen zu beschreiben, als Daniel sich zu mir setzt.

„Wie fühlt es sich an, bald am Ziel unserer Reise zu sein?", fragt er. „Ich bin gespannt, wie sich deine Story liest."

„Ich muss zugeben, dass ich am Anfang gar nicht wollte, dass die Reise jemals zu Ende geht", sage ich. „Aber mir reicht's schon. Ich gebe Antonella Recht, dass der Mensch keinesfalls zum Fliegen geboren wurde. Ich weiß kaum noch, wie es sein wird, länger als zwei, drei Tage die Erde unter meinen Füßen zu spüren."

„Dabei haben wir unser Rätsel immer noch nicht gelöst", sagt Daniel.

„Wieso? Wir haben gestern doch alles erfahren."

„Ja schon, aber wir wissen nicht, wer uns diesen Brief untergejubelt hat."

„Eigentlich sollten wir es jetzt schon wissen."

Antonella tritt jetzt aus der Cockpittür und schaut zu uns her. Sie zögert einen Augenblick, dann lächelt sie und setzt sich zu uns.

„Haltet ihr gerade eine Autorenkonferenz ab?", fragt sie.

„So ähnlich", sage ich. „Daniel und ich haben gerade festgestellt, dass wir immer noch nicht wissen, wer uns diesen Warnbrief geschickt hat. Es kann nur John gewesen sein, und er war's doch nicht."

Antonellas Lächeln verschwindet. Sie schaut eine Weile zu Boden, bevor sie spricht.

„Hört mal, ihr beiden", sagt sie und schlägt die Augen wieder auf. „Ich muss euch etwas gestehen. Etwas sehr Peinliches. Ihr solltet aber nicht weiter darüber im Unklaren sein. Ich habe euch den Brief zugesteckt."

„Du?", rufe ich. „Wieso denn?"

„Weil ich absolut gegen diesen Flug war", sagt Antonella. „Die Luftfahrt ist eine der großen Quellen der Umweltzerstörung. Wenn wir alle so weiter machen und das Klima sich noch weiter erwärmt, dann wird es der ganzen Welt und allen Menschen so gehen, wie dem Schnee auf dem Kilimanjaro. Die Erde hat Fieber und schwitzt uns buchstäblich aus. Ich wollte nicht, dass ihr da mitmacht, denn ihr seid die Zukunft. Ihr entscheidet, in was für einer Welt wir später alle leben werden."

Ich schüttele ungläubig meinen Kopf. „Aber das ist doch verrückt!", sage ich. „Wie konntest du uns soviel Angst einjagen?"

„Ich habe es jeden Augenblick des Fluges bereut", sagt Antonella. „Aber ich will jetzt Schluss machen mit dieser Karriere. Das hatte ich doch gesehen, als ich in Rom das Orakel befragte. Mein größter Wunsch ist tatsächlich, die Vorstellungen meiner Eltern zu ignorieren und endlich ein Leben in der Natur zu führen. Mit anderen zusammen. Meine größte Angst besteht darin, so weiterzuleben wie bisher. Dies sollte doch mein letzter Flug sein."

„Wahnsinn", sage ich.

Damit muss ich erst fertig werden. Ich gebe zu, dass ich wütend auf sie bin. Aber dass sie endlich das macht, was sie schon immer machen wollte, das gönne ich ihr.

„Ich habe manchmal an dir gezweifelt", sage ich. „Du warst doch bei dieser ‚Direct Aktion' dabei, oder? Und als du damals auf Island von Opfern redetest …."

„Mein Gott, Jenny!", erwidert Antonella. „So ein Opfer meinte ich natürlich nicht! Ich meinte nur, wir müssen unsere Bequemlichkeit opfern. Immer diesen Drang, überall hinzufliegen, wenn wir gerade Lust dazu spüren. Und dieses Opfer werde ich gern bringen."

„Ich wünsche, es wäre auch mein letzter Flug", gestehe ich. „Ich will nicht mehr. Ich will nie wieder die Erde verlassen, solange ich lebe."

„Wir verstehen einander", sagt Antonella. „Und nun könnten wir alle eine letzte Runde Getränke gebrauchen."

Ich stehe auf und setze die Kaffeemaschine in Gang. Als die Kanne voll ist, stelle ich zum letzten Mal die Kaffeetassen auf das Tablett und schenke ein. Dann verteile ich Kaffee an Will, Roloff und Daniel. Antonella und Irma wollen Kräutertee, und der Wasserkocher brummt auch schon. Als ich mit dem Tee fertig bin, fülle ich noch eine Tasse mit Kaffee und trage sie auf dem Tablett zur Cockpittür. Ich öffne sie und trete ein.

Ron sitzt am Steuer der Aurora und nickt mir zu, als ich hereinkomme. Sein Blick ist dunkel und ich bemerke Schweißperlen auf seiner Stirn. Aber was soll's? Vielleicht geht's ihm gerade nicht gut. Wir sind ohnehin bald da.

Er lächelt mir zu und nimmt die Kaffeetasse dankend entgegen.

„Du bist ein Engel", sagt er und nimmt einen Schluck. „Weißt du, das, was in den letzten Tagen passiert ist, wollte ich nicht. Aber manchmal passieren Dinge in unserem Leben und sie müssen bezahlt werden. Von uns allen. Bis auf den letzten Cent." Er versucht wieder ein Lächeln.

„Schon gut." Ich will's wirklich nicht hören. Sein Al-Musayyib kann mir gestohlen bleiben.

„Du, Jenny, bringst du mir eine Packung Papiertaschentücher? Ich habe mein Taschentuch nicht mehr."

„Na klar." Ich nehme das Tablett unter den Arm und gehe wieder zur Cockpittür.

Sein Taschentuch!? Was hatte mir Daniel damals über Grönland gesagt? *Man bräuchte nur einen Lappen in den Lufteinlass stopfen ...*

Ich höre ein deutliches ‚Ping' von der rechten Seite der Maschine. Wahrscheinlich ist wieder ein Stückchen Eis von der Tragfläche abgebrochen. Aber Eis in Afrika? Ich bleibe stehen und bücke mich, um aus einem rechten Fenster zu schauen.

Vor meinen Augen löst sich der rechte Motor in Metallteile und schwarzes Öl auf. Bevor ich auch nur den Mund öffnen kann, verwandelt sich das, was vom Motor übrigbleibt, in einen Feuerball.

29

Eine Sirene heult. Die Maschine kippt nach rechts und schleudert mich in den Gang. Ich schaue mich um und sehe, wie Antonella aus ihrem Sitz springt und sich an den Rückenlehnen nach vorne tastet. Daniel läuft ihr hinterher und auch Will schreckt hoch und geht, so gut er kann, nach vorn.

Der Motor brennt lichterloh. Die Aurora gerät zusehends außer Kontrolle. Das Heulen der Sirene mischt sich mit brüllenden Stimmen. Ich ziehe mich hoch und laufe ebenfalls ins Cockpit.

„Die Treibstoffzufuhr abdrehen!", brüllt Will. „Den rechten Propeller in Segelstellung bringen!"

Daniel greift nach vorne, um das Ventil zu schließen, aber Ron erhebt sich kurz von seinem Sitz und boxt ihn ins Gesicht.

„Ron, hast du etwas mit dem Motor angestellt?", brüllt Will.

„Es ist vorbei!", schreit Ron. „Der Flug ist zu Ende. Für mich. Für uns alle."

„Haltet ihn!", kommandiert Will.

Antonella und ich stürzen uns auf Ron. Wir greifen jede nach einem seiner Arme und ziehen seine Hände vom Kontrolljoch ab. Daniel schnallt seinen Sicherheitsgurt los und gemeinsam ziehen wir Ron laut schreiend von seinem Sitz in die Kabine. Als wir ihn dort haben, hastet Daniel sofort ins Cockpit zurück.

Ron wälzt sich wie ein Stier unter uns.

„Lasst mich los! Wir müssen nach unten! Nach Al-Musayyib! Nach Al-Musayyib!"

Er holt aus und schleudert mich mit einem Arm von sich weg.

„Es muss alles zurückgezahlt werden! Bis auf den letzten Cent!"

Ich stürze gegen einen der Sitze, rapple mich aber wieder auf. Ich schmecke salzigen Blutsgeschmack auf meiner Zunge.

„Helft uns!", rufe ich zu Irma und Roloff, die das Geschehen von der letzten Sitzreihe entsetzt mit ansehen. Ron versucht auf die Beine zu kommen und Antonella bemüht sich, so gut es geht, seine Schultern festzuhalten. Nun steht Roloff auf. Er zögert nicht, sondern springt zu uns herüber und setzt sich mit einem lauten Plumps! direkt auf Rons Bauch. Gegen Roloffs Gewicht kann der nichts ausrichten. Irma eilt ebenfalls heran und hält mit beiden Händen seinen linken Arm fest. Dann nimmt sie das Wollknäuel, das sie die ganze Zeit bei sich hat, und fängt an, Rons Arme festzubinden.

Draußen steht der Motor weiterhin in Flammen. Ich lasse Antonella bei den beiden Holländern und begebe mich zum Cockpit. Dort entdecke ich Daniel auf dem Pilotensitz – ganz der Buschpilot, der er sein will. Ich spüre, deutlich wie die Aurora schlingert und an Höhe verliert.

„Geh auf deine Position", ruft Will.

Und plötzlich weiß ich genau, was wir zu tun haben. Will schnallt sich auf dem Pilotensitz an und ich setze mich wieder auf den Platz des Flugingenieurs.

„Fahre den linken Motor hoch", befiehlt Will. „Wir müssen an Höhe gewinnen."

„Will, was machen wir?", frage ich.

„Einen Sturzflug", knurrt er.

Ich verstehe – im Sturzflug können wir vielleicht noch das Feuer löschen. Zur Notlandung ist es jedenfalls zu spät.

Der linke Motor heult auf und die Maschine kämpft sich auf siebentausend Fuß.

„Du weißt noch, was ich dir gesagt habe?", fragt Will Daniel. „Ein Verkehrspilot verdient manchmal seinen ganzen Jahresgehalt in zwei Minuten. Diese zwei Minuten gehören jetzt dir."

Daniel nickt, sagt aber kein Wort. Er weiß, was jetzt auf ihn zukommt.

„Jetzt", sagt Will ruhig aber bestimmt. „Kipp die Nase nach unten!"

Daniel schiebt das Kontrolljoch nach vorn. Mit voller Geschwindigkeit rasen wir auf die Erde zu. Ich drücke die Augen zu – und sehe Antonellas Teichorakel vor mir.

„Ruhig", sagt Will. „Ruhig. Halt das Kontrolljoch fest."

Die Maschine schüttelt sich und schaudert. Eine neue Sirene heult auf. Wir fliegen zu schnell! Ich weiß, dass wenn wir überziehen, Daniel uns nie und nimmer vor einem Absturz retten kann.

Schon sehe ich die Konturen der kenianischen Landschaft. Eine Straße, einzelne Felsen, drei Hütten, die Staubwolke, die von einem Auto hochgeweht wird. Sie werden von Sekunde zu Sekunde größer ...

„Nun zurückziehen!", ruft Will. „Hol uns hier raus!"

Daniel zieht mit seiner ganzen Kraft am Kontrolljoch. Zunächst passiert gar nichts. Dann, Zentimeter für Zentimeter gelingt es ihm, die Nase der Aurora nach oben zu richten.

Und nun sehe ich statt Staub und Steinen den blauen Himmel Afrikas durch die Windschutzscheiben.

„Ich habe keine Rückmeldung von den Instrumenten", sagt Will. „Jenny, kontrolliere, ob der Motor noch brennt."

Ich springe von meinem Sitz hoch und laufe in die Kabine zurück. Roloff thront weiterhin auf Rons Bauch, Irma und Antonella sitzen auf je einer Schulter, und Ron strampelt mit den Beinen. Ich jage zum Fenster und schaue hinaus.

Der rechte Motor ist nur noch ein ausgebranntes Stück Metall.

„Das Feuer ist aus!", melde ich.

„Und nun fahr das Fahrgestell aus", erklärt Will. „Es kann durch das Feuer geschädigt sein. Wenn dem so ist, hilft uns nur noch eine Bauchlandung."

Daniel nickt und drückt auf den Knopf. Ich spüre ein Zittern im Rumpf der Maschine.

„Ich bekomme zwei grüne Lichter", sagt Daniel.

„Jenny, geh nach hinten und kontrolliere alles nach!", ruft Will

Ich hetze zurück in die Kabine. Ich schaue zunächst aus dem rechten, dann aus dem linken Fenster.

„Es ist alles okay!", melde ich zurück.

„Der Reifen ist intakt?"

„Einwandfrei!"

„Gott sei Dank", sagt Will. „Daniel, du bist ein Pilot!"

„Etwas anderes will ich gar nicht sein", sagt Daniel. „Am besten mir dir zusammen. In deinem Flugdienst."

„Ab heute sind wir Partner", antwortet Will.

Daniel strahlt mich an. Dann greift er nach dem Funkgerät.

„Soll ich eine Notlandung anmelden?", fragt er Will. „Wir können auf die Landstraße dort aufsetzen."

Will schüttelt den Kopf. „Ich habe keine Zweifel, dass du das sehr gut kannst. Aber wir sind nur noch zwanzig Minuten von Mombasa entfernt. Das schaffen wir noch, auch mit nur einem Motor. Mit ein bisschen Hilfe vom Nordwind, versteht sich."

30

Ich tippe gerade die letzten Worte meines Berichtes auf meinen Laptop, als Will die Stufen zur Veranda des Missionshauses heraufkommt und mir ein Paket, zwei Briefe und zwei Postkarten auf den Bambustisch legt. Ich recke mich, trinke einen Schluck Eistee und schaue mir zunächst die Postkarte an. Sie zeigt einen riesenhaften Wolkenkratzer in einem Meer von Hochhäusern.

Liebe Jenny, steht da geschrieben. *Dubai ist ein Traum. Die neue Firma entwickelt sich bestens. Der Prototyp unseres neuen Sportflugzeugs ist gerade fertig und wir könnten nicht glücklicher sein. Denke gut an uns. Alles Liebe, Aisha.*

Dass die beiden miteinander glücklich sind, kann ich mir wirklich vorstellen. Ich wünsche ihnen nur das Beste.

Dann nehme ich mir das Päckchen vor. Drinnen entdecke ich zunächst eine Geburtsannonce von Irma und Roloff. Obwohl alles auf Holländisch geschrieben steht, kapiere ich, dass sie jetzt die stolzen Eltern eines viereinhalb Kilo schweren Jungen namens Wim sind. Das Foto zeigt ein dickes Baby mit spärlichen feuerroten Haaren. Eigentlich ist es eine ganz normale Geburtsannonce, bis ich den Poststempel sehe: Thailand. Sie werden nie genug vom Reisen bekommen.

Dann ziehe ich ein in buntes Geschenkpapier gewickeltes Paket heraus. Ich mache es auf und entdecke ein gebundenes Buch mit dem Titel: *Rond de wereld voor noppes*, von Irma und Roloff Billingbroek. Ich schlage es auf und sehe gleich zu Anfang die Widmung. Wenn ich sie richtig verstehe, heißt sie so etwas wie: „*Für Jenny Sandau, die uns auf die Idee für dieses Buch brachte.*" Na bitte! So wird man heutzutage unsterblich.

Der erste der beiden Briefe ist ein Zweizeiler. „*Denkt bitte weiter über mein Angebot nach. Eine spannende und lukrative Karriere erwartet euch!*" Unterzeichnet von Sam Cooper. Beigelegt sind einige Hochglanzbroschüren über die Berufsangebote der CIA. Ich lege sie gleich zur Seite. Vielleicht hat Daniel Interesse daran, aber ich glaube eher nicht.

Der zweite Brief trägt italienische Briefmarken. Ich reiße ihn auf und sehe, dass er von Antonella stammt.

Liebe Jenny,
Nun habe ich doch meinen Traum wahr gemacht und bin mit anderen Gleichgesinnten in ein altes Bauernhaus in einem verlassenen Dorf in die Berge Siziliens gezogen. Wir bauen unser eigenes Gemüse und Getreide an und versuchen soweit wie nur möglich, im Einklang mit unserer Mutter Erde zu leben. Ob uns das immer gelingen wird, und ob wir auf diese Weise Glück und wahren Frieden mit uns selbst und mit unseren Mitmenschen finden werden, weiß ich nicht. Dennoch glaube ich, dass wir auf dem richtigen Weg sind. Meine Eltern nehmen diese Entscheidung natürlich sehr schwer, aber ich denke, dass auch sie am Ende einsehen werden, dass sie die richtige war. Vielleicht besuchst Du mich hier eines Tages?
Alles Liebe an Daniel und Will, Deine Antonella

Ich lehne mich zurück und lächele. Nun hat der Nordwind uns doch alle an den richtigen Ort geweht. Ron hoffentlich auch. Von ihm habe ich keinen Brief erhalten, aber in Mombasa sagten uns die Ärzte, dass er nun endlich die bestmögliche Behandlung bekommen würde. Ob er jemals wieder fliegen wird, steht aber in den Sternen.

Joseph ist wieder in Frankreich. Aber ich spüre immer noch, wie ich in seine Arme gefallen bin, als wir endlich in Mombasa gelandet sind. Sechs Stunden später, nach einem ausgiebigen Spaziergang am Strand und einem Sprung in die badewannenwarmen Wellen des Indischen Ozeans, ist er in seinen Flieger gestiegen. Aber wir sehen uns bald wieder – das haben wir einander versprochen.

Ich greife nach unten und kraule Tari zwischen den Ohren.

„Jenny!"

Was ist nun schon wieder?

„Jenny!", ertönt Daniels Stimme. „Holst du dein Gepäck? Wir starten in einer halben Stunde."

Mein Rucksack steht längst vollgepackt neben meinem Sessel. Ich brauche mir nur noch das Basecap aufzusetzen und bin schon startbereit.

Oh ja, das habe ich vergessen zu erzählen. Mich hat der Nordwind auch ein ganzes Stück um die Welt getragen und halbwegs wieder zu mir selbst gebracht. Jetzt, wo mein Bericht endlich geschrieben ist, geht es wieder weiter. Wir starten nämlich gleich in einen zweiwöchigen Familienurlaub zu den Victoriafällen und zum Kap der Guten Hoffnung. Daniel sitzt schon auf dem Pilotensitz. Das wird er wohl öfters tun, jetzt wo er und Will Partner in seinem Flugdienst sind. Ich schaue über das Geländer und sehe, wie Will und Christine gerade die Scheiben der Cessna polieren.

„Gib mir noch zwei Minuten!", rufe ich.

Denn der Nordwind raschelt im Laub. Ich schließe die Augen und stelle mich vor, wie er mich wieder in seine Arme aufnimmt und forttträgt.

Bis ans Ende der Welt.

***

Es geht weiter!

Die Abenteuer von Jenny und Daniel sind noch nicht zu Ende. Die Korongo-Buchreihe wird fortgesetzt.
Im Herbst 2009 erscheint der 4. Band der Korongo Reihe
„Treffpunkt Sansibar"

Danksagung

Ich habe meinen ersten Flug im Alter von zwei Jahren in einer alten DC-3-Maschine der Air Saint-Pierre absolviert. Diese Fluggesellschaft, die in jenem Jahr gerade ins Leben gerufen wurde, verfügte damals lediglich über diese eine Maschine und pendelte nur zwischen dem Ort Sydney in der kanadischen Provinz Neuschottland und dem winzigen französischen Besitztum Saint-Pierre et Miquelon an der steinigen Südküste Neufundlands (Air Saint-Pierre besitzt inzwischen zwei moderne Maschinen und fliegt sieben kanadische Flughäfen an). Ob ich mich tatsächlich an diesen, schon für damalige Verhältnisse, recht abenteuerlichen Flug erinnern kann, ist schwer zu sagen. Dennoch habe ich schon so viele Familiengeschichten über die Maschine selbst, den dichten Nebel über der Insel Saint-Pierre und den Flug über diesen stürmischen Abschnitt des Nordatlantiks zu hören bekommen, dass ich die Reise recht plastisch vor Augen habe. So begann meine Faszination mit der Luftfahrt.

Die eigentliche Inspiration für „Auf dem Rücken des Nordwinds" stammt aber von einem Besuch mit meinen

Eltern und meinen Kindern zusammen auf dem Flughafen Berlin-Tempelhof zum 50. Jubiläum der Berliner Luftbrücke. Bei dieser Gelegenheit gingen wir an Bord einer historischen DC-3, die gerade den langen Flug von den USA über Grönland und Island hinter sich gebracht hatte. Schon während meines Gesprächs mit dem Cargomaster über die Einzelheiten des Fluges keimte in mir die Idee für eine wahrhaftig wunderbare Reise – und auch, wie ich hoffe, für eine spannende Geschichte. Mein größter Dank gilt daher der „Douglas Commercial 3" selbst, sowie all denjenigen, die diesen einzigartigen Flugzeugtyp seit über siebzig Jahren am Leben erhalten.

Für technische Unterstützung möchte ich mich u.a. bei Trevor Morson vom „DC-3 Hangar" bedanken (www.douglasdc3.com). Ich danke vor allem auch den Piloten und MitarbeiterInnen von Commander Frank Hellbergs Air Service Berlin, dessen „Rosinenbomber" mir die mehrfache Gelegenheit gab, das unvergleichbare Erlebnis der DC-3 bewusst mitzuerleben und mit allen Sinnen zu genießen. Wie bei allen anderen Korongo-Büchern bedanke ich mich bei meinen Freunden Hassan Ali und Leonard Boniface Magumba für sprachliche und kulturelle Hinweise. Ein großer Dank geht natürlich an meinen Verleger, Dieter Frieß, und an unsere Lektorin, Claudia Baier, sowie an unsere Grafikerin, Kathrin Schüler. Ganz besonders danke ich allen FreundInnen, KollegInnen, TestleserInnen, GesprächspartnerInnen und GastgeberInnen weltweit, die mir beim Schreiben dieses Buches auf vielfältige Weise zur Seite gestanden haben.

A. Wallis Lloyd, Berlin im Februar 2009

Der erste Band der Korongo Reihe

A. Wallis Lloyd

Nachtflug zum Kilimanjaro

Broschiert, 3. Auflage Jan.2009
274 Seiten, 11,90 €
ISBN 978-3-9810928-4-4
ab 12

Jenny und Daniel folgen ihrer Mutter und derem neuen Ehemann, dem Buschpiloten Will, in ein afrikanisches Dorf. Zuerst langweilen sich beide. Das ändert sich schlagartig, als sie bei Will einige Flugstunden absolvieren und ihre geheimnisvolle neue Umwelt aus der Luft erkunden. Plötzlich beginnen sie zu ahnen, dass Afrika Gefahren in sich birgt, die weder sie selbst noch die Außenwelt sich jemals hätten vorstellen können.
Als ihr Stiefvater eines Tages verschwindet, begeben sie sich auf eine Suche, deren Ausgang das Schicksal eines ganzen Kontinents bestimmen wird …

„Ein klassischer Abenteuerroman … Spannend geschrieben, für den Nachmittag auf dem Handtuch am Strand."
Radio Fritz RBB

Der zweite Band der Korongo Reihe

A. Wallis Lloyd

Im Reich Ngassas

Broschiert, Juni 2008
264 Seiten, 8,90 €
ISBN 978-3-9810928-6-8
ab 12

Auf dem Flughafen von Nairobi lernt Jenny Sandau zufällig den jungen Engländer Paul kennen. Er macht sie neugierig. Zu ihrer Überraschung soll der junge Mann ein Praktikum bei ihrer Mutter, einer Ärztin ohne Grenzen, absolvieren. Doch Paul verfolgt ganz andere Ziele, offensichtlich hat er ein Geheimnis. Warum will er unbedingt im Viktoriasee, dem Reich Ngassas, tauchen? Sucht er den gleichen Schatz, hinter dem auch eine südafrikanische Bergungstruppe her ist?
Nach und nach kommt Jenny einem Geheimnis auf die Spur, das ganz Afrika in Brand setzen könnte …

„Das Besondere am Buch sind nicht nur die sympathischen Protagonisten, sondern auch der lebensechte Hauch von Afrika."

SWR Buchtipp